DYNAMICS OF METAPHOR

A Computational Approach to Metaphor Complexity

动态隐喻论

隐喻复杂性计算分析

唐旭日 ◎著

图书在版编目 (CIP) 数据

动态隐喻论：隐喻复杂性计算分析 / 唐旭日著 . -- 北京：北京大学出版社，2024. 12. -- ISBN 978-7-301-35820-7

Ⅰ . I044

中国国家版本馆 CIP 数据核字第 2024KB1779 号

书　　名	动态隐喻论：隐喻复杂性计算分析 DONGTAI YINYU LUN：YINYU FUZAXING JISUAN FENXI
著作责任者	唐旭日　著
责 任 编 辑	宋思佳
标 准 书 号	ISBN 978-7-301-35820-7
出 版 发 行	北京大学出版社
地　　址	北京市海淀区成府路 205 号　100871
网　　址	http://www.pup.cn　　新浪微博：@ 北京大学出版社
电 子 邮 箱	zpup@ pup. cn
电　　话	邮购部 010-62752015　发行部 010-62750672　编辑部 010-62753027
印 刷 者	河北滦县鑫华书刊印刷厂
经 销 者	新华书店
	650 毫米 ×980 毫米　16 开本　18 印张　251 千字
	2024 年 12 月第 1 版　2024 年 12 月第 1 次印刷
定　　价	88.00 元

湖北省社科基金一般项目(后期资助项目)成果
(项目号:2021278)

序言一

本书提出了“动态隐喻论”，作者以复杂适应系统作为理论框架，综合运用机器学习、问卷调查等量化研究工具，验证、发展和完善了这种理论，并运用这种理论描述和解释隐喻现象所呈现的复杂性、隐喻动态发展的规律性，进行隐喻复杂性的计算分析，达到预测隐喻动态变化的目的。

2016年国际计算语言学学会终身成就奖（ACL Lifetime Achievement Award）获得者Joan Bresnan（布列斯南）在她的获奖致辞中说，当她刚刚步入语言学领域采用内省的方式从事语言研究的时候，觉得语言是一个优雅美妙的花园（garden），其中充满了各种有趣的结构规则，但是，当她面对大规模的真实语言材料进一步深入研究的时候，严峻的语言事实使她得出了与原先的认识大相径庭的结论：语言并不是一个优雅美妙的花园，而是一堆杂乱无章的灌木丛（bush）。布列斯南把花园里的花朵比喻为内省式语言研究所关注的、少量的人造话语，而把灌木丛比喻为自然语境中大量的真实话语。所以，如果语言研究者面对大规模的真实的话语，这样的话语实质上就像灌木丛，并不存在一套适用于所有语境的语言规则。在实际的语言运用过程中，人们往往会违反一些语言规则，以满足另一些更重要的、更有利于语言交际的语言规则[①]。因此，从实质上来说，语言是一种极为复杂的现象。

语言的复杂性还涉及一些有趣的问题。其中的一个问题是：自

---

① Bresnan, J. Linguistics: The Garden and the Bush. *Computational Linguistics*, 42(4): 599-617. doi:10.1162/COLI_a_00260, 2016.

然语言处理(Natural Language Processing，简称 NLP)是不是一个 NP 完全问题(NP-complete problem)？所谓“NP 完全问题”是指那些随着处理范围的增加，其计算量将呈指数性增长或失控地增长的问题。这里的 NP 是“非确定多项式”(Non-Deterministic Polynomial)的缩写。

巴尔东等学者(Barton *et al.*)在 1987 年证明了关于自然语言识别(recognition)和自然语言剖析(parsing)的计算复杂性(computational complexity)的一些结果①。其中，他们指出了如下两点：

第一，在一个潜在的无限长的句子中，为了保持词汇和一致关系的特征歧义而引起的识别句子的问题，是 NP 完全问题。

第二，用于词汇形式和表层形式之间映射的双层形态剖析的问题，也是 NP 完全问题。

隐喻当然也是一种非常复杂的现象，隐喻的复杂性集中体现为规律完备性的缺失，隐喻识别规律难以涵盖所有的隐喻现象，隐喻的解释机制难以解释所有的隐喻理解过程，不同解释机制之间还存在着相互矛盾、彼此冲突的问题。而隐喻的这些复杂性恰恰是语言复杂性的表现。

本书采用复杂适应系统(Complex Adaptive System，简称 CAS)的理论来研究隐喻的复杂性问题。作为现代系统科学新的研究方向，复杂适应系统理论突破了传统理论中将系统元素看作简单的、被动对象的观念，引入具有适应能力的智能体(agent，本书翻译为“行为个体”)作为系统元素。智能体的自适应性为解释复杂系统的系统行为和演化机制，提供了新的视角。

在复杂适应系统理论中，智能体所具有的适应性是造成系统复杂性的根本原因，这是复杂适应系统的核心思想。大量具有适

---

① Barton, G. E., R. Berwick & E. Ristad. *Computational Complexity and Natural Language*. Cambridge, MA.: The MIT Press, 1987.

应性的智能体组成系统，智能体之间相互适应、相互竞争，从而形成更大的结构，产生新的涌现性行为，如突现、集体行为、混沌边缘、自发组织、隐秩序、虚拟世界等。由于复杂适应系统理论的思想是富于启发性的，这种理论已经在包括语言学在内的许多学科领域中得到应用，推动了人们对于复杂系统的行为规律进行深入研究。复杂适应系统理论在计算机科学、工程技术、商业经济、数理科学、生命科学、管理科学等领域也得到广泛的应用，其研究对象是各类复杂系统，包括生命系统、免疫系统、经济系统等所具备的复杂性。近年来，这种以复杂适应系统作为理论框架进行的语言学研究，逐渐成为语言学研究的新热点。

复杂适应系统理论所讨论的系统，是由一群相互作用且具有主动学习和适应能力的智能体所组成的系统。在复杂适应系统中，大量具有适应能力的智能体同时进行信息的接收和信息的发送等信息交互行为。在智能体进行信息交互的过程中，智能体自身受到自适应能力驱动，内部组织结构和信息结构发生变化，与此同时，智能体与智能体之间通过信息交换建立起稳定的关联方式，形成具有一定结构的聚集体。由于聚集体中不同智能体的相互作用，使得系统涌现出复杂的大尺度行为，使得复杂系统出现整体涌现性。由于这些智能体之间的相互作用关系不同，系统的结构不同，进而导致系统所表现出来的整体涌现性也不尽相同。

这样一来，在复杂适应系统的理论指导下，我们就可以了解到复杂系统所特有的整体性质，进而探索其内部的相互作用关系、系统结构以及整体涌现性之间存在的映射关系。从语言本体角度看，词语之间通过相互作用聚集成句子，句子间的相互作用聚集成段落，段落聚集成篇章，篇章聚集成话语，完成信息传递、交换的功能。从社会语言学角度看，语言社区中的语言使用者作为行为个体，在社会环境中进行信息交互，并通过信息交互建立起稳定的关联关系，维系社会的结构和运作。

本书在研究方法上也有创新。作者首先采用自上而下的演绎方法，以复杂系统理论为基础，引申和阐述了“动态隐喻论”的基本思想和观点；然后再运用自下而上的归纳方法，采用数据挖掘、问卷调查等实证手段，逐个验证“动态隐喻论”的基本观点，并从不同角度解释隐喻现象的复杂性。

与传统的隐喻研究相比较，本书提出的“动态隐喻论”较好地区分了隐喻、转喻和本义，指出了语言使用者的自适应能力是隐喻复杂性的源泉，隐喻规约化程度是隐喻发展的序参量，解释了隐喻规约化过程的相变特征，说明了隐喻表达式在历时角度上的有序性以及隐喻概念发展的果决性。本书提出的“动态隐喻论”所揭示的隐喻动态变化的规律，有助于我们描述隐喻的复杂性，并运用这些规律去解释隐喻所导致的词义引申、一词多义、语法化、构式变化、概念形成以及创造性思维等现象，将这些知识应用于语言教学、翻译、认知能力培养、自然语言处理等应用型研究。

“动态隐喻论”是本书作者经过十多年的探索和研究的成果，本书理论基础坚实，分析论证有力，数据翔实可靠，是我国学者探索隐喻这种复杂语言现象的可喜收获。在本书出版之际，我向作者表示热烈的祝贺。是为序。

冯志伟

2020 年岁末于北京

序言二

近日唐旭日博士寄来了他的书稿《动态隐喻论:隐喻复杂性计算分析》(以下简称《分析》)要我审阅并作序。《分析》一书是关于语言理论的,虽然好多年前我学过一点语言理论,但后来没有坚持下去,审阅谈不上,作序也颇有难度。不过,书稿读后有一些心得,还是应该跟同好分享一下。

传统的语言理论认为语言是一个符号系统,包括语音、词汇、语义和语法等子系统,语言又是人类最重要的交际工具,人类社会的发展推动语言的发展。但是,如果要问社会人群在推动语言的某个子系统方面究竟是怎样发挥作用的,恐怕很难说清楚,因为在传统的语言理论中,人们的社会交际对于语言符号系统来说只是一种外部力量,语言作为一种符号系统与语言作为一种交际工具,似乎是两个平行的事实,各自解释一些语言现象。从教科书关于社会发展推动语言发展的例子中得到的主要印象,仅仅是词汇和语义如何反映新事物的产生和旧事物的消失,缺乏对演变过程具体而微的描述。

《分析》中一个鲜明的观点是把语言使用者纳入语言系统之内,作者在绪论中说:

> 基于复杂适应系统的语言观,认为语言系统构成的基本单位是语言使用者,将语言的复杂性归因于语言使用者的协同性和前向因果特性,并通过非线性、语言运用模式涌现性,以及自组织等概念解释语言复杂现象背后的规律性。

这一观点非常大胆,但也确实有道理。语言符号没有生命,不具有自适应性。语言使用者具有自适应能力,他们的语言知识和经验会在交际过程中发生变化。语言符号是因为作为人类的交际工具才有发展变化的可能,因此描写语言符号的演变过程不能脱离语言使用者。

隐喻是观察语言发展的最佳视角,语料库是语言使用者的最佳表征。《分析》用《人民日报》1946～2004 年的历时语料库来研究汉语使用者的语言行为,为描述隐喻义演变模式、隐喻规约化过程、隐喻构式的涌现以及隐喻概念的形成提供了坚实的基础。

《分析》中有许多精彩的隐喻分析,我个人特别喜欢的是关于隐喻构式涌现过程的分析。第一阶段是初始化,隐喻 x 是新奇的,往往采用有标记的构式(例如明喻),用多了就不新奇了,隐喻 x 多采用无标记的构式;第二阶段经常用于谓语,作为话语结构中的焦点;第三阶段隐喻 x 开始用于名词性短语、介词短语等非焦点结构,这说明它的新奇性进一步降低而可接受性进一步提升;第四阶段是源域和目标域互动并且以目标域为主导的句法模式投射,使得隐喻 x 有更多的构式。在复杂适应系统的语言观指引下,"充电""淡出""透支"等隐喻的产生和发展过程都可以用《人民日报》历时语料库中的统计数据清晰地勾勒出来。

虽然隐喻是观察语言发展的最佳视角,但是词汇和语义的问题不能都归结为隐喻。例如"直接"一词,《现代汉语词典》(第 7 版)的解释是:"不经过中间事物发生关系的(跟'间接'相对)。"下面的句子里"直接"并非"间接"的反义词,而是跟"马上"相近,似乎还有点别的含义:

现在下单,99 元直接拿回家。

追随黄金脚步,未来白银价格或继续飙涨,直接突破 50 美元?

"骗"了我国投资 150 亿后,直接翻脸。

特朗普政府刻意缩减疫苗供应　白宫直接甩锅辉瑞公司!

“直接”的这种用法好像就是近几年才出现的，如何解释这种词义的演变？另外，词汇、语义、语音和语法的演变都能用复杂适应系统理论来研究吗？我知道，对于一种新的理论要求过高是不切实际的，需要包括语言学在内的各个领域的学者持之以恒的艰苦探索，唐博士就是这些学者中的一员。十年前，他的博士论文以共时的词语搭配实例为材料，以概念隐喻理论为主要的理论依据，运用多种语言模型来研究汉语谓词的语义计算问题：词义消歧、词义区分、隐喻识别和词义发现等。十年磨一剑，他的大作站上了新的高度，理论框架更加宏大，语言材料有了历史的跨度，计算模型的运用更加熟练。当然，这里还不是一个句号，我们可以期待唐博士在这个领域继续探索，还会有更多更好的新作面世。

陈小荷

2020 年 12 月于南京白云园

前言

隐喻是一个神秘而又令人着迷的研究对象。回顾隐喻研究的历史，从修辞方式到认知行为，从语言到数学，到建筑学，到计算机科学，隐喻似乎无所不在。几千年来，人们对隐喻的热情不衰。从亚里斯多德、荀子到 George Lakoff，人们一层层揭开隐喻的面纱，认识到隐喻不仅仅是一种语言现象，也不仅仅是一种认知行为，隐喻的应用范围涵盖语言修辞、科学知识发现、广告传媒、软件设计以及情感分析等多个领域。与此同时，人们也发现，隐喻现象非常复杂。对隐喻本质的认识，似乎并没有随着面纱的揭开变得清晰。纷繁复杂的隐喻表达式，相互重叠而又相互区分的隐喻分类体系，莫衷一是的隐喻理论，我们似乎离隐喻的本质越来越远了。

十多年前，当笔者从一个计算语言学研究人员的视角切入，开展隐喻计算研究时，就被隐喻的复杂性所困扰。计算语言学研究开展的首要条件，是研究对象具有明确的可形式化方式。然而隐喻计算很难做到这一点。在构建隐喻语料库时，隐喻的复杂性使得隐喻识别非常困难，不同人员的标注结果难以取得一致；所构建的隐喻识别算法模型、隐喻理解算法模型在精确度上往往不尽人意，难以处理大量存在的例外。因此，作者一直在寻找解释隐喻复杂性的方法，以认识隐喻本质，改善隐喻计算的性能。

幸运的是，作者在偶然的机会里阅读了 Ludwig von Bertalanffy（冯·贝塔朗菲）的《一般系统论：基础、发展和应用》，进而为复杂系统理论所吸引。复杂系统理论不仅可以解释自然界和人类社会等复杂系统中存在复杂性,也能解释语言系统的复杂性,这也是基于复杂适应系统的语言观的理论基础。在国际上,也有隐喻研究人员,如 Lynne Cameron、Raymond W. Gibbs 等尝试将复杂系统科学思想引入隐喻研究。Cameron 以复杂系统理论为基础,分析、论证隐喻构式在教育话语中的涌现性;Gibbs 从心理认知角度分析隐喻认知过程中的吸引子和隐喻发展的社会因素。虽然这些研究人员从复杂系统理论中借用了自组织、涌现、吸引子、动态性等概念,但总体看来,这些研究与复杂系统理论的结合并不十分紧密,如何充分运用复杂系统理论已有研究成果来解释隐喻复杂性还存在很大的研究空间。此外,他们的研究方法也与复杂系统理论的一般方法不同,后者大多采用大规模数据挖掘或计算机模拟等研究方法。由此,作者认为,有必要详细考察复杂系统理论(包括复杂适应系统理论和动态系统理论)提出的解释复杂性的概念和工具,探索运用这些概念和工具解释隐喻复杂性的可能性,并通过计算论证其有效性。

本书是探索上述想法的初步成果。作者首先在回顾隐喻研究历史的基础上,论证隐喻现象的复杂性;然后采用自上而下的演绎方法,以复杂系统理论,尤其是复杂自适应系统理论和动态系统理论为基础,引申和阐述了动态隐喻论的基本思想和观点;最后再运用自下而上的归纳方法,采用数据挖掘、问卷调查等实证方法逐个验证动态隐喻论的基本观点,并从不同角度解释隐喻现象的复杂性。

俗话说,水流千里归大海。英语中也有著名的谚语"All roads lead to Rome"。在科学研究领域,这两句话也可以理解为,自然现象、社会现象(包括语言现象)具有不同的复杂表象,对这些复杂表象的研究都指向一个结论:主宰这些复杂表象背后的那只"看不见的手",可能是同一只手。本书是从隐喻研究角度探视这只"看不见的手"的一种努力。本成果的研究初步表明,隐喻虽然与众不同,但也遵循复杂系统理论的运作规律。然而复杂系统理论作为一种自然观、科学观、方法论和思维方式,其内容宏大而丰富,隐喻研究的文献也是汗牛充栋,本书也仅仅是尚未成熟的沧海一粟,其中的不足之处,还有待方家批评指正。本书的出版得到中央高校基本科研业务费资助,特致谢忱。

目　录

序言一 ………………………………………………………… 1
序言二 ………………………………………………………… 5
前　言 ………………………………………………………… 1

第 1 章　绪　论 …………………………………………………… 1
1.1　隐喻是一种复杂现象 ………………………………………… 1
1.2　动态隐喻论 ………………………………………………… 3
1.3　研究框架与章节介绍 ………………………………………… 6
1.4　《人民日报》历时语料库 …………………………………… 10

第 2 章　隐喻的复杂性 ………………………………………… 12
2.1　无处不在的隐喻 …………………………………………… 12
2.2　隐喻复杂性分析 …………………………………………… 17
2.3　隐喻识别的复杂性 ………………………………………… 18
2.4　隐喻分类的复杂性 ………………………………………… 30
2.5　隐喻理论的复杂性 ………………………………………… 34
2.6　语言复杂性与隐喻复杂性 ………………………………… 50
2.7　小结 ……………………………………………………… 52

第 3 章　从复杂适应系统到动态隐喻论 ……………………… 54
3.1　用简单描述复杂 …………………………………………… 54

3.2 基于复杂适应系统的语言观 …… 58
3.3 基于动态系统理论的认知观 …… 87
3.4 动态隐喻论的理论框架 …… 89
3.5 小结 …… 106

第4章 语义演变模式的区分 …… 108
4.1 语义演变类型划分 …… 109
4.2 语义演变模式分类计算 …… 113
4.3 小结 …… 125

第5章 隐喻规约化过程的非线性回归分析 …… 126
5.1 隐喻规约化研究回顾 …… 127
5.2 基于复杂适应系统的语言规约化研究 …… 130
5.3 隐喻规约化非线性回归分析 …… 132
5.4 实验结果分析 …… 136
5.5 小结 …… 139

第6章 自适应能力与隐喻复杂性 …… 140
6.1 前向因果性 …… 141
6.2 协同性 …… 149
6.3 小结 …… 152

第7章 隐喻构式的涌现 …… 153
7.1 隐喻语言形式类别的再划分 …… 154
7.2 隐喻构式的表征 …… 156
7.3 隐喻构式涌现研究回顾 …… 172
7.4 隐喻构式涌现机制 …… 176
7.5 隐喻构式涌现规则 …… 184

7.6 小结 …………………………………………………… 197

第8章 隐喻概念的自组织过程 ………………………………… 198
8.1 隐喻概念 ………………………………………………… 198
8.2 隐喻概念形成的果决性 ………………………………… 207
8.3 小结 …………………………………………………… 229

第9章 结语 ……………………………………………………… 231

附录一 文献检索详细数据 ……………………………………… 237
附录二 调查问卷 ………………………………………………… 241
参考文献 ………………………………………………………… 247

第1章　绪　论

1.1　隐喻是一种复杂现象

隐喻是一种复杂的语言认知现象。隐喻复杂性的一个集中体现，是隐喻的识别问题。这一问题长期困扰着隐喻研究者，因为明确定义研究对象是研究顺利开展的基础。然而隐喻和非隐喻的区分并不容易，有关隐喻识别的争论远未能结束（Gibbs，2017：101）。Lakoff & Johnson（1980）给出了以下的例子。在一场课堂讨论中，Lakoff 认为类似“shoot down someone else's argument”和“bring out the heavy artillery”的句子包含了概念隐喻映射“ARGUMENT IS WAR”，但是课堂中有同学提出异议，认为这些是英语中的常用表达式，并无新颖之处，因而不是隐喻。在 Lakoff 看来，概念隐喻映射是隐喻识别的依据，而同学们认为，语言表达式的新颖性是隐喻的固有特征，也是区分隐喻和非隐喻不可或缺的重要特征。由此可见，即便是在同一语言社区，人们对隐喻的定义和识别也难以取得一致意见。

隐喻复杂性不仅给隐喻研究带来困难，也给隐喻研究的应用带来困难。以隐喻框架认知功能的应用为例。隐喻不仅能够帮助人们认知新的事物，也反映出人们对新事物的态度，并强化对新事物特定属性的认知。例如，对于 2020 年的新型冠状病毒，例 1-1 和例 1-2 采用了不同的源域，突出了对新冠病毒疫情不同特性的认知,表达了不同的态度。例 1-1 将疫情比作猛虎,以突显疫情的攻击性和突如其来,强调其可怕程度;而例 1-2 中"creep"(爬行)将疫情比喻为爬行动物(如蛇),以说明疫情的隐蔽性。

例 1-1 2020 年才刚刚开始,新型冠状病毒便如猛虎扑入人们的视眼[①]。

例 1-2 This time, unlike a World War II or a 9/11, there is no willful human enemy, only nature creeping along silently and incrementally.[②]

然而,Semino, Demjen & Demmen (2016)在回顾相关研究时发现:对于隐喻的框架认知功能,人们从认知角度进行分析[如 Lakoff & Johnson (1980)],强调隐喻在思维中,特别是概念结构中的作用;从话语角度分析[如 Cameron, Low & Maslen (2010)],则强调隐喻在语言的形式和形态、使用的语境、人群以及理据;从应用角度分析,则强调隐喻对于特定语境(如医疗保健、教育)中语言交际的影响。由此,Semino et al. (2016)评论认为:

> The notion of framing is central to all three perspectives, but is defined in different ways and at different levels of generality. As a result, there is no clear consensus on how framing works and how best to analyse it. (隐喻的框架认知功能是这三个不同研究角度的核心,然而各自给出的定义各不相同,抽象程度也不一样。这种现象导致人们无法对隐喻的框架认知功能的工作机制达成一致,也不知道哪一种是最好的分析方法。)

隐喻的复杂性使得有关隐喻分析和隐喻工作机制的理论层出

---

① https://www.jxscct.com/fw/57628/,访问时间 2020 年 5 月 17 日。

② 摘自网页 https://www.denverpost.com/2020/03/18/american-attitudes-coronavirus-response/,访问时间 2020 年 5 月 17 日。

不穷,不同理论之间的研究范围、研究结论也并不一致,甚至相互矛盾,阻碍了隐喻应用研究。

石磊、刘振前（2010）也在总结隐喻能力培养研究的相关文献后指出,虽然隐喻能力研究的数量大幅度增加,然而由于测试手段不统一、不全面,隐喻研究缺乏信度和效度,也无法得出有说服力的结论。两位学者认为,现有研究中隐喻能力的定义至少有三种类型：

（1）在处理新颖隐喻时表现出来的识别概念隐喻意象的能力和在交际中准确使用概念图式的能力；

（2）对新颖隐喻、常规隐喻以及隐喻变体的识别能力、理解能力以及隐喻创造策略；

（3）隐喻产出的原创性能力、隐喻解释的流利性、隐喻识别的准确性以及隐喻理解的快速性。

然而,在实际研究工作中,由于目前隐喻研究尚未归纳出统一的隐喻层级体系,隐喻的定义还存在许多分歧,使得实际的研究方法缺乏信度、效度。由此,石磊、刘振前（2010）认为：

> 最困扰隐喻研究者的是隐喻的定义及分类问题。随着隐喻理论的不断发展，隐喻的定义也在不断扩大，由原来的修辞学范畴，扩大到任何非字面意义范畴。但是，正是由于隐喻概念的界定不清，导致了具体研究中许多不同见解的产生，进而导致了分类不清的问题。目前的研究中都存在这个棘手的问题,它直接限制了隐喻标准化研究的展开。

1.2　动态隐喻论

复杂性并不是隐喻所独有的现象,也不是语言所独有的现象。在自然界和人类社会中,复杂性随处可见。为解释包括生态系统、特大城市以及语言在内的自然和人类社会现象的复杂性,人们在

20世纪中期提出了复杂系统理论（Complex Systems Theory）。在复杂系统理论框架下，人工智能、认知语言学以及语言习得等领域的研究认为，语言是一个复杂适应系统，语言变化遵循复杂适应系统的一般规律。自21世纪以来，以Raymond W. Gibbs，Lynne Cameron，Alice Deignan以及Barbara Dancygier等为代表，在语言是复杂适应系统思想和基于动态系统理论的认知观启发下，提出了动态隐喻论。动态隐喻论承认隐喻现象的复杂性，认为隐喻不仅仅是静态的隐喻表达式，也不局限为概念之间的映射，而是一种基于语言使用的涌现性行为，一种语义扩展演变的方式，一个复杂性结构特征动态涌现的过程。

动态隐喻论在隐喻实证研究方面已展现其优势。Lynne Cameron以动态隐喻论为理论框架，提出了隐喻的动态话语分析法(Discourse Dynamics Approach to Metaphor)，并在教育话语、公共话语以及医疗话语等领域中广泛运用。动态话语分析依据具体话语语境，采用自下而上的隐喻识别方法，发现话语中隐喻分布的系统性，并通过隐喻簇（metaphor cluster）和系统隐喻（systematic metaphor）描述话语中隐喻使用的规律；与此同时，动态话语分析提出隐喻构式(metaphoreme)的概念，并基于话语语料从历时角度描述了隐喻构式的涌现。

Raymond W. Gibbs是倡导动态隐喻论的另一位学者。他基于动态认知观（Spivey，2007；Spivey & Anderson，2008)提出了隐喻理解过程的动态认知模型，以解释相关隐喻心理学实验所得出的不同结论。此外，Gibbs将语言看作人类社会这一复杂系统的涌现性行为，认为概念隐喻是人类社会复杂系统所涌现出来的语言运用模式，并运用自组织理论解释隐喻的复杂性，将隐喻的复杂性归因于身体、文化、认知以及语言等方面的动态变化。

与概念隐喻理论等传统隐喻理论相比较，动态隐喻论更有助于隐喻的实证研究，其优势至少体现在如下两个方面。首先，动态隐喻论突破了传统隐喻研究中单维度、分类分析的研究视角（单理扬，2019），承认隐喻现象的复杂性，并在区分静态与动态、个体与社会的基础上，将语言形式和概念认知、语言使用者个体和语言社区、共时和历时等多个维度联系起来，为隐喻语言的实证研究提供了多元分析框架，将现有隐喻研究中存在的许多相互矛盾、甚至大相径庭的结论解释为隐喻系统在动态发展过程中所呈现出来的复杂性行为，将复杂的隐喻语言形式、隐喻理解机制以及隐喻概念发展阶段关联起来，从而使纷繁复杂的隐喻现象变得清晰有序，更有利于揭示隐喻复杂性背后的运行机制，认识隐喻现象的本质。

其次，动态隐喻论以复杂系统理论为理论框架，不仅能带来更广阔的研究视角，还能借鉴在自然科学和社会科学其他领域中成熟的原则、规律和研究方法，有利于更有效、更深入地揭示隐喻的规律性，从整体上提升隐喻研究方法、研究过程以及研究结论的科学性。动态隐喻理论研究中频繁使用的"吸引子""自组织理论""相变""非线性""分形"以及"序参量"等概念工具都来自复杂系统理论。由于理论框架一致，在这些学科中使用的数据拟合、聚类分析等机器学习方法、数据挖掘工具也能直接应用于隐喻研究。这些计算方法的引入，不仅有利于发现复杂的隐喻表象背后的内在规律，还有利于帮助隐喻研究迈向科学研究的最高目标——预测。对于特定的隐喻，在数据收集基础上，动态隐喻论可以预测该隐喻在未来一段时间内的动态变化轨迹，包括搭配词语类型的变化范围、句法功能的变化范围以及在语言社区的可接受程度的变化范围等。

动态隐喻论是隐喻跨学科研究发展的结果。也正是由于其跨学科性质，动态隐喻论的发展需要更长时间来借鉴、吸收、融合和创新其他学科的研究成果。从总体看来，动态隐喻论还处于理论初创阶段，许多核心观点还有待进一步验证，对隐喻复杂性的解释亟待进一步完善，其应用价值也有待进一步挖掘。动态隐喻论的研究，至少还面临以下问题：

(1)动态隐喻论认为隐喻是复杂系统的涌现性行为。那么，其中的复杂系统所指的是人类社会这一复杂系统，抑或是语言复杂系统，抑或隐喻本身构成复杂系统？

(2)从复杂系统理论引入的许多概念，包括"吸引子""分形""序参量""相变"和"自组织过程"等，与隐喻现象的结合还不够紧密。例如，什么是隐喻动态变化的序参量？如何验证隐喻动态变化是一个相变过程？什么是隐喻动态变化的吸引子？什么是隐喻分形？隐喻的自组织过程具有怎样的特征？这些问题都亟待进一步明确。

(3)现有动态隐喻论的研究仍然以理论探讨为主，基于大数据的实验性研究仍然不多，如何充分利用包括机器学习在内的数据挖掘技术验证、发展动态隐喻论也有待进一步探索。

1.3 研究框架与章节介绍

为验证和完善动态隐喻论，本书将计算语言学方法与动态隐喻论相结合，以复杂系统理论为框架，运用包括数据拟合、聚类分析等基于时间序列的机器学习方法，调查由《人民日报》文本构成的大规模历时语料库，从动态隐喻论视角分析现代汉语中隐喻的复杂性，以深入挖掘和揭示隐喻复杂动态变化背后所存在的规律性。

本书研究的总体框架如图 1-1 所示。围绕隐喻复杂性问题，本书分析了隐喻复杂性在语言形式、识别、分类体系、理解机制等方面的体现，然后以动态隐喻论为理论框架，将隐喻定义为一个动态变化过程，从隐喻复杂性源泉、隐喻与本义、转喻的区分以及隐喻发展的自组织过程等方面解释隐喻的复杂性，主要观点是：

(1)隐喻复杂性的源泉是语言使用者的自适应能力；

(2)隐喻的本质是类比触发的语义演变过程,与本义、转喻以及新词语分别归属为不同的语义演变模式;

(3)隐喻规约化发展变化过程是一个相变过程,可用S型曲线模拟;

(4)隐喻构式在历时维度上呈现出有序性,其涌现过程受认知规律支配;

(5)隐喻发展具有果决性,会一直朝着特定目标——在语言系统中编码语用意义——发展;

(6)隐喻发展过程有两个明显区分的阶段:概念抽象和概念应用,分别对应认知语法中的概念依赖句法结构和概念独立句法结构。

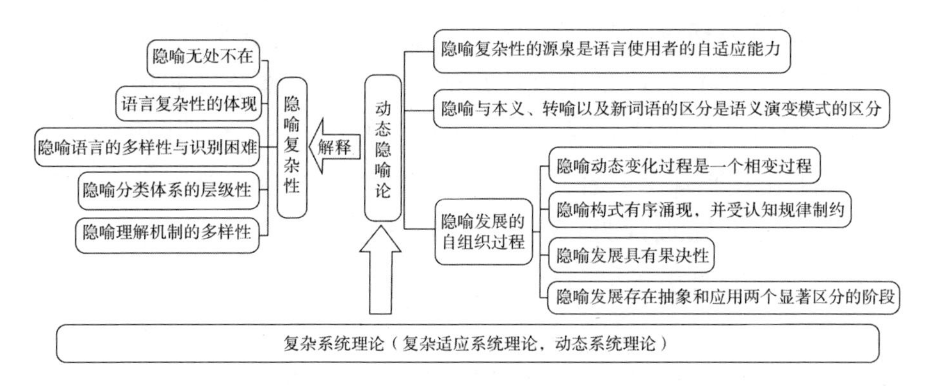

图1-1 总体框架

第二章多角度分析了隐喻的复杂性。隐喻作为一种大量存在的认知和语言现象,应用广泛且具有明显的跨学科特性。隐喻复杂性其实是语言复杂性的一种体现。从隐喻识别角度看,隐喻的语言形式纷繁复杂,单一的隐喻识别机制难以识别所有的隐喻现象,其中较为流行的"MIP隐喻识别机制"也难以保证隐喻识别的完备性。在隐喻类别分析方面,人们可以依据知识本体、理解机制、认知功能、规约化程度、隐喻角色的依存关系等多个标准划分出不同的隐喻类型体系,且不同标准的类别划分之间相互重叠、相互交叉。从隐喻理解角度看，单一隐喻理论难以解释所有的隐喻现象，不同理论侧重点不同，所解释的隐喻范围也不一样。早期的隐喻理解机制从修辞学出发，侧重于探索新颖隐喻的修辞功能解释；随后的互动论、显著不平衡理论、类别归属理论侧重于探索新颖隐喻的认知功能和认知机制；概念隐喻理论侧重于探索传统隐喻的认知功能，强调隐喻认知功能的普遍性。直到21世纪初，研究者们才真正重视隐喻的复杂性，提出隐喻生涯理论、显著性连续统假设以及动态隐喻论，试图解释隐喻现象的复杂性。

第三章基于复杂系统理论，系统阐述了动态隐喻论的基本框架。动态隐喻论以基于复杂适应系统的语言观和基于动态系统理论的认知观为理论基础。基于复杂适应系统的语言观，认为语言系统构成的基本单位是语言使用者，将语言的复杂性归因于语言使用者的协同性和前向因果特性，并通过非线性、语言运用模式涌现性、自组织等概念解释语言复杂现象背后的规律性。基于动态系统理论的认知观认为，人类大脑的思维状态可以通过这一时刻该状态到所有吸引子的最近距离所组成的向量描述。基于上述语言观和认知观，动态隐喻论认为，隐喻作为一种特殊的语言认知现象，是语言使用者为满足交际需要，基于自身的自适应能力表现出的自组织过程。隐喻复杂性的源泉是语言使用者的自适应能力，隐喻是由类比思维所触发的语义演变过程，与本义、转喻以及新词语在语义演变模式方面存在显著区别，隐喻的发展过程是一个自组织过程。

第四章至第八章论证了第三章提出的动态隐喻理论基本观点。

第四章基于语义演变计算，论证了动态隐喻论对隐喻的基本认识——隐喻是由类比思维触发的语义演变过程。隐喻不仅仅是一种认知方式，也不局限于一个固定不变的概念映射，而是与词语本义、转喻、新词等相区别的语义演变过程。本章采用的语义演变计算基于罗吉斯蒂(logistic)函数，采用曲线拟合方法在大规模历时语料中调查了197个词语的相关义项。实验结果说明，隐喻的动态变化模式，与转喻、词语本义以及新词等存在明显差异。

第五章分析了语言使用者自适应能力以及依据自适应能力解释隐喻复杂性的方法。语言使用者的自适应能力主要包括前向因果性和协同性两个方面。本章首先通过问卷调查方法，验证了语言使用者自适应能力的前向因果性，即语言使用者在隐喻运用和隐喻理解的过程中不断发展自身的隐喻知识和运用能力。语言使用者自适应能力的协同性，体现为语言使用者依据当前语境和隐喻经验对隐喻语言形式、意义和功能进行选择，可表征为IF/THEN结构。由此，隐喻的复杂性可从两个层面解释：(1)语言使用者的隐喻知识和运用能力会随着语言使用者的语言经历而变化发展；(2)语言使用者的隐喻知识和能力可以用一系列具有“IF/THEN结构”的规则集合描述。

基于“隐喻发展是一个自组织过程”的观点，第六章、第七章和第八章论证了隐喻动态变化的规律性。第六章论证了隐喻的规约化过程是一个相变过程。这一章采用与第四章相似的语义演变计算方法，调查了14个汉语隐喻在大规模历时语料中的动态变化过程，发现在规约化过程中，隐喻的规约化程度在时间维度上的变化与S型曲线具有较高的相似度，经历起始、快速提升和动态稳定三个阶段，是一个相变过程。相变是复杂适应系统非线性变化的重要特征，隐喻规约化的相变过程，说明复杂适应系统理论能够解释隐喻现象的复杂性。

第七章将隐喻表达式的复杂性解释为隐喻动态发展过程中隐喻构式的有序涌现。隐喻表达式并不是无序的，从历时角度可以观察到它们的有序性。特定隐喻的典型表达形式，即隐喻构式，是随着隐喻动态发展逐渐涌现出来的。隐喻构式的涌现，受语言使用者所具有的自适应能力制约，表现出明显的规律性，可采用第五章提出的"IF/THEN"结构描述。这一章运用聚类方法获取和分析了三个隐喻的历时发展过程，提出了四个隐喻构式涌现规则：隐喻初始化规则、焦点结构规则、非焦点结构规则以及源域—目标域规则。

第八章讨论了隐喻动态变化的果决性和阶段性。果决性是复杂适应系统的特征之一。这一章结合诱使推导理论、Vygotsky的概念形成理论和Bartsch的动态概念语义学，论证了隐喻概念形成的最终形态，是语用功能在语言形式中的编码，在空间分布上是一个分形结构。在发展过程中，隐喻概念与隐喻语言形式交互作用，形成两个显著区别的阶段：概念抽象和概念应用，分别对应语言形式上的概念依存和概念自主。

第九章总结了本书研究成果，系统阐述了动态隐喻论对隐喻复杂性的解释能力，讨论了动态隐喻论的优势以及未来研究的方向。

1.4 《人民日报》历时语料库

本书的研究基于自建的《人民日报》语料库。该历时语料库通过收集和整理1946年至2004年《人民日报》语料构建而成，时间跨度共59年。[①]

《人民日报》语料涵盖了多种文体，既包含了与时代同步的新闻报道，也包含艺术、旅游、军事、工业等领域的知识性介绍，为语义演变研究提供了较为理想的真实语料。语料采用ICTCLAS[②]进行分词和词性标注，年均总词例数为1000万左右。图1-2给出了各年度的总词数分布情况。

① 下文中凡引自该语料库中的例句只在句末标注年份，不再做其他说明。

② http://www.ictclas.org/，访问时间2014年6月9日。

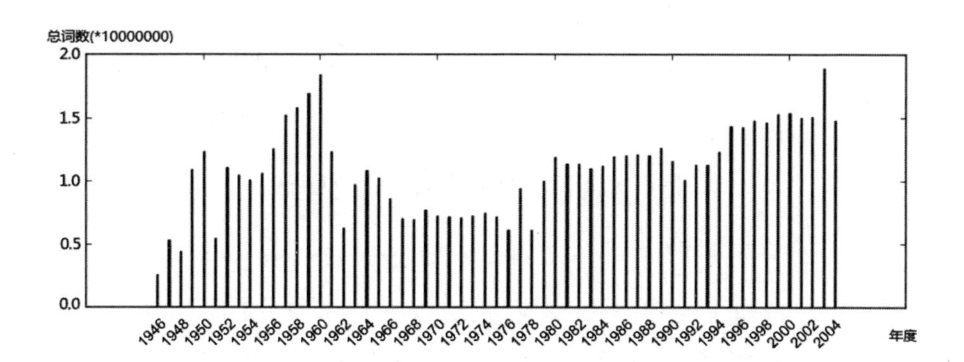

图 1-2 《人民日报》语料年度总词数分布

本书研究所采用的语料检索和加工工具,如不标明出处,皆为笔者自主编写完成。

第2章　隐喻的复杂性

隐喻复杂性是语言复杂性的一种体现，具体表现为：(1)隐喻识别困难，隐喻的语言形式纷繁复杂，几乎涵盖词汇、短语、句子和语篇等所有语言层面，语言形式不能成为判断隐喻的唯一标准；(2)隐喻分类采用了知识本体、理解机制、认知功能、规约化程度等多种标准，纷繁复杂的分类标准使得隐喻类型难以判断；(3)隐喻理解机制难以确定，历史上涌现出多个隐喻分析理论，不同理论解释不同类型的隐喻，单一理论难以解释所有的隐喻现象。

2.1　无处不在的隐喻

在人类学术研究史上，隐喻研究源远流长，文献也可谓浩如烟海。隐喻对应的英文单词是 metaphor，源自古希腊语“metaphora”，由“meta”和“pherein”合成，意为“to carry over”(转移)(李福印，2000)。在西方，亚里斯多德(Aristotle)在公元前 350 年所著的《诗论》(*Poetics*)中对隐喻进行了详细的论述，并将隐喻定义为“通过转移的方法来使用别名”。自亚里斯多德、Panini 始，西方的隐喻研究已开展了 2000 多年，经历了“修辞学”“语义学”到“多学科综合研究”的过程 (束定芳，2000b)。中国早期没有隐喻的专门概念，但是有“辟”“比”“依”等词语，以及与这些词语相关的“喻”的概念。如《荀子・非相》中的“譬称以喻之”，认为比喻(即“譬”)是一种说话的艺术，用比喻方法使人知晓、明了。从 20 世纪八九十年代开始，中国学者也开始从语言、认知、文化以及人工智能等多个角度讨论隐喻，涌现出大量成果。

古今学者长期关注、探讨隐喻，其中的一个主要原因是隐喻现象的大量存在和广泛应用。现有隐喻研究已达成这样一种共识：隐喻不仅是一种在语言中广泛频繁出现的现象，也是思想启迪的工具。Richards（1965）指出，在日常用语中，每三句话中就可能出现一个隐喻。Lakoff & Johnson（1980）的书名“我们赖以生存的隐喻”，更直接宣示了隐喻在语言和认知中的重要性。隐喻是思想启迪的方法，是秩序的本源（保罗・利科，2004：24）。周昌乐（2008）认为，从认知角度看，隐喻投射是语言运用的根本机制，即使是“直陈”的语言，也离不开这种机制，隐喻语言是普遍存在的现象。因此，李福印总结认为：从现代隐喻的研究成果看，隐喻是无所不在的（李福印，2000）。

隐喻的无所不在，可以通过例 2-1 和例 2-2 得以印证。例 2-1 讨论体育比赛中的兴奋剂问题，例 2-2 是使用微软因特网浏览器浏览网页时，如果网页打开失败就会弹出的解释。作者认为，在例2-1 和例 2-2 中，画线部分都可以解释为隐喻现象。例 2-1，“中叶”一词中“叶”的意思是“世纪”，“中”最早用于空间语义范畴，指“中部”，而在此词语中用于修饰时间语义范畴，指一个世纪的中期。其他的搭配，如“兴奋剂问题成为乌云”“赛场上空”“戕害身心健康”“破坏竞赛宗旨”“动摇生存根基”以及“污染信誉环境”等都存在一定程度上的搭配异常，也都可以看作隐喻。在例 2-2 的短短两句话中，“页”“网站”“支持”“调整”和“浏览器”等都可以看作是隐喻。因为从历史角度上看，互联网浏览器是一个新兴概念，上述词语的应用，都是隐喻认知的结果。用来浏览信息的计算机程序被映射为一个“容器”，每一个信息集中保存点被称为“网站”，而每一个网页文件所包含的内容被称为“页面”，改变程序运行方式被称为“调整”,维护和保证程序正常运行被称为“支持”。由此可见,隐喻伴随着新兴事物而出现,而人类社会不断发展,新生事物层出不穷,隐喻的应用自然也非常广泛、频繁。

例 2-1 自上世纪中叶以来,兴奋剂问题就成为笼罩在体育赛场上空的一块阴云。使用兴奋剂,戕害的不只是运动员的身心健康,更破坏了体育运动中最宝贵的公平竞赛宗旨,动摇了体育的生存根基、污染着赛场的信誉环境。[①] (摘自《人民日报》)

例 2-2 您正在查找的页当前不可用。网站可能遇到支持问题,或者您需要调整您的浏览器设置。

作为一种广泛的语言认知现象,隐喻研究的跨学科性质非常明显。作者对国内的隐喻文献进行了统计分析,以“隐喻”为关键词,在 2019 年 9 月从知网(CNKI)中收集了引用次数在 1 次以上的期刊论文 1624 篇(时间跨度为 1985 年至 2018 年),硕士、博士学位论文 387 篇(时间跨度为 2000 年至 2016 年),两者共计 2011 篇,抽取所有论文的标题和摘要组成语料数据,采用关键词提取方法[②]分别获取了 150 个一元关键词(即由一个词构成的关键词)、二元关键词(由两个词构成的关键词)和三元关键词(由三个词构成的关键

---

① 同例 2-2,下画线为作者所加。

② 本文采用基于 C-Value 的关键词提取方法。首先采用 Stanford CoreNLP(Manning, Surdeanu, Bauer, Finkel & Bethard, 2014)(版本为 3.9.2)对文本进行分词,然后基于 N 元语法获取由名词、动词和形容词构成的词或短语作为潜在关键词,并采用以下公式计算 C-Value 值:

$$\text{C-Value}(\mathrm{ct})=\begin{cases} log_2(|ct|)\times[f(ct)-NST(ct)], & \text{在 } ct \text{ 为内嵌候选术语时} \\ log_2(|ct|)\times f(ct), & \text{其他情况} \end{cases}$$

其中$|\mathrm{ct}|$为候选术语 ct 的长度,$f(ct)$为候选术语 ct 在语料中的频次,$NST(ct)$的计算公式如下:

$$\mathrm{NST}(\mathrm{ct})=\frac{1}{P(T_{ct})}\times\sum_{b\in T_{ct}}f(b)$$

其中T_{ct}为内嵌有候选术语 ct 的所有其他候选术语的集合,$P(T_{ct})$为T_{ct}中的元素个数,f(b)为候选术语 b 的频次。可以看出,基于 C-Value 的关键词提取主要考虑候选关键词出现的频次和该候选关键词是否内嵌在其他更长的候选关键词之中。一般而言,候选关键词的频次越高、内嵌在其他候选关键词中的可能性越小,就越有可能是关键词。

词)。同时我们还抽取了 2011 篇论文中的关键词,并进行了频次统计①。

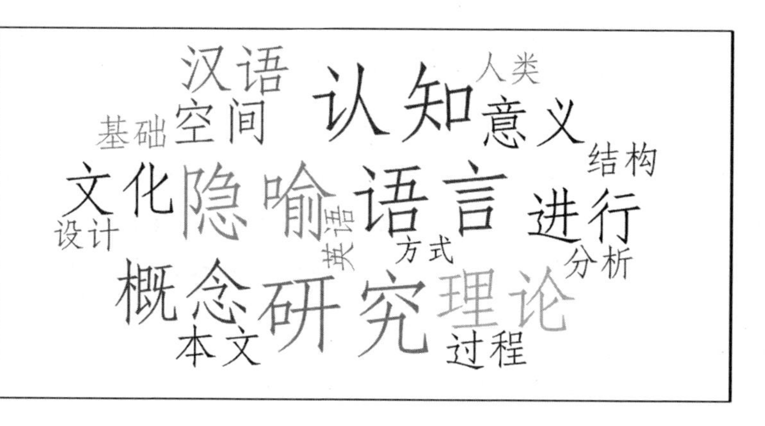

图 2-1　基于术语抽取方法获取到前 20 个词语云图②

对获取的 150 个一元关键词按照 C-Value 值进行降序排列,选取前 20 个关键词,如图 2-1 所示。可以看出,"认知""概念""文化""意义""人类""语言""汉语""英语"等都是高频词语,这说明国内的隐喻研究早已超出语言学领域,其不仅被当作是一种语言现象,也是一种"人类"的"认知"行为,与"文化"紧密关联。隐喻研究是一种跨学科、跨语种("汉语"和"英语")的研究,研究内容包含与隐喻相关的"意义""过程""结构""方式"等多个方面。这与国内学者对隐喻研究的综述是一致的。林书武 (1997)在综述国外隐喻研究时认为,隐喻是多学科研究的对象,可以从哲学、心理学、语言学以及人工智能的角度去研究。束定芳 (1996)还提到隐喻研究与语用学、符号学、现象学、阐释学等学科相关联。李福印 (2000)总结认为隐喻相关学科还包括文学、宗教、经济学、政治学、医学、建筑学、数学、物理,等等。

---

① 对摘要和关键词的详细分析数据见附录一。

② 词语云图是一种数据可视化方法。云图中的字体越大,说明该词语的频次或显著度越高。

也正是因为隐喻的无处不在，隐喻研究的应用也极其广泛。图 2-2 是文献统计分析中获取的二元关键词、三元关键词以及论文自有关键词中收集的与隐喻应用相关的词和短语，包括与语言运用相关的子领域（如一词多义、语法化、语言教学、翻译、话语分析、英汉语和修辞、社会文化、情感和思维认知）。隐喻是一种重要的词义变化形式（Traugott & Dasher，2002），隐喻性词义变化的结果在语言中使用非常广泛、频繁。人们通过隐喻手段来认识新事物，建立新理论，因而它必然与人类的思维方式、认知方式以及认知

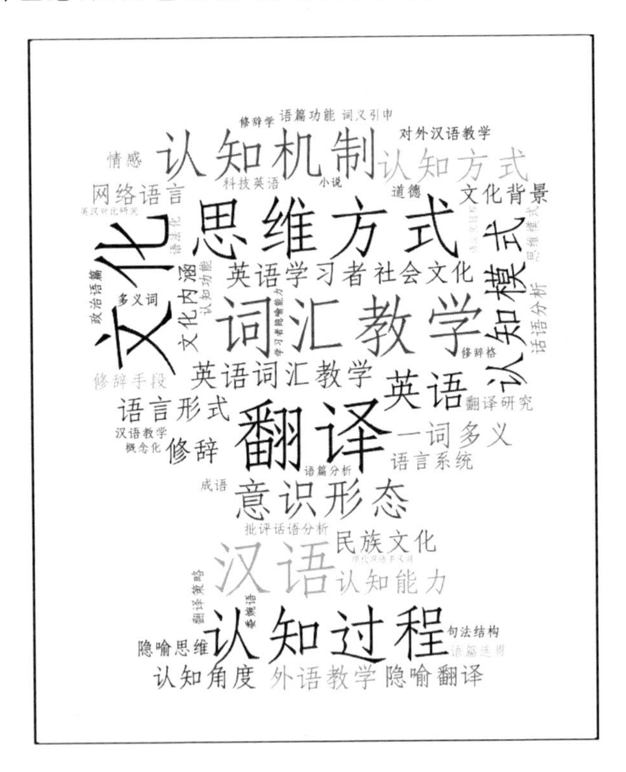

图 2-2 隐喻研究的应用领域云图[①]

---

① 图 2-2 中包含了二元关键词和三元关键词的 C-Value 值用小数表示。其中的关键词通过频次 * 10 增加了权重。此外，因为本文不讨论语法隐喻，因此图 2-2 中不包含与语法隐喻相关的关键词。

结果产生作用，研究隐喻的作用方式和作用程度具有哲学意义，同时这些成果也会对语言教学、词典编撰等有重要的指导意义（束定芳，1996）。

这里仅举出两个具体的例子。蓝纯、尹梓充（2018）通过对《诗经》中的比喻表达进行系统梳理和分析，以窥视周朝文化的精神，认为周人具有相当明确的人类中心和拟人化倾向，思维体现出一定的泛灵倾向，男性和女性在概念隐喻方面具有微妙的差别。在这项研究中，隐喻被当作认识和了解历史文明的一种工具。在另一项研究中，郭贵春（2004）总结了隐喻在科学理论中的运用，认为科学隐喻在当代科学哲学中的地位不断得到巩固和加强。有学者认为，隐喻是各学科通向未来的工具（胡壮麟，1997）。

2.2　隐喻复杂性分析

《辞海》（夏征农、陈至立，2009）将"复杂"概念定义为："事物的种类、头绪多而杂；不单纯……事物或系统的多因素性、多层次性、多变性以及相互作用所形成的整体行为和演化。"隐喻作为一种广泛存在的语言、认知现象，几乎具有《辞海》所定义"复杂"概念的所有特征。在语言形式上，隐喻出现在词汇、短语、句子以及语篇等几乎所有的语言形式层面，具体实现形式纷繁复杂，与隐喻语言相关的属性包括规约化程度、频率、熟悉程度、显著性（或原型性）、语篇的连贯性、句法结构、韵律、搭配、肢体语言等（Gibbs & Colston，2012：308）；在类型划分方面，人们依据知识本体、理解机制、认知功能、规约化程度、隐喻角色的依存关系等多个标准划分出不同的隐喻类型，基于不同标准的类别划分之间相互重叠、相互交叉；在隐喻理解机制方面，人们依据对不同的隐喻类型分析，从语言形式、认知方式以及认知功能等角度，提出不同的隐喻理解机制，语言使用者的年龄、语言经历、性别、职业、文化、政治背景、信仰、认知差异、身体经验、地理位置、性格以及社会关系等都会影响隐喻的理解过程（Gibbs & Colston，2012：263）。不同的理论分别采用语义学工具或者语用学工具解释隐喻的理解机制，从而难以从方法论上对如何研究隐喻问题达成一致（Leezenberg，2001：ix）。

由于隐喻的复杂性，现有隐喻研究所面临的主要问题是研究完备性的缺乏，难以描述隐喻现象的全貌。这主要体现在两个方面。(1)采用单一隐喻识别机制难以识别所有的隐喻现象。单一隐喻识别机制虽然可以保证在隐喻研究和隐喻语料库构建过程中研究对象的一致性，然而难以涵盖所有的隐喻现象。(2)采用单一隐喻理论难以解释所有的隐喻现象。虽然现有隐喻理论都以隐喻为研究对象，然而单一理论无法涵盖所有隐喻现象，不同理论的研究范围相互区分，也相互重叠、相互交叉，所得出的结论有时相互矛盾。因此，人们需要深入地分析隐喻的复杂性，解释现有理论存在的冲突和矛盾，以便更深入地理解隐喻的运行机制。

2.3 隐喻识别的复杂性

隐喻识别的目的是确定隐喻研究的对象。然而隐喻的形式化特征非常复杂，单一的隐喻识别机制难以确保隐喻识别的完备性。

2.3.1 隐喻语言形式的复杂性

隐喻的语言表现形式是非常复杂的（Gibbs，1999）。这可以从汉英两种语言的分析中看出。Brooke-Rose（1958）收集整理15个诗人的作品，制作成语料库，并综合分析了英语中隐喻的语言表现形式。在总结Brooke-Rose（1958）的隐喻语言表现形式的基础上，Stockwell（1992）整理出19种隐喻表达形式，并按照理解的难易程度进行了排序，见表2-1。表2-1充分说明了英语中隐喻语言的复杂性。表中的所有实例都是“大脑像一座城市”这一隐喻的语言表达形式[①],共19种类型。从语言分析单位看,19种类型包含语篇层面的实现形式(如扩展隐喻、寓言和小说)、句法层面的实现形式(如类比、明喻、判断句等)、短语层面的实现形式(如同位结构、并列结构、所有格、短语隐喻)以及词汇层面的实现形式(如新词合成、双关)。而且,每一种类型的具体语言形式还会存在句法结构模式、词语以及词语形态等方面的变化,其复杂性可见一斑。

汉语中的隐喻语言同样具有高度复杂度。杨芸、周昌乐(2007)在分析了万句规模汉语隐喻句库,并对其中1000个隐喻句的结构成分和结构关系特征进行集中分析之后认为,汉语中本体、喻体、喻底及标记都非常明确的隐喻表达式只占整体的极小部分,大部分的隐喻语言表达式呈现出极为复杂的特性。其复杂性主要体现在三个方面:(1)隐喻主要成分取值不确定,除隐喻标记外,单个的词语、任何形式的短语、句子甚至语篇,都可以作为隐喻成分;(2)隐喻单元分析可区分为语言本体、语言喻体、语言喻底以及隐喻标记四个部分,然而这四部分在隐喻表达式中是否出现也是不确定的,其中本体、喻底以及标记都是可省略的;(3)隐喻嵌套和递归复用是普遍现象,在一个语言隐喻单元中往往还存在另一个语言隐喻单元,且这一类隐喻语言形式在整个隐喻表达式中占据了很大比例。束定芳(2000a)在分析隐喻句法特征时,也得出了类似的结论。

汉语隐喻语言的复杂性还可以从传统汉语修辞学研究中看出。汉语修辞学中并没有与西方隐喻对等的概念,隐喻的具体表现形式分散到了不同的修辞格之中。与西方隐喻概念最为相近的修辞格为譬喻。"思想的对象同另外的事物有了类似点,说话和写文章时就用拿另外的事物来比拟这思想的对象的,名叫譬喻。现一般称为比喻"(陈望道, 2001: 68)。按照语言中本体、喻体和隐喻

① 给出的实例中,扩展隐喻采用了朱自清《春》里的句子,而没有采用Stockwell (1992)的译文,其他实例均选自Stockwell (1992),译文为作者所加。

词语的异同和隐现，譬喻又分为明喻、隐喻辞格、借喻三种类型，如表 2-2 所示。对比表 2-1 和表 2-2 中的实例可以看出，汉语修辞格中的详式明喻与表 2-1 中的明喻（序号 3）是同一种语言实现形式。两者都包含了本体、喻体以及表示明喻的譬喻词。然而略式明喻却与表 2-1 中的同位结构、并列结构（序号 8）是同一种语言实现形式，其中本体和喻体之间形成并列的句法结构。隐喻修辞格包含详式隐喻和略式隐喻两种形式。详式隐喻修辞格与表 2-1 中的专属判断句（序号 7）具有相同的语言实现形式。而略式隐喻修辞格是汉语特有的主题句形式，在表 2-1 中难以找到对应形式。汉语中的借喻可以对应表 2-1 中的动词隐喻（序号12）、短语隐喻（序号13）、简单替换（序号14）以及句子隐喻。

表 2-1　隐喻语言结构类型表

序号	类型	实例
1	扩展隐喻	春天像健壮的青年，有铁一般的胳膊和腰脚，领着我们向前去。盼望着，盼望着，东风来了，春天的脚步近了。
2	类比	Just as a city has a communication system, so does the brain.（就像每个城市都拥有一个交通系统一样，大脑也有一个交通系统。）
3	明喻	The brain is like a city.（大脑就像一座城市。）
4	主动致使	The popular science writer makes the brain into a city.（科普作家使大脑看起来像座城市。）
5	被动致使	The brain is made into a city.（大脑被科普作家看作是一座城市。）
6	转换判断句	The brain gradually seemed to be a city.（大脑逐渐看起来像一座城市。）
7	专属判断句	The brain is a city.（大脑是一座城市。）

续表

序号	类型		实例
8	指示形式	同位结构	The brain，an incredibly complex city，has its cells and messengers.（大脑，一座无比复杂的城市，拥有它自己的单元和信使。）
		并列结构	Under the microscope，there was a brain，a city，a convoluted and crowded urban landscape.（在显微镜下，有一个大脑，一座城，一个缠绕拥挤的都市风景。）
		说明结构	The brain，that little metropolis，buzzed on in its affairs.（大脑，这个小小的都市，嗡嗡地散布着消息。）
		呼语	Urban bustle，with your transports and transactions，how do you read this with all that city-buzz circling in your head?（你这个都市啊，交通繁忙，交易频繁，你怎么在这嗡嗡声萦绕的环境中读取到这个信息呢?）
9	单元隐喻		The urban brain（都市大脑）
10	新词合成		Craniopolis（由 craniology 的前部和 metropolis 的后部融合而成）
11	所有格		The city of his skull（由 of 构成的所有格结构）
12	动词隐喻	及物动词	The city imagined the future.（城市在幻想未来。）
		不及物动词	The city slept.（城市睡着了。）
13	短语隐喻		Thinking it out，the city decided to extend into the desert.（随着深入思考，城市决定延伸到不毛之地。）
14	简单替换		I live in the big brain，behind the radioeyes.（我住在这个巨大的大脑之中，在无线电眼之后。）
15	双关		Craning up the mind-spires of the buildings，the workers left their cells.（将建筑物中大脑螺旋抬起来，工人们离开了他们的单元细胞。）

续表

序号	类型	实例
16	否定	I live very much inside my head, but it's not a city.（我就生活在我的大脑之中，但它不是一座城市。）
17	句子隐喻	The brain governs the limbs.（大脑管理着四肢。）
18	寓言	Deep in the brain-stem, the nervous controller heard of riots in the cerebral cortex …（在大脑根处，神经控制器听见大脑皮层在暴乱……）
19	小说	A story involving elements of the above allegory, in much more specific detail, and then read as being personally relevant by someone living in a city at a time of rioting and social unrest.（与寓言相比较，小说包含更多细节，与城市的比拟更为贴近。）

表 2-2 汉语修辞格中的譬喻及其子类①

序号	修辞格		特点	实例
1	明喻	详式	本体和喻体都出现，使用“好像”“如同”“仿佛”等譬喻词。	那瀑布从上面冲下，仿佛已被扯成大小的几绺。
		略式	本体和喻体都出现，用平行句法代替。	兵无常势，水无常形。
2	隐喻	详式	本体和喻体都出现，使用“是”等譬喻词。	我们伟大的队伍是万里长城。
		略式	本体和喻体都出现，无譬喻词。	君子之德，风；小人之德，草……
3	借喻		只有喻体。	这些雕，自古以来，几千年几万年地接连燃烧着一种的希望。

① 本处表格基于陈望道（2001），并进行了修改。实例也选自陈望道（2001）。

表 2-1 中还有一些其他的隐喻形式在汉语的修辞格中也能找到，如双关、寓言、呼语等。汉语修辞格中也有隐喻机制形成的双关，如陈望道（2001）中给出的《子夜春歌》：

例 2-3 自从别欢后，叹声不绝响；黄檗向春生，苦心随日长。

其中“苦”字是双关字，表达了两个相互关联的语义：(1)描述黄檗这种植物味道很“苦”；(2)描述对心爱之人的思念之“苦”。其中第二种语义可以被看作是该词基于隐喻语义引申的结果。这种双关与表 2-1 中序号(15)在语言形式上是一致的。表 2-1 中寓言在汉语修辞格中是讽喻的一种。比如《农夫与蛇》《愚公移山》《守株待兔》等都是讽喻的实例。表 2-1 中的呼语与汉语修辞格中的呼告是同一种形式，如例 2-4 所示。

例 2-4 硕鼠，硕鼠，无食我黍！

此外，汉语的修辞格中有多种类型本质上也是隐喻的语言实现类型，但与表 2-1 中的形式不完全一致，如夸张、婉转、成语、粘连、移就、比拟（包括拟人、拟物）等。以下分别给出一个实例。

例 2-5 黄河之水天上来，奔流到海不复回。（夸张）
例 2-6 旧时王谢堂前燕，飞入寻常百姓家。（婉转）
例 2-7 零部件业低潮中感受唇亡齿寒。[①]（成语）
例 2-8 一夜东风，枕边吹散愁多少？（粘连）
例 2-9 我对车子缓缓驰过快乐的绿林翠木……（移就）
例 2-10 春蚕到死丝方尽，蜡烛成灰泪始干。（比拟）

从以上的分析可以看出，无论是汉语还是英语，隐喻的实现形式种类繁杂，涵盖语篇、句子、短语和词语等几乎所有的语言分

---

① 选自人民网，网址为 http://auto. people. com. cn/GB/n1/2019/0814/c1005 －31293629. html，访问时间 2018 年 7 月 3 日。

析层面。从语言特征看，只有小部分隐喻实现形式，如类比、明喻、并列结构、判断句等具有较为明显的句法结构特征。而另外一些隐喻实现形式，如短语隐喻、动词隐喻、句子隐喻等则没有显著的特征。语言特征无法成为判断隐喻的依据。而且，显性的隐喻实现形式所携带的形式特征也存在歧义，并不是所有包含这些特征的都是隐喻。例如，李斌等(2008)探讨了包含“像”字句的明喻识别问题。“像”字句带有明显的隐喻标记词“像”，然后并不是所有包含“像”字的句子都是隐喻，如例2-11就不是隐喻。据该项研究统计，在1586个包含“像”字的句子中，被判断为隐喻的句子只有512个，采用最大熵模型识别隐喻的最好结果中F值为89%。

例2-11 她……不用像记者那样整天在外面跑新闻。(李斌等,2008)

2.3.2 隐喻识别机制的困难

采用隐喻识别机制的主要目的是克服隐喻识别的个体性差异。隐喻识别首先是语言使用者的个人行为。§1.1介绍的Lakoff课堂隐喻识别的讨论说明，一种表达式对于部分语言使用者而言是隐喻，而对于另一部分语言使用者则不是隐喻。由于隐喻识别的个体差异，在构建隐喻语料库时，不同语料标注人员的标注结果往往不一致。Veale, Shutova & Klebanov (2016:55)认为：

> Corpus-linguistic studies ... might therefore focus on certain culturally, politically, or pedagogically interesting metaphors, leaving open the possibility that other, less salient, metaphors in the same texts might be ignored. However, if one seeks an exhaustive characterization of metaphor in a given corpus, or a comparative characterization across different

studies, then the lack of methodological consistency in identifying metaphors becomes problematic … (语料库语言学研究……因此会关注那些在文化、政治或者教学方面有研究价值的隐喻,而忽略掉那些存在于同一文本但缺乏显著(研究)价值的隐喻。如果人们试图将一个语料库中的所有隐喻全部都识别出来,或者对不同研究中的隐喻进行对比研究,那么就会遭遇到隐喻识别的一致性问题……)

标注一致性是高质量语料库的首要指标。因此,人们提出通过规定具体流程的方法来规范隐喻识别的一致性。

已有文献中较为流行的隐喻识别机制有“隐喻模式分析(Metaphor Pattern Analysis)”(Stefanowitsch, 2006)、“MIP 隐喻识别流程”(Pragglejaz-Group, 2007; Steen, 2007: 88)以及“MIPVU 隐喻识别流程”(Steen et al., 2010)等。这些隐喻识别流程可以较好地保证隐喻识别的一致性,然而却难以涵盖所有的隐喻现象。

Stefanowitsch (2006)提出的“隐喻模式分析”采用语料库搜索方法,基于源语和目标域词语同现识别隐喻。具体流程如下:

(1)从需要调查的目标语义域中选择某一个特定的词语。例如,如果需要调查情感语义域,可从“生气”“气愤”“愤怒”“快乐”等词语中选择一个词语;

(2)从目标语料库中抽取所有包含该词语的语言实例,逐个检查语言实例,如果实例包含有源域词语,则可判断该实例为隐喻。

Stefanowitsch 使用这一方法调查了英语中的 anger, fear, happiness, sadness 以及 disgust 五个词语,发现采用“隐喻模式分析”方法所识别的概念隐喻类型种类要远多于研究者通过内省方法获得的概念隐喻类型。然而,Stefanowitsch 也指出,采用这一方法无法获取所有相关的隐喻实例。这是因为存在一个明显的语言事实:并不是所有的隐喻表达式都显著包含目标域词语,目标域可以蕴含在语境之中。如例 2-12 的目标域是爱情,但并没有包含这一目标域的词语;例 2-13 可以用于经济领域,意味经济资助,同样也没有包含目标域词语。因此,“隐喻模式分析”方法可以识别包含目标词语的隐喻表达式,但无法识别没有包含目标词语的隐喻表达式。

例 2-12 对面是对的人,喝下去便是甜的;对面是错的人,喝下去便是苦的。[①]

例 2-13 大手牵小手。[②]

“MIP 隐喻识别流程”是 Pragglejaz 隐喻研究小组提出来的隐喻识别流程。Steen (2007)详细介绍了这一流程。“MIP 隐喻识别流程”的隐喻识别过程如下:

(1)阅读整个文本/语篇,理解文本/语篇的意义;

(2)确定文本/语篇中的词语单位;

(3)遍历文本/语篇中的词语单位。

对于文本/语篇中的一个词语单位:

a)依据上下文语境确定该词语的意义 S_1。

b)确定该词语的所有用法中是否存在另一种基本义 S_2,判断 S_2 是否为基本义的依据包括:(i)S_2 是否比 S_1 更为具体,更容易通过想象、观察、视听、触觉或者味觉所感知;(ii)S_2 与人体相关联;(iii)S_2 是否比 S_1 更为精确;(iv)S_2 在历史上出现得比 S_1 早。

c)如果存在 S_2,判断 S_1 的理解是否可以通过比较 S_1 和 S_2 获得;如果是,则确定 S_1 为隐喻用法,否则为非隐喻用法。

“MIP 隐喻识别机制”也难以保证隐喻识别的完备性。从识别流程可以看出,确定一个词语是否为隐喻的主要依据是隐喻义与

---

① https://baijiahao.baidu.com/s?id=1661923815591681544&wfr=spider&for=pc,访问时间 2018 年 7 月 5 日。

② 摘自人民网,网址为 http://gongyi.people.com.cn/BIG5/n1/2017/0317/c151132-29152279.html,访问时间 2018 年 7 月 5 日。

基本义之间的比较。然而基本义和隐喻义的区分一直是困扰隐喻研究的难题。Honeck (1996)回顾了20世纪90年代之前的隐喻和其他比喻性语言研究,并总结认为,虽然已经有许多研究在讨论字面意义、比喻性语言以及习俗化之间的关联关系,然而仍然难以达成一致。Dancygier & Sweetser (2014)认为将规约化程度作为区分隐喻与字面意义的依据是一种错误导向。例如,例2-1和例2-2中有的隐喻义和基本义很容易区分,有的则难以区分。如在"兴奋剂问题就成为笼罩在体育赛场上空的一块阴云"和"动摇了体育的生存根基"两句话中,"笼罩……阴云"和"动摇……根基"的源域和目标域差别很大,区分也十分明显;而在另一些表达式,如"中叶""查找的页"以及"调整浏览器设置"等,人们一般不会去区分"中""页"和"调整"这些词语的基本义和隐喻义,而是直接认为在这些表达式中它们表达的就是基本义。

其次,"MIP隐喻识别机制"无法区分隐喻和转喻。隐喻和转喻相似而又不同。与隐喻一样,转喻也是语义演变的一种重要模式,是导致"一词多义"现象出现的主要原因。然而隐喻在规约化过程中会导致语义扩大(semantic broadening),相关词语的语义项数量增加,而转喻在规约化过程中可能出现两种现象:语义扩大和语义缩小(semantic narrowing) (Dancygier & Sweetser, 2014: 108)。

再次,隐喻和转喻的认知方式也不相同。隐喻形成的基础是两个不同语义域的映射,隐喻的理解依赖于两个不同语义域的类比,而转喻是同一个语义域中不同概念之间的替换[参阅 Dancygier & Sweetser (2014)],也就是亚里斯多德提到的"以属代种"或者"以种代属"。例如,英语中许多使用商标名指代动作或者事物,如"xerox"指代"复印","hoover"指代吸尘器,"kleenex"指代纸巾,汉语中借转喻的例子如"孤帆"指代船,"白领"指代职场人士,"烽烟"指代战争等。由于语义域是一个模糊概念,不同语义域之间没有截然的界限。构成借代的两个概念之间因为归属于同一语义域而存在相互关联。在基于经验的隐喻中，虽然源域概念和目标域概念属于不同的语义域，两者也存在一定关联。

此外，Pragglejaz 隐喻识别方法在解释部分隐喻现象时可能存在自相矛盾。如在例 2-14 中，“透支”是隐喻义，意为“使身体过度疲劳”。调查发现“透支”原用于金融领域，意为“消费的金额多于账户上已有的金额”，后者为基本义。可以看出，用以判断“透支”的基本义的主要依据是步骤(3b)中原则(iv)。然而其他原则，如原则(i)、原则(ii)，会导致相反的结论。身体感知相对于金融领域而言更为具体，更为直接，也当然与人体相关，由此应判断 S_1 为基本义，而 S_2 为隐喻义。这与依据原则(iv)获得的结果相矛盾。由此可见，“MIP 隐喻识别机制”难以涵盖所有的隐喻现象，侧重于识别隐喻性较强的、可以通过互动论和显著不平衡理论来解释的隐喻，而难以识别隐喻性弱的习俗化隐喻或传统隐喻。

例 2-14 他勤奋敬业、忘我拼搏，宁可透支身体，也不让工作欠账。[①]

“MIPVU 隐喻识别流程”是对“MIP 隐喻识别流程”的进一步完善，增加了另外三种类型的隐喻。

第一种类型称为“直接隐喻”，这一类型隐喻在理解表达式的过程中，主题或者所指不一致。这种不一致导致了跨语义域的比较和投射，然而这种投射看起来隐喻性并不明显。例 2-15 是一个典型的直接隐喻的例子，其中宿营地(campsite)的所指与度假村(holiday village)的所指并不一致。在理解整个句子的过程中，存在宿营地和度假村两个语义域之间的比较以及语义特征的投射。虽然两者都是具体概念且都同属于“处所”语义域，但也可以看作是隐喻。

---

① 摘自百度百科，网址为 https://baike.baidu.com/item/%E5%8D%A2%E7%8E%89%E5%AE%9D/18804157?fr=aladdin，访问时间 2024 年 9 月 18 日。

例 2-15　The campsite was like a holiday village.（宿营地像一个度假村。）

第二种类型为“间接隐喻”，即主题或者所指的不一致是通过代词等替代形式表达，或者被省略，如例 2-16 和例 2-17 所示。在例 2-16 的英文中代词“it”的先行词是“step”，然而“it”的所指不是具体的步骤，而是抽象的概念，由此存在两个语义域的比较和投射，由此后半句“realize it”（意识到它）是一个间接隐喻。在例 2-16 中括号部分是省略部分，但可以通过上下文补齐，也构成间接隐喻。

例 2-16　Naturally, to embark on such a step is not necessarily to succeed immediately in realizing it.（当然，走出这一步并不意味着能够马上意识到它。）

例 2-17　… but he is [an ignorant pig].（但他是[一个无知的猪]。）

第三种类型为“隐性比较形式”。这种类型与明喻类似。例如，在英语中，显性的明喻格式中包含“like”“as”“less”等词语。然而另外一些词语，如“compare”“comparison”“comparative”“similar”“analogy”等也可以触发不明显的比较。这一类隐喻表达式称为“潜在跨语义域映射格式”。例 2-18 是一个典型的汉语实例，其中“把……当作”就是一种隐性比较形式。

例 2-18　职场上，我们该不该把办公室里的人当作兄弟姐妹？[①]

可以看出，三种形式隐喻类型拓宽了隐喻识别机制的覆盖范围，但仍然未能解决隐喻识别的完备性问题。“MIP 隐喻识别流程”所面临的隐喻识别困境仍然未能得到解决。

---

① 网址为 https://www.163.com/dy/article/DAK56U6U0524GJNL.html，访问时间 2024 年 9 月 18 日。

2.4 隐喻分类的复杂性

隐喻复杂性也体现在隐喻类别的划分方面。隐喻类别不存在单一的划分标准，相反，人们可以依据知识本体、理解机制、认知功能、规约化程度、隐喻角色的依存关系等多个标准划分出不同的隐喻类型，不同标准的类别划分之间相互重叠、相互交叉。

束定芳（2000a）从隐喻的表现形式、功能和效果、认知特点等，区分了显性隐喻和隐形隐喻、根隐喻与派生隐喻、以相似性为基础的隐喻和创造相似性的隐喻。显性隐喻和隐形隐喻是基于隐喻表现形式的类别划分。显性隐喻具有标记词（如“像”），而隐形隐喻没有标记词。根隐喻和派生隐喻是概念隐喻中基于隐喻认知功能的划分，作为中心概念的概念隐喻，如“LIFE IS A JOURNEY”，是根隐喻，而由此派生出来的隐喻，如“人生的起点或终点”等是派生隐喻。以相似性为基础的隐喻与创造相似性的隐喻是以本体和喻体之间的相似性能否容易识别为依据，如果本体和喻体之间的相似性存在于语言使用者的意识之中，则为以相似性为基础的隐喻，否则是创造相似性的隐喻。

依据概念隐喻理论，概念隐喻构成了一个复杂的层级系统。伯克利隐喻数据库（Berkeley Master Metaphor List，简称 BMML）（Lakoff, Espenson & Schwartz, 1994）包含上百个概念隐喻。如图 2-3 所示，这些概念隐喻被区分为“事件结构隐喻系统”“大脑事件隐喻系统”“情感隐喻系统”等四大类。每一类别中又区分出小类，如事件结构隐喻系统可区分为“一般事件结构概念隐喻”“场所事件结构概念隐喻”等。其中的小类又可区分为更小的类别。如概念隐喻 STATES ARE LOCATIONS 又可区分为三个小类，分别为 HARM IS BEING IN HARMFUL LOCATION, EXISTENCE IS A LOCATION，以及 OPPORTUNITIES ARE

OPEN PATHS 等。整个概念系统构成了一个庞大的层级系统。此外，Kövecses (2002)又提出了不同的概念隐喻划分方式，将整个概念隐喻系统划分为两个大的子系统：大连锁隐喻系统（the Great Chain of Being Metaphor）和事件隐喻系统（the Event Structure Metaphor）。其中大连锁隐喻系统用于解释实体或者物体的隐喻概念化，事件隐喻系统用于事件的隐喻认知。这两个子系统又包含更多的小类别，构成一个概念隐喻层级系统。

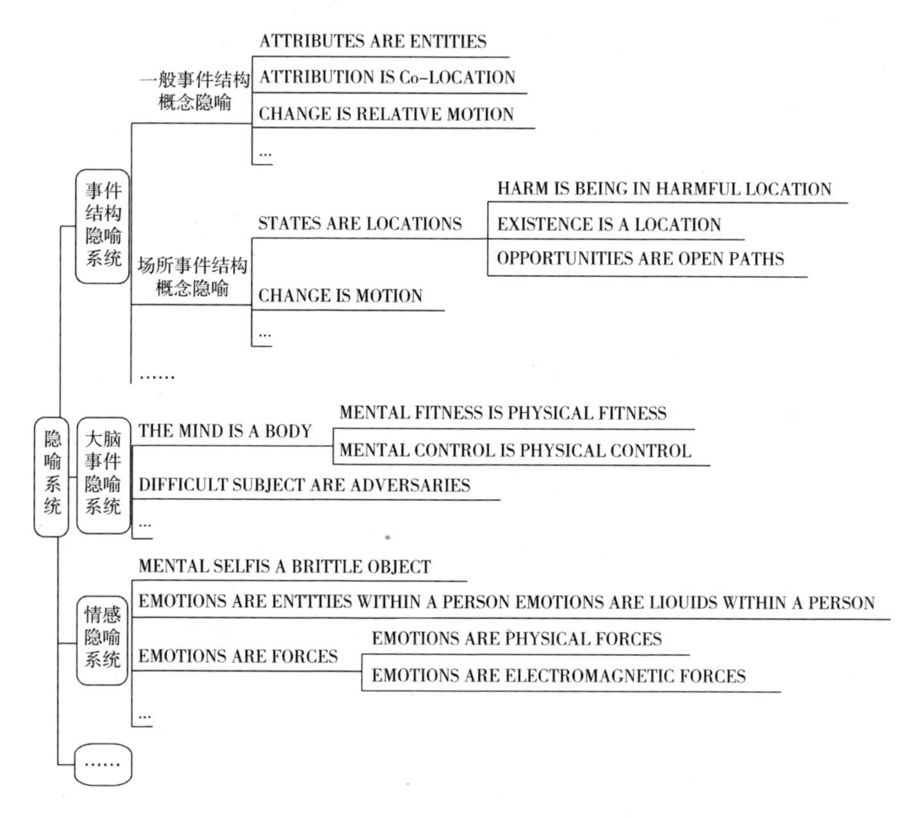

图 2-3　概念隐喻层级系统

在概念隐喻子系统内部，概念隐喻之间还存在相互作用，体现为概念隐喻的图式化（Ahrens，2002；Clausner & Croft，1997）：不同的概念隐喻依据源域（或者目标域）概念之间的关联而联系在一起,概念隐喻之间通过相互作用关系而形成类似于概念图式的整体结构。例如,例2-19给出的五个概念隐喻之间存在关联关系。当例2-19a的概念隐喻被激活后,会触发和激活例2-19b、例2-19c以及例2-19d。这种概念隐喻之间的连锁激活方式的基础是它们之间的相互关联。这与概念之间的相互关联相类似。

例2-19[①]

a. LOVE IS NUTRIENT

b. LOVE IS FOOD

c. THE DESIRE FOR LOVE IS HUNGER

d. PSYCHOLOGICAL STRENGTH IS PHYSICAL NOURISHMENT

e. PSYCHOLOGICAL STRONGER IS PHYSICAL STRONGER

概念隐喻之间的这种相互激活关系可以从"概念隐喻系统是概念系统的子系统"(Lakoff, 1993: 245)这一论断中推论出来。在概念体系中,概念之间可以相互激活。而当一个概念隐喻激活时,同时也会激活源域和目标域中其他相关概念隐喻。Lakoff(1993)在讨论概念隐喻系统的认知功能时认为,概念隐喻映射具有很强的结构性(tightly structured),并呈现出一种本体论意义上的对应(ontological correspondence)。这种本体论意义上的对应,不仅体现为源域和目标域在结构上的对应关系,也体现为概念隐喻之间的相互作用关系上的对应。

概念隐喻的复杂性也体现在它与社会文化之间的关联关系方面。Kövecses (2005)详细讨论了概念隐喻与社会文化之间的紧密关系。他认为,从跨文化角度比较概念隐喻的异同,可得出出以下四个特征:

---

① 摘自Kövecses (2002)。

(1)普遍性,即一些概念隐喻在大部分文化中都可能存在,如 THE ANGREY PERSON IS A PRESSURIZED CONTAINER;

(2)区分性,即不同文化中存在源域或者目标域不相同的概念隐喻,如 BEING HAPPY IS BEING OFF THE GROUND 在英语中存在,而在汉语中则很少使用;

(3)倾向性区分,即在两个文化中,某一目标域有多个概念隐喻,然而两个文化倾向使用的概念隐喻不一致,如美国和匈牙利两个文化中都有多个关于人生的隐喻,然而美国使用最多的是 LIFE IS A PRECIOUS POSSESSION,而匈牙利使用最多的是 LIFE IS A STRUGGLE/WAR;

(4)特有性区分,即某一个文化中所具有的概念隐喻,其源域和目标域在其他国家文化中都难以找到。

在同一个文化内部,概念隐喻受多种因素的影响,也存在多方面差异。Kövecses (2005)给出了影响同一文化内部概念隐喻的因素以及概念隐喻内部参与变异的构成组件,如图 2-4 所示。在同一文化内,概念隐喻的区分维度达到了 8 个之多,随着区分维度的变化,概念隐喻内部的 10 个构成组件也可能随之发生变化。综合考虑外部维度和内部构建的变化所产生的隐喻变化类型为10^8。

隐喻类别的复杂性,不仅体现为类别或种类数量的繁多,也体现为层级结构,不同类别之间构成一定的层级结构,从而使得隐喻分类呈现出复杂性。

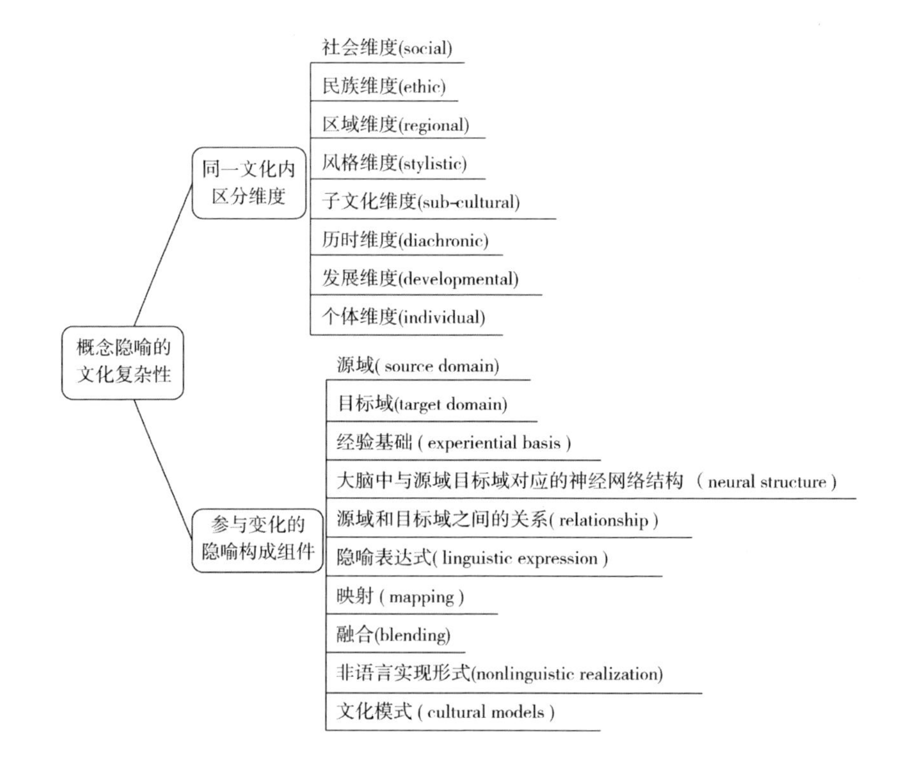

图 2-4 概念隐喻与文化关联及其复杂性

2.5 隐喻理论的复杂性

隐喻理论呈现出一种纷繁复杂的现象（Gibbs，1999：29）。这一复杂性可以从表 2-3 中看出。表 2-3 给出了从国内隐喻文献关键词统计分析中获取的与隐喻理论相关的高频概念(获取方式请参阅 § 2.1,其中括号内整数为关键词频次,小数为 C-Value)。从表中可以看出,国内隐喻研究的主要理论框架是认知语言学,其中包括概念隐喻理论、概念整合理论、体验哲学、具身认知、认知语义学和原型理论等。此外还有结构主义语言学和符号学。不同理论所使用的关键概念各不相同。其中概念隐喻理论的主要概念包括概念隐喻、源域、目标域、映射、意象图式等；概念整合理论中的主要概念包括合成空间、投射、空间关系、概念整合等。此外，还有与认知相关的概念（如认知模型、认知基础、认知主体等），与隐喻描写相关的概念（如喻体、引申义、隐喻性等）以及多模态隐喻。

表 2-3　隐喻理论的种类和关键词

类型	关键词
理论基础	认知语言学（130.20，112）、认知科学（116.00）、认知心理学（7）、概念隐喻理论（20）、概念整合理论（152.51，12）、体验哲学（140.00，21）、认知语义学（83.59，11）、具身认知（17）、原型理论（14）；
	结构主义（78.67）、语义场(8)
	符号学(13)
关键概念	概念隐喻（218.82，184）、目标域（23）、源域（18）；隐喻思维（10）、映射（46）、隐喻映射（9）、意象图式（172.67，45）、意象（14）、概念系统（136.67，10）、概念结构（84.00）、概念（13）；
	合成空间（8）、投射（10）、空间（13）、空间(92.00)、概念合成（8）、概念整合（29）、心理空间(8)；
	认知模型（116.00）、认知基础（114.00）、认知主体（114.00）、认知机制（15）、认知理据(8)、认知语境（7）、认知域（7）、空间概念（131.00）、空间维度（124.67）、范畴化（184.65，18）、建构（10）、识解（7）、相似性（27）、象似性（12）、类比（7）、类似性（7）；
	喻体（20）、隐喻意义（219.00）、语义特征（172.00）、引申义（69.74）、语义（17）、隐喻义(10)、语义特征（15）、意义（13）、隐喻性（13）、隐喻式（11）、隐喻化（10）、隐喻理解（17）、隐喻表征（10）、隐喻机制（10）、语境（19）；
	多模态(8)

回顾隐喻研究的历史可以发现，伴随着隐喻研究的发展，人们对隐喻理解机制复杂性认识的逐步深入。早期的隐喻理解机制从修辞学出发，侧重于探索新颖隐喻的修辞功能；随后，互动论、显著不平衡理论、类别归属理论侧重于探索新颖隐喻的认知功能和认

知机制；概念隐喻理论侧重于探索传统隐喻的认知功能，强调隐喻认知功能的普遍性。束定芳（2002）在总结这些理论时指出，他们都是从不同侧面揭示了隐喻运作过程的一些特点，但都不是完整的解释理论。21世纪初期以来，研究者们认识到隐喻现象的复杂性，所提出的隐喻生涯理论、显著性连续统假设以及动态隐喻论，都在试图解释隐喻现象的复杂性。

2.5.1 修辞学中的隐喻研究

早期隐喻研究从修辞学角度，提出了转换论和替换论的观点。亚里斯多德在他的《诗学》(*Poetics*)中提出了转换论的观点，认为隐喻是语义的转移。《诗学》以古希腊戏剧（特别是悲剧）为主题，概括这一时期的艺术实践经验。阐释戏剧原理和美学原理是《诗学》的出发点（余上沅，1983），从这一角度，亚里斯多德给出了如下隐喻的定义：

> A metaphor is a carrying over of a word belonging to something else, from genus to species, from species to genus, from species to species, or by analogy. [隐喻是词语语义的一种转移，可以从"属"（上类）转移到"种"（下类），可以从"种"到"属"，也可以从"种"（一个下类）到"种"（另一个下类），还可以进行类比。]

在亚里斯多德看来，隐喻的运用可以使语言清晰而不平淡。隐喻通过语义转移引入一种陌生搭配，打破原有的惯用表达方式，从而使得语言更为新奇有趣。

亚里斯多德对于隐喻的定义和分类是在知识本体系统的基础上提出的。在生物分类系统中，动植物按照界、门、纲、目、科、属、种进行分类。其中界是最大类，种是最小类，属包括多个"种"类。从知识本体角度上讲，种与属在语义上是一种ISA关系。在实际的语言表达中，"以属代种"是用更大、更抽象的概念表达更小、更具体的概念，如“子所谓秦无人”，其中用“人”来指代一部分“有识之士”（陈望道，2001：82）；“以种代属”是用更具体的概念表达更抽象的概念，如“三军将士”中“三军”指代部队所有将士。在修辞学、现代认知语言学领域，这两种用法也称为转喻。亚里斯多德的第三种类型，即“以种代种”，如“人多主意好，柴多火焰高”，是基于两种事物相似性的类比方式的语言表达，这种类型更接近现代修辞学和认知语言学中的隐喻概念。由此可知，亚里斯多德从知识本体与语言表达式之间的映射关系角度对隐喻这一概念进行分类，其隐喻概念的范畴比较宽泛，包含了现代语言学研究中的转喻和隐喻两个概念。

替换论是公元1世纪的修辞学家昆提良提出来的。他认为隐喻实际上是用一个词去替代另一个词的修辞现象（束定芳，1996）。昆提良所讨论的隐喻范畴主要是通过词语替换形成的新隐喻。搭配异常是隐喻的主要特点，也是隐喻修辞功能的主要源泉，构造隐喻的认知方式可以是同一语义域中词语的相互替换，也可以是基于相似性类比的不同语义域词语的替换。

2.5.2　隐喻的认知心理机制

早期的隐喻认知心理机制研究，依据理解机制、认知功能、规约化程度、隐喻角色的依存关系等多个标准对隐喻进行分类。不同隐喻理论所采用的分类标准并不一致，隐喻范畴的外延各不相同，所涵盖的隐喻现象的范围也各不相同，从而使得隐喻理论呈现出纷繁复杂的局面。

2.5.2.1　互动论

转换论和替换论仍然将隐喻当作一种修辞。互动论（Interactive View of Metaphor）突破了这一局限，从哲学和认知层考察隐喻的理解机制。互动论最早由I. A. Richard提出，并由M. Black发展和完善。这一理论在回顾和反思转换论和替换论的基础上，从

哲学和认知层面考察隐喻的理解机制。这种转变在 Richard (1965:94)中可以看到:

> The traditional theory noticed only a few of the modes of metaphor; and limited its application of the term metaphor to a few of them only. And thereby it made metaphor seem to be a verbal matter, a shifting and displacement of words, whereas fundamentally it is a borrowing between and intercourse of thoughts, a transaction between contexts. Thought is metaphoric, and proceeds by comparison, and the metaphors of language derive there-from. (传统理论只注意到了隐喻的部分存在方式,隐喻作为术语也仅指这些现象。因此,隐喻被看作是一种语言现象,是词语的转移和替换。然而在本质上隐喻是不同思想之间的相互借用和相互影响,是特定语境下的特定思想活动。思想本身是隐喻性的,通过比较的方式进行,由此而产生隐喻语言。)[①](Richards, 1965: 94)

Black (1954)从哲学和认知层面考察隐喻,将隐喻区分为三种类型:替换型隐喻(即可以通过替换解释的隐喻)、比较型隐喻(即本体和喻体存在比较的隐喻)和互动型隐喻。此外,Black (1993)从词源学角度进一步区分了三种隐喻:源域消失性隐喻(extinct metaphor),源域潜在性隐喻(dormant metaphor)和源域活动性隐喻(active metaphor)。互动论不能用来解释所有隐喻现象,而仅仅只能用来解释互动型隐喻(或活动性隐喻)。两项研究给出的一些典型例子如下:

例 2-20

a) Marriage is a zero-sum game. (Black, 1993)

---

① 其中下划线由作者添加。

b) The chairman ploughed through the discussion. (Black, 1955)

c) The poor are the negroes of Europe. (Black, 1955)

活动性隐喻有多个典型特征。首先,在生成和理解话语的活动中,活动性隐喻都是注意力焦点,都需要经历思考的过程;其次,其理解过程是一个互动过程。Black (1954,1993)对这一互动过程的描述总结如下:

(1)活动性隐喻包含两个主体:主要主体(primary subject)和次要主体(secondary subject),其中次要主体不是一个简单的个体,而是一个与隐喻词相关联的系统;

(2)隐喻表达式的理解过程,是将从次要主体中获取的一个语义蕴涵集合(set of implications)投射(project upon)到主要主体的过程;

(3)隐喻表达式中的一些标记成分选择、强调、抑制和组织所投射的特征,以使得投射结果与次要主体的语义蕴涵集合保持一致性;

(4)在特定隐喻表达式中,主要主体和次要主体之间采用以下方式互动:(i)主要主体提示听话人选择次要主体的部分特征;(ii)邀请他构建一个与次要主体平行的语义蕴涵集合;(iii)同时引导次要主体发生变化。

2.5.2.2　显著性不平衡理论

Ortony, Reynolds & Arter (1977)提出的显著性不平衡理论(salience-imbalance theory)注意到隐喻研究对象的不一致问题及其对隐喻发展心理学的影响。他们发现在讨论儿童的隐喻习得能力时,不同研究得出了完全互相矛盾的结论。一部分研究认为5岁及以下的小孩能够习得隐喻,而另一部分研究认为这一年龄的小孩不能习得隐喻。基于对隐喻普遍性和广泛性的认识,Ortony等认为应该将各种隐喻现象都包含在隐喻研究之中,包括Black所提出的替换型隐喻、比较型隐喻和互动型隐喻，也包括所谓的“死隐喻”和“活隐喻”，并给出了如下隐喻的定义：

> A first condition for something's being a metaphor appears to be that it is contextually, or pragmatically anomalous. This means that if it is interpreted literally, it fails to fit the context … This suggests a second condition, namely, that for something to be a metaphor it must be possible, in principle, to eliminate the tension. It seems, then, that we have to conditions, which, taken together, are necessary and sufficient for a linguistic expression to be a metaphor.（构成隐喻的第一个条件是语境异常，或语用异常。也就是说，从字面意义上获取的解释在当前语境下是不合适的……由此可获得构成隐喻的第二个条件，即这种语境异常所造成的理解困难在原则上是可以解决的。如此看来，以上的两个条件是判断一个语言表达式是否构成隐喻的充分必要条件。）（Ortony et al.，1977）

Ortony（1979）进一步认为，解决在隐喻理解过程中由语境异常造成的理解困难依赖于相似性，并进一步区分了两种类型的相似性：原义相似（literal similarity）和隐喻相似（metaphoric similarity）。原义相似和隐喻相似的计算方法都基于 Tversky 的相似性计算公式（Tversky，1977）。给定实体 a 和 b，两者的相似性可通过公式(2-1)计算：

$$s(a,b) = \theta f(A \cap B) - \alpha f(A - B) - \beta f(B - A) \qquad (2\text{-}1)$$

其中 A 和 B 分别为 a 和 b 的属性集合，$A \cap B$ 为实体 a 和 b 所共有的属性。原义相似和隐喻相似的区别体现在 $A \cap B$ 这一共有属性在 a 和 b 中的显著程度方面。例如，“企鹅”与“麻雀”之间的共有属性可以是如下集合：{有翅膀；卵生；喙；双脚行走}。这些属性对于企鹅和麻雀都是显著的。又比如“罗密欧”与“太阳”之间的共有属性可能是如下集合:{生命源泉;重要}。其中"生命之源"是太阳的显著特征,但不是"罗密欧"所具有的显著特征。

从显著性角度分析A和B中元素的组合,可能存在四种情况,如表2-4所示。Ortony (1979)认为,要构成隐喻,$A \cap B$中的元素应该对于a是显著的,而对于b是不显著,或者对于b是显著的,对于a是不显著的。由此,"企鹅"和"麻雀"之间的相似性比较是原义相似,一般不构成隐喻,而"罗密欧"与"太阳"之间的相似性是隐喻相似,可以构成比喻。进一步而言,给定一个隐喻,其中a是本体,b是喻体,该隐喻的隐喻性计算方式如公式2-2所示,其中f^B表示属性在喻体中显著性程度,f^A表示属性在本体中的显著性程度。

$$s(a,b) = \theta f^B(A \cap B) - \alpha f^A(A - B) - \beta f^B(B - A) \quad (2\text{-}2)$$

表2-4 两个实体不同显著性属性的组合分析

	B中显著属性	**B中不显著属性**
A中显著属性	原义相似	隐喻相似
A中不显著属性	隐喻相似	原义相似

Gentner (1988)进一步讨论了隐喻中的相似性问题,认为喻体与本体之间相似性的计算,不仅包含共有的属性,还可能包含共有的关系。例如,在例2-21中,"drinking straws"和"plant stems"之间不仅共有属性{长;细;空心},还共有相同的关系,即"将液体从低处提升到高处"。依据相似性是基于属性还是关系,隐喻又可区分为属性相似性隐喻、关系相似性隐喻、双层隐喻以及复杂隐喻。Gentner (1988)认为,这一区分的重要意义有两个:其一,与属性相似性隐喻相比较,关系性相似隐喻使用更为广泛;其二,从儿童隐喻习得发展来看,属性相似性隐喻可能在更早的年龄段习得,而关系相似性隐喻的习得能力发展要晚于属性相似性隐喻。

例2-21 Plant stems are drinking straws for thirsty trees.

2.5.2.3 类别归属理论

类别归属理论(class-inclusion theory)(Glucksberg & Keysar, 1990; Glucksberg & McGlone, 2001)是在反思“显著不平衡理论”以及其他早期的隐喻理解机制基础上提出的。Glucksberg & Keysar (1990)认为,理解“我的工作是监狱”这样的隐喻时,并不需要借助于“监狱”的字面意义(literal meaning),而应该将该隐喻看作是由一个判断句触发的归类思维过程,将“我的工作”归属于由“监狱”所指称的概念范畴。“监狱”所指称的概念范畴是一个原型范畴,“监狱”是其中的一个典型成员,具有一些典型的特征,如“封闭性建筑”“缺乏自由”“枯燥”“压抑”等。隐喻的理解过程,就是依据隐喻的上下文语境,本体和喻体之间的相似程度选择原型范畴特征的过程。由此 Glucksberg & Keysar (1990)认为,这一过程,在本质上是由判断句所触发的类别判断思维。

2.5.2.4 概念隐喻理论

与互动论、显著性不平衡理论以及类别归属理论不同,概念隐喻理论 (Lakoff, 1987; Lakoff & Johnson, 1980)所关注的隐喻范围主要是传统隐喻。Lakoff & Johnson (1980: 139)总结认为:

> The metaphors we have discussed so far are conventional metaphors, that is, metaphors that structure the ordinary conceptual system of our culture, which is reflected in our every day language. (到现在为止,我们讨论的隐喻都是习俗化隐喻,也就是那些在我们的日常语言中体现出来的,用于构建我们的文化中日常概念体系的那些隐喻。)

概念隐喻理论通过对传统隐喻的分析,认为概念隐喻在语言中普遍存在,是人们认知事物的重要工具,并集中讨论了三种重要的概念隐喻:结构性隐喻 (structural metaphor)(如 IDEAS ARE OBJECTS)、方位性隐喻 (orientational metaphor)(如 HAPPY IS

UP)和本体隐喻 (ontological metaphor)(如 INFLATION IS AN ENTITY)。结构性隐喻和方位性隐喻在解释、说明目标域概念时具有重要作用。结构性隐喻的主要特征是源域中的绝大部分概念和概念间关系都能够映射到目标域中,成为目标域组织概念和概念关系结构性依据。例如概念隐喻"LIFE IS A JOURNEY","TIME IS MONEY"。方位性隐喻(如 HAPPY IS UP)是指源域中的概念框架成为目标域组织概念框架的基本依据。由于能够成为源域的概念主要是空间方位概念,与物体、动作和容器等相关,所以叫作方位性隐喻。这一类隐喻的最主要特征是源域的框架结构映射到了目标域,而源域的具体细节并没有映射到目标域。方位型隐喻是许多抽象概念的结构方式,如概念隐喻"HAPPY IS UP"的目标域"HAPPINESS"就是一个抽象概念,英语中基于方位概念的隐喻是理解 HAPPINESS 的一种方式。此外,Tendahl & Gibbs (2008)还提到了认识型隐喻(Epistemic Correspondence),这一类隐喻与本体型隐喻相关联,指人们基于有形物体之间的关系来认识非有形目标域中个体之间的关系,如"液体溢出到情绪失控"的映射。第三种重要类型是本体型隐喻(如 ANGER IS HEATED FLUID IN A CONTAINER)。本体型隐喻是在身体对有形物体的身体感知基础上形成的概念隐喻,这类隐喻将事件、活动、情绪、主意等映射为有形的物体或物质。因此,这种类型划分的依据是隐喻的形成方式。Grady (1997)所提出的基本隐喻(Primary Metaphor)是对这一类型的丰富和发展。

概念隐喻理论随后在多个方向上得到发展。从考察隐喻产生和形成的心理机制这一角度出发,Grady (1997)、Grady (1999)以及 Grady (2005)提出了新的概念隐喻分类体系。其中一种类型隐喻的形成基于相似性 (Resemblance),源域与目标域之间存在相似的属性或者相似的结构关系,可以采用类推的方式识别和理解。然而类比不是隐喻产生形成的唯一方式,也并不是所有的概念隐喻都存在相似之处。另一种隐喻的形成基于身体体验，即日常生活中的两个概念常共同出现，这种共现形成了两个概念域之间的映射关系，如“INTIMACY IS CLOSENESS”。Grady（2005）进一步指出，经验上的相互关联是这一类隐喻形成的主要原因。这种经验上的相互关联形成了一种新的词汇语义关系，即关联（correlation）。这种基于感知经验的概念共现是隐喻使用的心理基础。梅丽兰（2007）在讨论“移觉”“通感”时也认为在这种现象中“人们本能地将两个不同的感知域结合起来……其认知基础是人类感官共同的生理机制和人类共同的感知经验与生理反应促成的在我们思想概念系统中感知域之间特征的相似性心理联想”。

概念隐喻理论的发展，尤其是对基本隐喻（primary metaphor）的研究，对认知研究产生很大的影响。Johnson（1995）在调查一位名叫 Shem 的儿童如何习得概念隐喻 KNOWING IS SEEING 时发现，Shem 在使用这一概念隐喻之前，会经历一个视觉语义域和获知语义域相互融合（conflation）的阶段。例如，在表达 see 和 know 两个动作同时出现的语境下，see 会使用与 know 相关联的语法结构，如“Let's see what's in the box”。其中 see 与“看见”的关联性不大，而更多地表示“了解，知道”。感知觉语义域和抽象概念语义域的融合为发现基本隐喻奠定了基础。Grady（1997）的研究进一步认为，人们在日常生活经验中会形成数以百计的基本隐喻，这些隐喻将感知觉经验与主观经验关联起来，成为复杂隐喻构成的基础，构成复杂隐喻的认知机制，是概念融合。其后，Feldman & Narayanan（2004）和 Narayanan（1997）以神经科学领域为背景，提出了 KARMA 隐喻理解模型。他们认为，理解词语意义的过程，就是在大脑中激活相对区域，并进行想象和模拟的过程。例如对“grasp”的理解，就是在大脑中想象“抓取”这一动作的过程。那么，对“grasp”的隐喻用法（如“grasp the main idea”）的理解，也会在大脑中激活相同的区域，同时将这一区域与目标语义域关联起来。

概念隐喻的研究，使得认知研究出现了认知的具身转向（范琪、叶浩生，2014）。Lakoff & Johnson (1999:45)认为：

> Our subjective mental life is enormous in scope and richness … Yet as rich as these experiences are, much of the way we conceptualize them, reason about them, and visualize them comes from other domains of experience. These other domains are mostly sensorimotor domains … The cognitive mechanism for such conceptualizations is conceptual metaphor, which allows us to use the physical logic of grasping to reason about understanding … Metaphor allows conventional mental imagery from sensorimotor domains to be used for domains of subjective experience.（我们头脑中的主观生活规模宏大、色彩斑斓……然而我们对这些丰富的经验进行概念化、推理以及具象化的过程却依赖于其他领域的经验，其中应用最多的是感知觉领域……对这些经验进行概念化的机制就是概念隐喻。概念隐喻帮助我们使用“抓”的物理逻辑过程去对理解过程进行推理……隐喻使得我们将习俗化的感知觉大脑意象应用于主观生活。）

从认知角度看，隐喻是人们利用熟悉、具体的经验构造陌生、抽象的概念；人们在丰富的感知觉经验上形成具体概念范畴的图式结构，如空间、温度、光滑程度等的图式结构等，然后将具体经验的图式结构映射到抽象的范畴和关系，从而获得新的知识和理解（殷融、苏得权、叶浩生，2013）。由此，具身认知认为，认知是身体的认知，认知和思维方式受制于身体的物理属性；认知的种类和性质是由身体和环境的互动方式决定的，身体的感知觉运动性与认知的形成有着直接关联；身体自身的物理过程以及身体与外部环境的互动在构成人们认知系统的同时，也客观上限制了人的行为，直接影响认知过程（范琪、叶浩生，2014）。然而一些心理实验发现，如 Mahon & Caramazza (2008)、Rueschemeyer,

Lindemann, Rooij, Dam & Bekkering (2010)没有发现具身性会在隐喻理解过程中发挥作用,或者具身性可能发挥了作用,但很快就消失不见。

近年来对概念隐喻理论的批判也越来越多。在一定意义上,概念隐喻的缺陷,主要在于对隐喻复杂性的认识。刘正光 (2001)列举了概念隐喻的五种缺陷:(1)缺乏足够的经验主义,例如,虽然可以合理地假设 LOVE IS A JOURNEY 这样的概念映射,但是许多人的大脑中并没有将 LOVE 作为 JOURNEY 这样的概念结构;(2)由于缺乏确定映射水平或特征的标准,概念隐喻并没有说明什么样的隐喻是合适的、熟悉的、可理解的,也不能确定概念映射的数量,所使用的语料来自内省,无法保证对真实语料中的覆盖率、代表性和穷尽性;(3)过度概括,忽略了语境对隐喻理解的制约作用;(4)映射内容不充分,许多十分明显的经验特征并没有参与隐喻映射;(5)不能明确说明相似概念结构构成的隐喻之间的关联关系。李福印 (2005)也持有类似观点。此外李福印还指出,概念隐喻的语料都是共时的、静态的,研究的是一些固化在语言表达式中的死隐喻。总体看来,虽然概念隐喻揭示了隐喻的认知作用,也符合部分语言认知现象,然而由于其语料来自与内省,规则过度概括,又没有考虑语境的制约,因而面对真实世界中存在的纷繁复杂的隐喻,其解释力显得捉襟见肘。

2.5.2.5　概念整合理论

概念整合理论提出了自然语言意义建构过程中的认知过程:概念整合。由于隐喻现象中同样包含着概念整合的认知过程,该理论也可以用来解释隐喻现象。在 Fauconnier (1997)提出的概念整合理论模型中,包括四个心理空间:两个输入空间、一个类属空间(generic space)和一个合成空间。依据这一模型,隐喻的实时理解也包含四个心理空间:两个输入空间分别为源域和目标域、类属空间(包含源域和目标域的共有属性和/或关系)、合成空间(包含隐喻理解结果)。因此,概念整合理论可以用来深入细致地分析实时隐喻过程中的意义建构与推理机制(汪少华,2001)。

然而概念整合理论作为一种普适性的认知过程,并没有详细考察隐喻的复杂性问题。汪少华(2001)认为,概念整合理论在解释隐喻现象时有两个方面的问题尚未考虑:(1)隐喻意义构建和阐释中不仅包括相同性,也包括相异性,而概念整合理论并没有考虑隐喻理解过程中的相异性;(2)在具体语境中,隐喻理解过程不仅包含了从目标域到合成空间的投射,也包含从合成空间到目标域的投射。刘正光(2002a)也认为,虽然概念整合理论给出了一个基本框架,这一框架是否适合于隐喻理论,还需要更多的具体语言事实去进行验证。本书第 7 章在讨论隐喻构式的涌现时,提出了基于概念整合理论的隐喻构式涌现机制和规则,从语言数据看,概念整合理论作为一般的认知过程,可以解释各种复杂的隐喻现象。

2.5.3　隐喻解释机制的复杂性

§2.5.2 并没有涵盖所有的隐喻理论,此外还有 Indurkhya (1992)对互动说的补充,Jacobson 对隐喻和换喻的分析,Searle 对隐喻句子义的分析,等等。这些理论和研究往往针对某一种特定隐喻类型,分析该类隐喻的理解过程,并据此提出相应的隐喻理解理论。因此,一种理论往往都只能解释部分隐喻现象,而对其他大量存在的隐喻事实无能为力。这使得隐喻的结构分析和隐喻理解机制的探索呈现出纷繁复杂的局面。不同研究者对于隐喻理解机制持有不同的、甚至相互矛盾的观点。束定芳、汤本庆(2002)总结隐喻研究的各个理论流派时认为,各种隐喻研究理论之间并非互相排斥、互相矛盾,需要将它们组合起来才能使得我们对隐喻这一特殊语言现象有比较完整的认识。为解释各种隐喻理论之间的关联关系,一些学者开始探索隐喻现象的复杂性,其中较为突出的有梯度显著性假说、隐喻生涯理论以及动态隐喻论。本章介绍梯度显著性假说和隐喻生涯理论，下一章专门介绍动态隐喻论。

2.5.3.1 梯度显著性假说

梯度显著性假说是在回顾两种相互冲突的隐喻理解机制的基础上提出的。其中一种机制以 Grice（1975）和 Searle（1979）为代表。他们认为：(1)词语的基本义在语言理解过程中享有优先权，总是先于其他意义（如隐喻义）被激活；(2)隐喻理解需要一个触发条件，如规则违反等；(3)隐喻意义的理解更为困难，包含系列过程。这一机制能够解释新隐喻。例如，Grice（1975）在解释隐喻时，给出的例子如例 2-22 所示。在英语中，这是一个新颖隐喻。另一种理解机制源自隐喻的认知心理研究，如 Gibbs（1984）、Glucksberg & Keysar（1990）、Ortony（1979）等。他们主张：(1)语言理解过程中，词语的基本义没有优先权，比喻性语言的理解不需要优先理解基本义，也不需要基于基本义的逻辑推理；(2)词语基本义和隐喻义的理解都是复杂的自动化过程，依赖于复杂的上下文信息作为触发条件。例 2-23 是 Ortony（1979）给出的一个隐喻实例。在英语中，虽然该例中使用了判断句式，但是这不是一个新颖隐喻。梯度显著性假说认为，上述这两种隐喻解释机制都只能解释一部分隐喻现象，如例 2-22 和例 2-23。第一种机制更倾向于解释新颖隐喻，而第二种机制更倾向于解释传统隐喻。

例 2-22 You are the ice-cream in my coffee.（你是我咖啡里的冰淇淋。）

例 2-23 Encyclopedias are like gold mines.（大百科全书都是宝库。）

梯度显著性假说的核心概念是梯度显著性（graded salience）。梯度显著性是指认知刺激（如词语）的语义显著程度（Giora, Gazal, Goldstein, Fein, & Stringaris, 2012）。梯度显著性可大致区分为三种情况：

(1)如果一种刺激语义已经存在于大脑词汇中，并在经验上受熟悉程度(familiarity)、频次(frequency)、规约化程度(conventionality)以及原型等因素的影响，具有较高的凸显程度，那么该语义具有较高的显著度；

(2)如果一种刺激语义已经存在于大脑词汇中，并在经验上由于熟悉程度、频次、规约化以及原型等因素的影响，具有较低的凸显程度，那么该语义具有较低的显著度；

(3)如果一种刺激语义并没有在大脑词汇中编码，而是一种新的语义或者可以引申出来，那么该语义没有显著性。

基于词语显著性的定义，梯度显著性假说认为：(1)在词语理解过程中，显著性高的词义优先于显著性相对较低的词义，词语的显著性词义总会被激活；(2)对显著性高的语义的全新解释需要一系列操作，其中包括对原有显著义的否定和再解释过程；(3)词语新义的获取相对更难，需要更多的上下文语境线索。梯度显著性假说为词语基本义和隐喻义提供统一的理解机制，并提出了确定显著性的四个主要特征：规约化程度、熟悉程度、频次、语境获取容易程度以及原型。

2.5.3.2　隐喻生涯理论

与梯度显著性假说类似，隐喻生涯理论(Career of Metaphor)也是在总结两种不同的隐喻理解机制基础上提出的。Bowdle & Gentner (2005)认为，从认知角度看，隐喻理解的结果都会形成跨领域的映射。然而映射建立的机制有两种不同的假设。一些隐喻理解理论如互动论、显著性不平衡理论以及概念隐喻理论认为跨领域映射是通过比较来发现和凸显源域和目标域之间存在的共有特征。例如，隐喻“我的工作是监狱”触发了源域“工作”和目标域“监狱”之间的比较，并通过比较凸显了“枯燥”“缺乏自由”这两个语义域所共有的特征。然而，由 Glucksberg & Keysar (1990)、Glucksberg, McGlone, & Manfredi (1997)和 Glucksberg &

McGlone (2001)提出的类别归属理论认为,隐喻理解过程中本体和喻体的作用是不一样的。喻体提示一个概念范畴以及与该概念范畴相关的特征维度,而本体的功能是限定特征选择的范围。一旦特征选择完成,本体和喻体所共有的特征维度得以保留,而喻体中的其他特征维度则受到压抑,从而使得本体和喻体之间出现相似性。因此,这一过程在本质上是一个类别归属判断过程,相似性是这一过程最后的结果,而不是获取这一结果的过程。

隐喻生涯理论认为,隐喻存在规约化倾向,在规约化过程中,不仅本体概念发生变化,词语获得新的义项,还会形成比本体和喻体更为抽象的新概念。其次,隐喻生涯理论认为,无论是比喻性语言抑或是非比喻性语言,其触发的分类认知活动都包含几个基本机制:基于名称的比较、结构对齐以及推理过程。由此,在不同的规约化阶段,隐喻理解机制并不相同。新隐喻的规约化程度低,喻词与喻体所指向的特定概念关联紧密,与隐喻所形成的相对抽象概念的联系尚未建立起来,因此,在理解这一类隐喻的过程中,推理过程具有高度的选择性,会仅选择那些在对齐过程中可能形成映射的特征。而规约隐喻在经历了规约化过程之后,喻词与隐喻形成的抽象概念之间关联紧密,理解这一类隐喻的过程是一个直接继承抽象概念特征的过程。

2.6 语言复杂性与隐喻复杂性

在历史上,隐喻研究最早是从隐喻的语言实现形式开始的。隐喻的复杂性,也是语言系统复杂性的一种具体表现。前面三个小节的分析说明,隐喻复杂性集中体现为规律完备性的缺失:隐喻识别规律难以涵盖所有的隐喻现象,隐喻的解释机制难以解释所有的隐喻理解过程,不同解释机制存在相互矛盾。这些隐喻复杂性现象,也是语言系统复杂性的常态。

语言学家们发现，语言中符合语言规则的话语和违反语言规则的例外同时共存，没有“没有例外的规则”，也没有“没有规则的例外”。一个显著的例子是汉字的定义。徐通锵（2008）认为：“字是汉语的基本结构单位，它的特点是‘一个字·一个音节·一个概念’的一一对应。”然而并不是所有汉字都是“形、音、义一体的”（蒋绍愚，2015：17），如现代汉语中汉字“行”就有两种读音，一种是háng，另一种是xíng，而且使用的语境也不相同。历史比较语言学也认为有规则必有例外，而新语法学派认为有例外必有规则（施春宏，2010：294）。

规则的相互矛盾也是语言使用的常态。Joan Bresnan在获得2016年计算语言学学会终身成就奖的感言中提到，并不存在一套适用于所有语境的语言规则。在实际的语言运用过程中，人们往往会违反一些语言规则，以满足另一些更重要的、更有利于语言交际的语言规则（Bresnan，2016）。如新颖隐喻作为一种修辞手法，首先表现为对语义逻辑或者/和语义选择限制的违背，然而这种规则的违背又符合话语涵义规则的要求，激发语言使用者通过构造语义映射获取话语的涵义。如“只有小草在歌唱。/在没有星光的夜里，/唱得那样凄凉”[①]中，“小草”不会“歌唱”，当然也不能“唱得那么凄凉”，这种对语义逻辑和语义选择限制的违背是形成隐喻性解释的基础和前提。

语言处于不断变化之中，动态变化是所有人类语言的普遍性特征（Hale，2007：3）。隐喻其实是语言动态变化的一种形式。尤其在社交媒体网络高度发达的现代社会，人类语言交际打破了时间和空间的局限，人们在更广阔的时空范围交流，接触到不同语言、不同文化，在不断地创造新的词语、新的表达形式，语言的动态变化形态表现得淋漓尽致。“在任何时候，言语活动既包含一个已

---

① 摘自人民网，网址为 http://culture.people.com.cn/n/2013/0216/c87423－20495285.html，访问时间2024年9月19日。

定的系统,又包含一种演变;在任何时候,它都是现行的制度和过去的产物,……很难把它们截然分开”(索绪尔,1980:29)。

因此,在语言学研究中经常采用的方法是暂时忽略语言由于时间维度的动态变化和语言使用者个体差异所导致的复杂性,将语言看作一个相对静止的系统(Larsen-Freeman & Cameron,2012:25)。如索绪尔(1980)首先区分了言语活动和语言两个概念,认为语言学的研究对象是语言,即个体行使言语活动这一机能所用的一套必不可少的为社会集团所共享的规约。这套规约是同质的,将言语的异质性排除在外(索绪尔,1980:36);语言中只有音响形象,它们是固定的视觉形象,这些固定下来的语言事实通过词典和语法规定下来,形成语言的忠实代表(索绪尔,1980:37)。

现有隐喻研究也大多采取类似的方法,在研究中忽略隐喻的动态变化和差异性,而是通过分类方法确定某一种特定的隐喻类型作为研究对象,总结这一特定隐喻类型存在的规律性和规则,同时将异质性排除在外。例如,互动论用于解释互动型隐喻,而不适用于替换型隐喻、比较型隐喻;显著性不平衡理论主要用于解释那些能够触发两个不同语义域比较的新颖隐喻;概念隐喻理论主要用于解释传统隐喻和部分新隐喻,而不能解释另外一些不存在概念隐喻的新颖隐喻。

2.7 小 结

隐喻作为一种广泛存在的语言、认知和文化现象,复杂性是它的固有特征。这种复杂性不仅体现在隐喻研究的跨学科性质、隐喻应用的广泛性,也体现在隐喻研究之中。刘宇红(2005)在总结自古希腊以来的各种哲学传统的隐喻研究之后认为,隐喻的主要“缺陷”是它的欺骗性。隐喻研究的历史发展,可以看作是不断认识隐喻复杂性,不断探索和解释隐喻复杂性的过程。总体看来,隐喻复杂性体现在以下几个方面：

(1)在隐喻识别方面，隐喻的语言实现形式非常复杂，在词汇、短语、句子、语篇等各个层面都存在隐喻，语言形式特征不是判断隐喻的充分条件。与此同时，隐喻识别过程具有明显的个体差异性。因此，即便是制定明确详细的隐喻识别规范，仍然难以识别语篇中的所有隐喻，难以达成隐喻识别的完备性；

(2)在隐喻理解方面，现有隐喻理论大多依据自身研究目标进行隐喻类型划分，提供一种或几种类型隐喻的理解机制，单一理论难以解释所有的隐喻现象。

近年来，研究者们已逐步认识到隐喻现象的复杂性，并着手分析和探索隐喻复杂性的成因，寻找决定隐喻复杂性的主要维度，如梯度显著性假说中的语义显著度、隐喻生涯理论中的规约化程度等。

第3章　从复杂适应系统到动态隐喻论

隐喻复杂性是语言系统复杂性的具体体现。动态隐喻论以基于复杂适应系统理论的语言观和基于动态系统理论的认知观为基础解释隐喻的复杂性，认为隐喻是一个采用跨领域投射认知事物的动态过程。在这一过程中，语言使用者的自适应能力是隐喻复杂性的根本原因，时间维度是隐喻复杂性的主导因素(即序参量)。依据时间维度可以有效区分基本义、转喻和隐喻，建立隐喻表达式与隐喻规约化程度之间的对应关系，揭示隐喻词语的句法功能变化与隐喻概念形成之间的对应关系。

3.1　用简单描述复杂

Murray Gell-Mann(1969年诺贝尔物理学奖获得者)认为，对于人类社会而言，科学研究的主要目的包含如图3-1所示的四个相互关联的方面(Gell-Mann, 2002)。人们记录事物的过往发展变化状态，并将其作为已知数据，从这些数据中探索、发现事物发展变化的规律，运用已发现的规律和新获取的数据，认识事物在当前客观世界中的状态，预测事物未来发展的可能方向，然后运用所获取的认识和预测结果指导自身的社会实践。类似地，隐喻研究及其发展，也应该是在观察、调查与隐喻相关的语言和非语言历时数据的基础上，不断探索、发现和构建更为简洁的规律来描述隐喻现象，并运用这些规律去解释词义引申、一词多义、语法化、词语的句法结构变化、词义变化、人类认知规律和创造性等语言和思维现象，预测与隐喻相关的语言发展方向和认知倾向，并将这些知识应用于语言教学、翻译、认知能力培养、文化对比以及人工智能等领域。

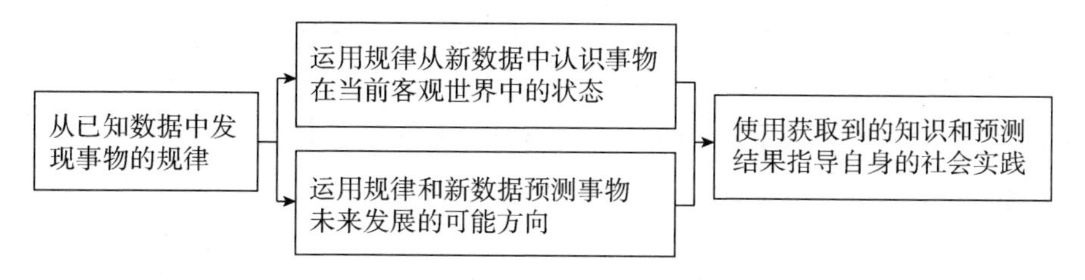

图3-1　科学研究的目的

从人类价值判断的角度看，高序胜于低序（苗东升，2016：30）。在科学研究的发展中，人们期望能够发现更为简单的规律，采用更为简单的规律描写更为广泛的事物或者现象，揭示事物或现象之间的关联关系。这是科学发展的主要驱动力。例如，在遗传学的发展中，人们逐渐发现"基因型"，即控制性状的基因组合类型决定了生物遗传特征和遗传表现，从而解释了地球上所有生物，包括各类植物、动物、人类在内的复杂的遗传方式。人们依据这些知识提高农作物产量，提高人口素质，控制遗传性疾病。

如第2章所述，在长达两千年的隐喻研究中，人们从修辞、认知、文化等角度，提出不同的理论解释不同的隐喻现象，同时也认识到隐喻现象的复杂性。然而由于理论完备性的缺失，仍然难以解释隐喻现象背后的规律性。

试运用Gell-Mann（2002）提出的"有效复杂度（effective complexity）"方法，分析采用不同隐喻理论描述例3-1中的八个隐喻所获取的复杂度。Gell-Mann（2002）认为，采用有效复杂度完整地描写某一事物通常包含两个部分：规则部分和随机部分。规则部分是能够用规则描述的部分，随机部分是无法使用规则描述的部分。例 3-1 列出了“充电”隐喻的八个实例。如果采用互动论，其中例 3-1a、例 3-1b 构成有效复杂度的规则部分，因为这两个实例都包含有源域词语（如“电瓶”“发光”等）和目标词语（如“知识”“劳模”等），可以通过源域和目标域词汇的互动机制获取喻词“充电”的语义。其余六个实例互动论无法解释，构成有效复杂度的随机部分，占比 6/8。如果采用概念隐喻理论，假定存在概念隐喻 CHARGING IS UPDATING KNOWLEDGE，则该概念隐喻可以解释例 3-1d、3-1e、3-1f、3-1g 以及 3-1h，这五个实例是有效复杂度的规则部分。而例 3-1a、3-1b 和 3-1c 不能以“该概念隐喻已经存在”作为假设，因为例 3-1a 是明喻、例 3-1b 和例 3-1c 是并列结构，这两种语言形式在语言中可以触发源域和目标域的投射，是促进该概念隐喻形成的语言机制。因此，这三例是有效复杂度的随机部分，占比 3/8。

例 3-1

a）技术人员的知识需要更新，就像电瓶一样，要不断充电，才能保持前进的动力，适应科学技术不断发展的新形势。

b）不光要劳模随时“发光”，还要给劳模及时“充电”。

c）抓紧时间，努力学习充电。

d）假期留守校园的高校学子并没有闲着，他们或是为了学业而忙着充电；或是积极准备，为明天的求职厉兵秣马。

e）为给干部“充电”，集团公司每年都邀请知名专家学者为党员干部做发展战略的报告。

f）他白天在自己承包的 3 亩多果园中劳作，晚上便泡在“科技书屋”里“充电”。

g）“充电”是农民工的需要。

h）充电显然不是目的。

从有效复杂度的角度上看，“用简单描述复杂”的目标，是尽量减少随机部分所包含的实例数量，尽量采用最少的规则数描述最多的实例数量，增加规则部分所包含的实例数量。而对于同一个隐喻，互动论中随机部分占比6/8，概念隐喻占比3/8，仍然难以达到“用简单描述复杂”的目标，这也是梯度显著性假说、隐喻生涯理论以及动态隐喻论先后涌现、发展的动力。

依据§2.5.3.1中的梯度显著性假说，例3-1中八个隐喻可区分为三种类型。例3-1a中“充电”的语义为无显著性语义，例3-1b、3-1c以及3-1d中“充电”为低显著度语义，其余四例，即例3-1e、3-1f、3-1g以及3-1h为高显著度语义。相对于其他隐喻理论而言，梯度显著性假说的有效复杂度大幅减少。所有八个隐喻实例都可以采用“显著性”进行解释，因而都归属于有效复杂度的规则部分，随机部分降为零。其中影响显著度的因素有规约化程度、频次、熟悉程度以及原型。

依据§2.5.3.2中的隐喻生涯理论分析例3-1中的八个隐喻，也可以获得较少的有效复杂度。隐喻生涯理论认为，隐喻存在规约化倾向，例3-1中各隐喻具有不同的规约化程度。例3-1a是明喻，是隐喻规约化过程的开始，其理解过程包含名称比较、结构对齐和推理过程，而例3-1h的规约化程度最高，理解过程仅包含名称比较和结构对齐两种操作，不包含推理过程。与梯度显著性假说相比较，隐喻生涯理论认为影响隐喻理解的主要因素只有一个，即规约化程度。从这一角度看，隐喻生涯的有效复杂度更小。

隐喻研究的目的是发现隐喻中的“基因型”，即影响和控制隐喻复杂的语言形态和认知方式的主导因素，进而运用隐喻“基因型”分析和理解不同语言形式的隐喻，确定喻词的词义动态变化，构建概念隐喻知识库，从而在总体上解释隐喻的复杂性。梯度显著性假说和隐喻生涯理论分别用显著度和规约化程度来描述隐喻现象，获取了较小的有效复杂度。但是，从隐喻研究目的来看，还至少存在以下问题：

(1)隐喻为什么如此复杂?导致隐喻复杂性的根源是什么?第2章详细分析了隐喻复杂性的具体体现,即隐喻涉及语言、认知和文化,隐喻具有广泛的应用,隐喻语言形式的复杂,隐喻类型的复杂性以及多种隐喻理论的存在。那么,是什么原因导致了隐喻的复杂性?其根源是什么?

(2)纷繁复杂的隐喻表达式能否由统一的规则进行描述和解释?梯度显著性假说认为语义显著度是主导因素,并依据语义显著度对不同的隐喻表达式进行分类;隐喻生涯理论则认为规约化程度为主导因素,依据规约化程度对隐喻进行分类。语义显著度与规约化程度、熟悉程度、频次以及原型概念密切相关。那么,什么是隐喻运行的主导因素,隐喻的运行机制和规则到底是怎样的呢?

(3)探索隐喻复杂性的目的不仅在于获取隐喻运行的规则和机制,更重要的是运用隐喻运行机制等相关知识解释当前的隐喻现象,预测隐喻的发展轨迹。那么,如何应用隐喻运行规则来区分隐喻、字面意义以及转喻?如何解释隐喻语言形式与隐喻性、隐喻理解机制的对应关系?

本章基于复杂适应系统的语言观和基于动态系统理论的认知观(Spivey, 2007),在总结现有隐喻研究的基础上,系统阐述动态隐喻论的基本观点,并基于动态隐喻论回答上述三个问题。

3.2 基于复杂适应系统的语言观

与现有隐喻研究相比,动态隐喻论在观念、思维方式以及研究方法方面都存在较大的区别。其理论框架之一是基于复杂适应系统的语言观,而复杂适应系统理论是复杂性科学的一个分支。因此,了解复杂性科学和复杂适应系统理论,有助于深入理解动态隐喻理论在观念、思维方式和研究方法上的变革。

3.2.1　复杂性科学和复杂适应系统

复杂性科学(Complexity Sciences)不是一门学科,而代表着一种“自然观、科学观、方法论、思维方式等方面的重大变革”(苗东升, 2016:221)。这种变革,是建立在对传统的“还原论”研究方法进行反思的基础之上的。

还原论是17世纪以来在科学中占主导地位的研究方法。梅拉妮·米歇尔(2011)总结了笛卡尔所描述的还原论方法:将所面临的问题尽可能地细分,直到能用最佳的方式将其解决;同时,以特定的顺序引导思维,从最简单和最容易理解的对象开始,一步一步逐步上升,直到最复杂的知识。语言学研究用还原论方法成功构建了音系学(phonology)。音系学将自然语流切分为音节,通过分析音节的结构获取元音、辅音,然后通过最小区别特征对(minimal pair)获取某一种语言的音位体系。在此基础上,通过音位变体、同化、连读等概念工具讨论自然语流中的不同发音现象。与语言学中其他学科如语法分析、语义分析、语用分析等类似,第2章介绍的隐喻研究,也大多采用这种还原论方法,将隐喻现象按照不同的标准细分为不同的子类,通过对不同子类的分析来了解隐喻的运行特征。

到了20世纪中叶,许多科学家发现,还原论不能很好地解释一些由大量个体组合而成的系统所表现的复杂行为,如天气的不可预测性、生态系统的复杂性和适应性,社会经济发展的不可预测性等。语言作为社会符号系统的动态变化行为,也难以在还原论框架下得到解释,如历时语言学中有名的“索绪尔悖论(the Saussurean Paradox)”(陈忠敏, 2007)。索绪尔及以后的结构主义流派把共时平面的语言看作一个从聚合和组合两个维度交织而成的静态平衡体系,将语言的历时演变机制看作是语言内部结构失去某种平衡从而引起结构调整,由此产生了悖论:如果语言系统有时是自足的、平衡的，有时是不平衡的、有缺陷的，那么人们如何在语言的“平衡—不平衡”变化中实现自由交际呢？就好比游戏规则都不确定，游戏怎么能进行下去呢？聚合分析和组合分析似乎难以解释语言动态变化与语言交际所需要的稳定性之间的矛盾（Labov，2007:9）。隐喻的复杂性也难以在还原论框架下得到解释。在分类分析框架下，许多隐喻理论可以很好地解释某一类隐喻现象，却难以解释所有的隐喻现象，难以解释隐喻在语言、认知以及文化等方面表现出的复杂性。

从20世纪中叶开始，科学家们尝试提出在新的科学基础上解释这些由大量个体组合而成，个体之间存在相互作用的系统，并尝试建立了控制论、协同学、混沌、系统科学等新的科学理论和方法。到了20世纪70年代，关于简单系统的理论日趋成熟，系统科学转向具有高度复杂和相互作用的系统，试图建立关于复杂系统的一般理论，其开端是贝塔朗菲在1968年出版《一般系统论：基础、发展和应用》。在随后的发展中所涌现的典型代表包括美国圣菲研究所提出的复杂适应系统、欧洲大陆的自组织理论和中国的开放复杂巨系统理论等。

在《一般系统论：基础、发展和应用》中，贝塔朗菲通过对各个学科领域提出的系统问题以及处理这些问题的概念和方法进行概括，建立起一般系统论的框架。一般系统论是关于系统的一般理论，而不是关于某类特殊系统的理论（范冬萍，2011），其主要目标是探索系统的“整体”和“整体性”，揭示“整体大于部分之和”的奥秘（冯·贝塔朗菲，1987:34）。一般系统论将系统定义为“相互作用着的若干要素的复合体”，系统中的若干要素之间存在不同的作用关系，处于若干关系之中，构成了系统的整体性（冯·贝塔朗菲，1987:51）。贝塔朗菲将系统区分为封闭系统和开放系统，认为传统物理学只研究封闭系统，一般系统论更注重开放系统的整体性。开放系统的特征是系统与外界环境之间有物质、能量或信息的交换。一个生命有机体是一个开放系统，在连续不断的物质、能量甚至信息的流入、流出过程中维持生命系统的平衡。不仅如此，一片森林、人类社会、语言都可以看作是一个开放系统。一般系统论详细讨论了开放系统在动态变化过程中所表现出的整体性行为特征，如“异因同果性”“果决性”“自适应性”“渐进分化”“渐进机构化”“渐进中心化”等，认为这些整体性行为都是“整体大于部分之和”的突现现象（范冬萍，2011）。一般系统论对开放系统的整体性行为的描述，为理解和描述特定的开放系统（如语言）提供了理论框架。

复杂性科学的第二个代表是复杂适应系统理论（Complex Adaptive System，简称 CAS）。复杂适应系统理论是美国霍兰（John Holland）教授在 1994 年圣达菲研究所（Santa Fe Institute）成立时提出的。作为现代系统科学新的研究方向，复杂适应系统理论突破了传统理论中将系统元素看作简单的、被动对象的观念，引入具有适应能力的行为个体作为系统元素。行为个体的自适应性为解释复杂系统的系统行为和演化机制提供了新的视角。在复杂适应系统理论中，行为个体所具有的适应性是造就系统复杂性的根本原因，这是复杂适应系统的核心思想（许国志等，2000：257）。大量具有适应性的行为个体组成系统，行为个体之间相互适应、相互竞争，从而形成更大的结构，产生新的涌现性行为（苗东升，2016：225），如突现、集体行为、混沌边缘、自发组织、隐秩序、虚拟世界等。由于其思想富于启发，复杂适应系统理论已经在包括语言在内的多个学科领域中得到应用，推动人们深入研究复杂系统的行为规律。对 Web of Science 中的 1456 篇文献分析显示，20 世纪末学术界开始对复杂适应系统展开相关研究，2004 年成为学术研究热点，在 2011 年到 2014 年期间，每年发表论文在 130 篇左右。作为复杂性学科的一个分支（吴今培、李学伟，2010；张永安、李晨光，2010），复杂适应系统理论应用于计算机科学、工程学、商业经济、数理科学、生命科学、管理科学等领域，其研究对象是各类复杂系统，包括生命系统、免疫系统、经济系统等所具备的复杂性。以复杂适应系统为理论框架的语言学研究，近年来也逐渐成为语言研究的新热点。

复杂适应系统理论所讨论的系统，是由一群相互作用且具有主动学习和适应能力的行为个体(agent)所组成的系统[①](Holland，2006)。在这类系统中，大量具有适应能力的行为个体同时存在信息交互，包括接收信息和发出信息的行为（Holland，2006)。在行为个体进行信息交互的过程中，一方面行为个体自身内部受自适应能力驱动，内部组织结构和信息结构发生变化；另一方面，行为个体之间通过信息交互建立稳定的关联方式，形成具有一定结构的聚集体（苗东升，2010:383)。由于聚集体中行为个体的相互作用，使得系统涌现出复杂的大尺度行为（Holland，1995:11)，这种系统整体所具有的特征，即是复杂系统的整体涌现性。这些行为个体之间的相互作用关系不同，系统的结构不同，系统所表现出来的整体涌现性也不尽相同。研究系统的主要目的，就是要了解系统所特有的整体性质，了解相互作用关系、系统结构以及整体涌现性之间存在的映射关系(许国志等，2000:21)。

在生物领域，细胞、脂肪和氨基酸通过相互作用聚集成器官，完成生物体的各种功能。从语言本体角度看，词语之间通过相互作用聚集成句子，句子间的相互作用聚集成段落，段落聚集成篇章，篇章聚集成文集，完成信息传递、交换的功能。从社会语言学角度看，语言社区中的语言使用者作为行为个体，在社会环境中进行信息交互，并通过信息交互建立起稳定的关联关系，维系社会的

---

① 英语中 agent 一词定义为“One person who acts or has the power to act”. 我们建议中文译为“行动个体”。其中“个体”一词强调“行为个体”是系统的组成成分，“行为”是指受思想支配而表现出来的外在行为，包括所采取的学习和自适应行为，能够反映复杂适应系统中“agent”的含义。

结构和运作。

开放复杂巨系统是我国著名科学家钱学森在对系统进行分类时提出的。开放复杂巨系统认为复杂性科学研究的对象是开放复杂巨系统（黄欣荣，2006a:28）。开放复杂巨系统具有如下特征（苗东升，2010:401）。

(1)开放性。开放性是开放复杂巨系统的本质特征，系统跟环境存在物质、能量和信息的交换，并不是封闭状态。

(2)规模的巨型性。开放复杂巨系统中所包含的元素在数量上极其巨大。

(3)组分的异质性。系统所包含的元素类型多样，元素之间的互动关系也多种多样。

(4)结构的层次性。开放复杂巨系统中必定有许多子系统，且子系统之间的异质性显著，子系统之间层层嵌套，不同层次之间往往界限不清，形成复杂网状结构。

(5)关系的非线性。在开放复杂巨系统中，元素之间的互动、不同子系统之间的互动、不同层次之间的互动以及系统与环境之间的互动关系，都是非线性的，而不是简单的“因果”关系。

(6)行为的动态性。开放复杂巨系统都是动态系统，其状态和行为都不是固定不变的，而是随时间而变化。

现实生活中，生态系统、地理系统、经济系统、人体系统、脑神经系统等都是开放复杂巨系统。语言作为一种社会现象，也是一种开放复杂巨系统，具有开放复杂巨系统的各种特征，如系统规模的巨大性、结构的多层性、功能的自适应性以及演化过程的非线性特征和不可逆性等。

3.2.2 基于复杂适应系统的语言观

在复杂性科学视角下，语言是一个开放的、在使用过程中不断演化的动态系统，是一个典型的复杂适应系统。基于这一认识，研究者们运用复杂性科学思想，将语言作为一种复杂适应系统，分析语言的基本构成单位、语言结构的多样性、涌现性以及语言的非线性变化等特征。研究者们重新审视语言系统，涌现出一些新的语言研究流派，如基于语言运用的语法，涌现语法（Hopper，1987）等。此外，认知语言学、构式语法、对话分析、概率语言学等都认为语法形式是语言使用的涌现性结果（Larsen-Freeman & Cameron，2012:18）。

基于CAS的语言观也为综合运用语料库技术、心理学和神经科学实验以及计算机模拟等科学方法研究语言提供了统一的理论框架，并形成了新的学科方向，如语言动力学、进化语言学等。语言动力学在"语言是复杂系统"思想指导下，专注于研究语言的涌现、进化、变化以及消亡等研究领域。进化语言学（Evolutionary Linguistics）认为，语言复杂性特征（如语法层级性）是人类认知能力进化的结果。人类认知能力的进化导致认知概念的进化，为了在语言中映射概念的复杂结构，表达复杂概念，语言也需要进化出复杂的句法结构（Schoenemann，2017）。

3.2.2.1 作为语言基本构成单位的语言使用者

结构主义语言学认为语言是一个符号系统，符号是组成语言系统的基本构成单位。然而，基于复杂适应系统的语言观认为，语言系统是由（一个语言社区中）一定数量的存在相互作用的语言使用者所构成的，语言使用者是语言系统的基本构成单位。与静态的语言符号不同，个体的语言使用者具有自适应能力，在与语言社区成员的交往过程中，其语言知识和语言经验在不断变化。语言使用者个体的自适应能力是语言作为复杂适应系统的本质特征，将具有自我适应能力的语言使用者个体作为语言的基本构成单位是解释语言系统动态变化以及语言复杂性特征的基础。

在语言系统中，语言使用者个体的适应性主要表现在两个方面：协同性和前向因果。语言交际活动是一种协同活动，并带有明显的目的性，通过“一致的协同性行为”(coordination)达到交际目的是语言作为协同活动的本质特征（Clark，1996）。在诸如对话、阅读小说、审问、演出等特定语言活动中，语言使用者可分为说话人和听话人两种类别，并都采取三个层面的行为方式(如表 3-1 所示)，语言使用者中在共享知识、理念、预设等基础上，采取一致的协同性行为，以达到谈判、交友、请求、答复、道歉、断言等交际目的。

表 3-1 语言使用者类型及其活动[①]

	说话人	听话人
1	向听话人发出语音	注意力集中到说话人语音
2	构造话语	识别话语
3	传递语义和意图	理解语义和意图

语言使用者的自适应能力也表现为语言交际行为中的前向因果性。语言使用者交际活动不仅可以传递信息，还会改变交际活动的语境，包括语言使用者自身的认知结构和语言使用能力(Larsen-Freeman & Cameron，2012:6-7)。由于这些语境变化直接影响语言使用者未来的交际活动，我们称之为前向因果性。语言交际活动的这种特征也称为互惠型因果关联(reciprocal causality)(Thompson & Varela，2001)。

前向因果的一个典型例子是语言使用者学习和使用隐喻的过程。分析例 3-2 中的对话，说话人“甲”和“乙”的语言知识和能力都会在这次对话中发生变化。“甲”在话语中使用了隐喻“小鲜肉”特指“年轻而又缺乏表演经验的演员”，这表明“甲”不仅能够理解该隐喻，且认为该隐喻具有一定的规约化程度，能够被“乙”理解。对话中“乙”的回答加强和巩固了这一隐喻的规约化程度。“乙”在回

① 见 Clark (1996)。

答中认同并使用“小鲜肉”的隐喻用法，从而强化了“甲”对该词语的固化程度，在未来对话中也更倾向于使用“小鲜肉”指代年轻演员。与此同时，在这一对话中，“乙”的语言知识和能力也发生了变化。如果“乙”在该对话之前不知道该隐喻，那么“甲”的话语可能使得“乙”经历一个推导过程，建立起“小鲜肉”与年轻演员之间的隐喻关联；如果“乙”已经知道该隐喻，那么这一交际过程可以强化“乙”对于该隐喻规约化程度的理解。由此可见，在经历上述对话后，“甲”和“乙”在隐喻理解等方面的语言知识和能力都发生了变化，这些变化直接影响着“甲”和“乙”未来的语言交际行为。

例 3-2

甲：电影里好多“小鲜肉”。

乙：无论鲜肉腊肉，参演就是一次洗礼。

前向因果性与协同性之间紧密关联。前向因果性不仅促使语言规则在语言使用者个体大脑中固化，与语言规则的显著性也存在直接关联（Baicchi，2015：23），也是语言社区中语言规则规约化的直接动因。而规约化是语言使用者在选择语言形式、确定语义时所依赖的主要工具。语法规则，包括发音规则、词汇规则、句法规则、语义规则以及语用规则，都是规约化的示意系统（signaling system），描述语言交际行为中的通用行为规范（Clark，1996：77）。为促成协同合作，语言使用者在说话时一般都遵循这些行为规范，并期待参与语言交际行为的其他语言使用者也遵循规范。遵循和期望遵循规约化是语言使用者选择语言形式的重要依据。

3.2.2.2 语言系统的非线性特征

说话人与听话人在交际活动中所表现出来的相互适应能力（co-adaptation），使得语言系统通过自组织方式涌现出复杂的语言结构（Cameron & Larsen-Freeman，2007）。语言系统所展现的这些复杂性特征，如在发音、词汇、句法、语义等各语言层面存在的多样性、差异型、语法系统的涌现性以及语言结构的剧烈变化，都可以通过非线性特征予以描述。

非线性是相对线性而言的数学概念，两者都有丰富的经验性含义，是对自然界、社会领域、思维过程中普遍存在的属性的数学抽象（苗东升，2010:283）。线性世界中一切都是简单的，彼此只有表面上的区别。例如，旅行距离与旅行时间的关系可以表示为 $D=r\times t$，其中距离(D)与时间(t)之间是一种线性关系。按照一定速度(r)旅行的物体的旅行时间越长，其旅行距离也越长。因此，在现实生活的旅行距离可以通过时间直接表达，如“从武汉到北京，坐动车大约5小时”。与线性不同，非线性世界中两个事物之间的关系有无穷多种类型，且不同类型之间存在本质区别。例如，我们知道一元函数的一般形式为 $y=f(\lambda,x)$，其中 λ 为参数。然而 f 可以有多种形式，如抛物线函数 $y=3\,x^2$，余弦函数 $y=cosine(x)$ 等。函数 f 的不同形式，形成了不同非线性特征。

在复杂适应系统中，非线性是指行为个体及其属性在发生变化时，不是简单的、被动的、单向的因果关系，而是主动地、自适应的、互为因果的关联关系，这种关联关系使得系统的随机涨落放大（梅拉妮·米歇尔，2011:27；吴今培、李学伟，2010），系统的行为比预期的要复杂得多（Holland，1995）。系统的非线性特征是系统无限多样性、差异性和复杂性的主要根源（许志安、顾基发、车宏安，2000:44）。语言系统作为复杂适应系统，其非线性体现在语言使用者在语言交际行为中的适应性。为了实现共同的交际目的，语言交际双方需采取一致的协同性行为，依据具体语言环境和自身语言经验选择语言形式和意义。而且，由于语言行为的前向因果性，先前的语言交际行为又直接影响语言使用者的语言经验和语言知识，并对其后的语言行为产生影响。语言交际行为的这种主动、自适应以及互为因果的特性使得语言系统呈现出多样性、差异性和复杂性。

值得注意的是，语言系统的非线性特征赋予了语言系统本身固有的复杂性，这与索绪尔结构主义语言学对语言结构的观点是不一致的。结构主义语言学基于“语言”(Langue) 概念，认为所有的语言使用者所拥有的语言结构知识是同质的 (homogeneous)，语言使用者的行为也大致相同 (Labov, 1972:185-187)，语言演变是对不同时期的共时语言系统的研究，其演变机制是语言结构内部失去平衡。陈忠敏 (2007)分析认为，这种假设会产生两大矛盾。首先，在两个不同历史时段的语言系统 A、B 应该是自足的、平衡的。当从 A 转换为 B 的过程中，A 需要失去平衡才能进入 B。那么，在 A 与 B 之间的语言系统应该不是一个平衡自足的系统，如此就引出悖论：语言系统有时是自足平衡的，有时又不是自足平衡的。其次，如果语言对于所有语言使用者是同质的，而语言变化又是客观存在的，那么语言使用者如何在不断变化的语言系统中自由交际呢？由此可见，语言系统的“同质说”难以解释语言不断变化的现象。

基于复杂适应系统的语言观认为语言系统是一个非线性系统，语言系统的多样性和差异性是客观存在的。采用单一的语法描写所有的语言现象的做法是难以想象的 (Kretzschmar, 2015: 79)。一种语言不存在唯一的语法规则体系，一条语法规则不太可能为语言社区的所有成员所接受、支持或使用。

那么，在这样的非线性系统中，如何解释语言的规则呢？基于复杂适应系统的语言观认为，语言规则表现为非线性动态变化中的具有非自觉性目的性的稳定状态。在复杂系统中，这种稳定状态称为“吸引子”。吸引子是系统倾向的一种特定状态或特定行为 (Larsen-Freeman & Cameron, 2008:49)。在系统的状态空间中，吸引子所具有的牵引力使得吸引子周围区域里的状态都以该吸引子为归宿，从而形成吸引域 (苗东升, 2016:91)。如图 3-2 所示，吸引子周围状态构成吸引域，受吸引子牵引力的影响，吸引域中的状态会朝着吸引子方向运动。

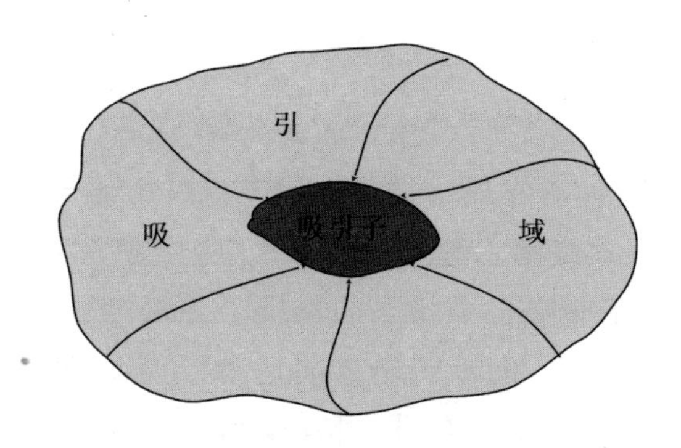

图 3-2　吸引子与吸引域

在语言系统中,“吸引子”是语言系统所处于的某一特定状态。这种语言状态并不是由抽象的词法规则或语法规则组成的规则集合,而是语言社区中所有语言使用者在语言交互过程中所表现出的行为模式,或称为语言运用模式(language-using patterns)(Larsen-Freeman & Cameron, 2008:81)。语言运用模式不仅包含了语法规则,还包含语言使用者与语言使用环境的关联关系、语言使用者之间的关联关系以及语言使用者对语言结构形式的理解和运用。

一种典型的吸引子状态是构式语法所提出的“构式”概念。构式语法将构式定义为形式—意义的结合体(Goldberg, 2005)。构式作为语言系统中特定的词汇—句法结构形式,能够表达特定的意义,完成特定的交际功能,语言形式和交际功能之间存在稳定的关联关系。因此,构式是语言系统中语言使用者在表达特定意义时所采用的相对稳定的语言行为模式。例 3-3 是一个具体的例子,其中 X 的指称一般为人。这个构式不仅描述不断自我学习、自我提高的行为,同时也表达了说话人对这一行为的推崇和敬意。此外,传统隐喻如“kick the bucket”“九牛一毛”“鸿鹄之志”,固定搭配如“跟谁过不去”“不冷不热”“不知如何是好”等表达式也可以被认为是“构式”的一种类型，他们都具有特定的语用功能，表达特定的话语含义。

例 3-3　X 不断充电。

依据复杂适应系统理论，“吸引子”有三个主要特征：终极性、稳定性和吸引性（许国志等，2000：61）。吸引子是系统演化要达到的终极状态，处于非吸引子状态的系统会不断变化，并受到指向吸引子的牵引力的影响，向吸引子方向运动。因此，具有吸引子的系统都是有目的的系统（苗东升，2016：90）。系统只有在“吸引子”区域或“吸引子”区域附近才是稳定的，离开了就不稳定，系统自己要拖到“吸引点”才能罢休（钱学森等，1988：245）。

吸引子的终极性也是系统果决性（冯·贝塔朗菲，1987：69—74）思想的体现，即系统似乎一直在瞄准一个将来才能达到的平衡状态运动。而一旦到达吸引子状态，由于系统自身的质的规定性（或者系统的目的性）得到满足，能够抵制干扰、保持当前状态，从而具备了稳定性。“吸引子”的吸引性表现为吸引子状态对周围的其他状态所具有的牵引力，牵引这些状态走向“吸引子”状态。在一般系统论中，“吸引子”的吸引性也表现为“异因同果性”，即从不同的初始状态，通过不同的途径，到达相同的最终状态（冯·贝塔朗菲，1987）。从图 3-2 来看，系统的初始状态可以是吸引域中的任何一点，其演化的最终走向与初始状态无关，都会走向“吸引子”。

“吸引子”的终极性、稳定性和吸引性很好地解释了语言运用模式形成过程的规律性，说明语言系统的动态变化并不是杂乱无章的。语言变化不会在同一时间、同一地点、按照同一种方式发生，但是却总是朝着某一特定的语言运用模式转换，并在到达这种语言转换模式后保持相对稳定。以词语“恶搞”为例。依据徐福坤（2006）的分析，在 21 世纪之初，汉语中存在三个词语：“KUSO”“库索”（或酷索）以及“恶搞”，具有大致相同的意义。其中“KUSO”是日语“くそ”的音译，在日语中的一个意义是指一些人在游戏模拟机上制作蹩脚且搞怪的同名游戏以讽刺一些毫无可玩性的游戏，由此KUSO具有“搞笑、讽刺和恶作剧”的含义，并在汉语中使用。“库索”（或酷索）是KUSO的汉语音译，在KUSO传入港台地区后使用，主要指那些对动漫、游戏、照片或者影视节目进行幽默式搞怪的行为。“恶搞”是“KUSO“或“库索”进入大陆时的意译结果，表示以调侃、幽默或者讽刺的心态，运用游戏、动画或者电影短片等形式，对一些喜欢或者不喜欢的事物进行讽刺。此外，在汉语中，还有两个词语表达相近的意义：瞎搞和恶作剧。然而从现在看来，“恶搞”由于语义明确、理解容易、俚俗时尚，能够满足人们个性表达的需要，最终成为被大众所接受的语言运用模式，即“吸引子”，而汉语中另外两种用法以及“KUSO”和“库索”都逐渐消失了。从这一过程看，为了表达“采用颠覆性解构方式调侃、讽刺事物”这一现象，人们一开始就在寻找不同的语言运用模式，最终选择了“恶搞”，“恶搞”最终成为指称该现象的词语，成为具有终极性、稳定性和吸引性的“吸引子”。

非线性系统可以同时存在多个吸引子，状态空间被划分为若干区域，每个吸引子刻画状态空间中一部分系统行为，即它所在的吸引域中的系统行为。研究非线性系统的主要任务是划分吸引域，确定分界线（苗东升，2016：127），通过吸引子和吸引域深入了解系统的功能和运行规律。作为复杂适应系统的语言系统必然也存在多个吸引子。由于语言系统的主要目的是交际，语言系统中的吸引子和吸引域的划分应主要依赖于对语言交际功能的认识和理解，交际功能对应语言系统中的吸引子。例如，在讨论汉语称谓系统的分类标准时，李明洁（1997）在总结已有研究时提到：“越来越多的专家学者以不同的方法从各个侧面讨论了称谓与文化、与大众心理、与社会变迁、与语言规则等方方面面的问题，……这些文章中使用了大量有关称谓的术语，……这些概念的内涵与外延，各家之言，莫衷一是。……这直接关系到我们对现代汉语整个称谓系统的内部关系及整体构成的认识问题。"作者进一步论证认为,功能是对称谓系统及其下位概念进行分类的唯一依据。当需要规定语言使用者的人际关系时使用诸如"王校长""爸爸""老王"之类的定位语;当需要表达某种情感时使用"老师""父亲""老子"等表情称呼语;当需要依据场合与正式程度控制行为性质时使用"夫人""孩子他妈"等定性称呼语。可以看出,以语言功能方法为主要依据,可以较为清晰地区分汉语系统中存在的不同称呼"吸引子"。

3.2.2.3 语言运用模式的涌现性

复杂适应系统的状态空间非常大。系统中的"吸引子"并不是一次形成的,也不可能一次性完成从元素个体性质到系统整体性质的涌现,需要通过一系列中间等级的整合,逐步涌现出来,每一种涌现代表一个层次,从低层次到高层次逐步整合、发展,最终形成系统的整体层次(许国志等,2000:22)。系统在复杂的展开过程中有一些状态会重复出现,并逐渐与一些有意义的事件联系在一起,形成固定模式,这一过程称为涌现性(霍兰,2001:52)。"吸引子"就是涌现出来的固定模式。

语言运用模式的涌现性,是指源自个体语言使用者的语言结构模式,在频繁出现的过程中与特定的言语行为场景或者语体形成了固定的关联,成为语言社区中语言使用者采用的稳定的语言行为,即"吸引子"。例如,构式作为吸引子,具有明显的概率性特征,源自语言使用者个体对所经历的语言实例的归纳、抽象和综合,这也是"基于使用的语法理论(Usage-Based Grammar)"所倡导的观念。有实验证明,婴儿和成人在学习人工语言过程中会留意和记录语言表达式同现的模式和概率信息。因此,语言使用者个体的语法习得是一个自下而上的过程,通过对单个的语言使用实例进行总结、分类,同时记录各实例的概率特征和规约化的过程(Beckner et al., 2009; Bybee, 2006)。其次,构式的概率性体现为规约化程度。不同构式的规约化程度是不一样的，而是在［0－1］区间的取值。有的构式的规约化程度比较高，可能接近于1，而有的则规约化程度比较低，特定构式的规约化程度在时间维度上保持动态稳定。

3.2.2.4 语言系统的自组织行为

作为由大量个体组成的宏观体系，语言系统的演变是自发组织的行为，即自组织行为。依据耗散结构理论和协同学（Haken，1977；H·哈肯，1988）所提出的自组织理论，语言系统必然存在“涨落”，存在对语言系统中稳定规则的偏离和违背。新颖隐喻的使用就是一种形式的“涨落”。由于系统中存在大量的个体，“涨落”时刻在发生，语言处于不断动态变化之中。语言系统中的“涨落”也是语言系统变化的诱因。系统在“稳定、失稳，到达新的稳定”过程中建立更高有序的结构和功能（沈小峰、吴彤、曾国屏，1993）。

语言系统的自组织性质，使得语言不断发展、演化，在内因和外因、涨落和规则、必然与偶然、稳定和不稳定等多种相互独立的因素作用下，进入“非平衡混沌”状态。非平衡混沌“出现在有序结构之后，是有序结构进一步演化的结果，它表面上无序，内部却存在有序结构，而且这种系统内部的微观有序结构有无限多个，它们还相互嵌套”（沈小峰等，1993）。这种状态的典型表现之一，就是第2章所讨论的隐喻现象的复杂性。从宏观角度看来，隐喻现象的类型纷繁复杂，研究者们总结的隐喻运行规律要么相互独立，要么相互矛盾，在宏观上表现出混沌状态，没有规律可言。然而，从微观角度看来，“非平衡混沌”状态存在有序结构，在微观层面的演化是有规律的，都是隐喻语义演变触发的语言结构。Campbell（1987）以罗吉斯蒂函数为例说明了非平衡混沌的这一特性。罗吉斯蒂函数可用来描述昆虫数目的世代变化规律，也用于语言的演变。设在t＋1时间昆虫的数量 x_{n+1} 与t时间昆虫的数量 x_n 之间的关系是一个非线性函数：

$$x_{n+1}=r x_n(1-x_n) \quad 0<r\leqslant 4 \tag{3-1}$$

其中 r 为控制参量。给定任意的 $x_0\in[0-1]$,可迭代出一个确定的时间序列($x_1,x_2,x_3,\cdots\cdots$)。如果设定循环为 500 步,可画出如图 3-3 所示的演变轨迹。可以看出,当 μ 为 4 时,轨迹已遍布[0—1]的区间,已无法直观判断罗吉斯蒂函数是演变过程的规律,整体呈现混沌状态。图 3-3 说明,在共时层面看到的“混沌”状态可以由一个简单的函数历时生成。共时状态的每一点遵循明确的规律。

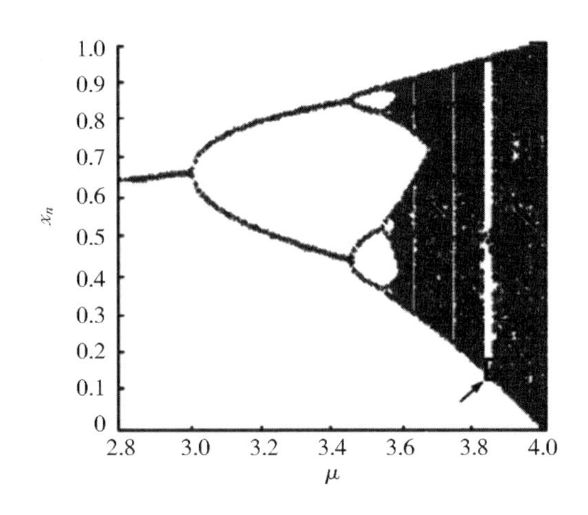

图 3-3 罗吉斯蒂函数分叉图(唐巍、李殿璞、陈学允,2000)

基于自组织行为,语言系统从一种状态进入到另一种状态,这就是“相变”。相变原本是一个物理学术语,用来描述复杂系统的一种简单的突变类型(M. Lewis, 1977)。在这种突变中,系统从一种状态突然转变为另一种状态,表现出许多新的涌现性特征(Prévost, 2003:82)。比如,给一锅水均匀加热,水的温度线性上升,当温度达到 100 摄氏度时,锅里的水突然从液体变成气体,这种从量变到质变的非线性过程就是相变(phase transition)(王士元,2006b)。已有多项研究表明,语言系统的变化是一个非线性过程(Massip-Bonet, 2013),语言系统在语言结构上的变化是一个相变过程。语言系统固有的非线性特征使得语言结构发生突然的变化，在语言状态空间中涌现出新的吸引子（Larsen-Freeman & Cameron，2012:41）。语言作为系统在整体上呈现出新的涌现性特征，新词新语、新隐喻的流行、词语的语法化、词汇化等都是语言系统发生相变的具体表现形式。

语言系统的相变过程，是在语言系统自组织作用下，语言行为（或交际行为）的扩散过程（dispersion）。其扩散的基础是语言使用者之间的交际行为，语言使用者运用自身所固有的自适应能力，对扩散中的语言行为进行修改、加工、调整，以便更有效地完成交际任务，使该语言行为在扩散过程中出现自由组合功能衰减的现象（attenuation）（Prévost，2003:71）。这种现象也可理解为语言行为弹性的下降（Prévost，2003）。系统在临界点存在种种分叉现象（沈小峰等，1993），一种新的语言行为在出现之初，可能存在多种不同的表达方式，使用不同的句法结构、不同的搭配形式，因而具有较大的弹性。然而，这种语言行为在扩散过程中，语言使用者通过群体智慧进行选择，并最终确定几种固定的句法结构形式。语言行为在规约化后期所表现出的结构形式不再变化多端，其表现形式较为固定，失去了先前所具有的弹性。

3.2.2.5　融贯性研究方法

复杂性科学理论是在反思和批判还原论（reductionism）的片面性和局限性而提出来的。还原论方法“相信客观世界是既定的，存在一个由所谓的‘宇宙之砖’构成的基本层次，只要把研究对象还原到那个层次，搞清楚最小组分即‘宇宙之砖’的性质，一切高层次的问题就迎刃而解了”（黄欣荣，2006b:242）。其片面性在于缺乏从整体上认识和处理的方法论思想，难以解释诸如人类社会、语言系统等大型复杂系统所存在的整体涌现性。系统性科学研究采取的是融贯性研究方法，将整体论和还原论两种方法结合起来（黄欣荣，2006b:255）。这种融合性方法包含以下原则。

（1）微观分析和宏观综合相结合。微观分析的主要任务是通过条分缕析对系统进行分析，弄清楚系统的组成成分、组成成分之间的关联关系、系统所处的环境和功能对象以及系统和环境之间如何影响等。宏观综合是指在微观分析基础上，把部分知识进行综合，由部分重构整体，进而把握系统的整体涌现性。

(2)定性判断与定量描述相结合。定性判断是在科学理论、经验知识和判断力的基础上形成和提出的经验性假设。定性判断是度量描述的基础。度量描述为定性判断服务，借助度量判断描述能够使得定性描述时刻化、精确化。

黄欣荣（2006b)总结了多种复杂性科学的具体研究方法。现有语言学相关研究中主要有两种研究方法:综合集成方法和模拟方法。

3.2.2.5.1 综合集成方法

综合集成方法（钱学森、于景元、戴汝为，1990)是钱学森在20世纪80年代提出的处理社会系统、地理系统、人体系统等开放复杂巨系统的研究方法。综合集成方法的实质是把专家体系、数据和信息体系以及计算机体系结合起来，构成一个高度智能化的人—机结合系统，把人的思维、经验、知识、信息、资料集成起来，将多方面的定性认识上升到定量认识，从而体现出从定性判断到精密论证的过程（黄欣荣，2006a)。

图3-4给出了运用综合集成方法的研究过程。可以看出，综合集成方法至少具有如下突出特点。

(1)强调定性判断和定量分析的结合。其中“提出问题、形成经验性假设和判断”环节综合了决策部门、专家体系以及机器体系的信息、经验和资料，“系统描述、建模、仿真、实验”环节通过定量分析精密论证所提出的假设和判断。在验证环节，需要反复比较定性判断和定量分析的一致性，依据定量分析结果不断修改和完善之前提出的假设和判断，逐次逼近正确认识，得出结论。

(2)强调微观分析和宏观综合的结合。假设和判断的提出、结论的形成是宏观综合的结果，而系统描述、建模、仿真和实验是建立在微观分析基础之上的。

(3)强调计算机系统（即机器系统）的支持，计算机系统不仅具有知识的综合集成功能，而且在系统建模、仿真、实验中充分利用各种人工智能技术，包括各种机器学习技术，如曲线拟合、聚类、分类等。

(4)强调数据的观测和统计是必要和基本的信息基础，系统建模、仿真实验都基于观测和统计数据；假设和判断的验证也基于数据。

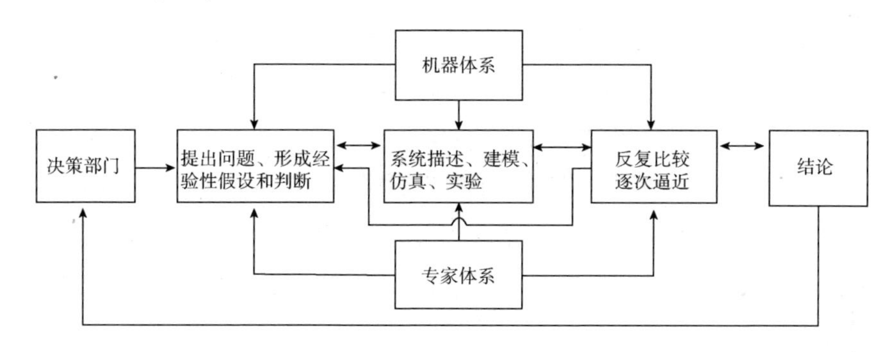

图 3-4　综合集成方法的运用过程[①]

Larsen-Freeman & Cameron (2012)提出的用于语言学研究的模型方法与综合集成方法类似，贯彻了微观分析和宏观综合、定性判断和度量分析相结合的原则，也更为具体，与语言学研究结合更为紧密，所提出的模型方法能够结合函数模型中的参数探讨语言系统的变化规律。采用模型方法，特别是数学模型方法，通过构建和分析数学模型讨论系统的涌现性，并对系统的未来行为特性做出预测（许国志等，2000：37）。该方法主要包括五个步骤：系统及其构成的确定；系统及其变化规律假说；系统变化模型函数；系统

① 引自黄欣荣(2006a：241)。

中的吸引子;系统的自组织和涌现性特征,具体分析如下[①]。

(1)系统及其构成的确定:确定系统构成,包括系统的组成部分(components)、系统运行的过程以及子系统;确定组成部分发挥作用的时间范围和社会结构层次;确定组成部分之间的互动关系。

(2)系统及其变化规律假说:系统变化类型;组成成分的变化;组成部分之间关系的变化;与其他系统的协同变化。

(3)确定系统变化模型函数:确定集合变量;确定控制变量。

(4)确定系统稳定态与吸引子:确定系统吸引子以及吸引子的稳定性;确定系统变化模式;确定吸引域及其状态特征。

(5)系统在时间维度上的自组织过程和涌现性特征假说。

在 Larsen-Freeman & Cameron (2012)的模型方法中,微观分析方法主要体现在步骤(1)中,步骤(2)、(3)、(4)、(5)也都隐性包含了微观分析方法,如步骤(2)需要讨论组成成分的变化、组成成分之间的关系变化;步骤(3)、(4)中控制变量、集合变量以及吸引子的确定以微观分析为基础;步骤(5)的涌现性假设也需要考虑微观分析成分。该方法的宏观综合则主要体现在步骤(3)和步骤(5)。步骤(3)中确定系统变化模型函数是整个研究过程中最重要的环节,需要从整体角度考虑,体现系统的整体特征。定性判断和定量分析相结合也体现在 Larsen-Freeman & Cameron (2012)的模型方法中。其中步骤(2)是较为典型的定性分析,步骤(3)是典型的定量分析,而步骤(4)和(5)结合定性分析和度量分析方法以达到对系统运行规律的深刻、精确的描述。

现有语言演变研究中使用较多的数学模型是罗吉斯蒂曲线(Logistic Curve,也称 S 型曲线)。罗吉斯蒂曲线最初是在研究人口增殖规律时提出的,后由比利时数学家 Verhulst 将其提炼为数学模型。罗吉斯蒂曲线描述的数据模型结构为:

---

① Larsen-Freeman & Cameron (2012:70-71)。

$$y_i=\frac{L}{1+ae^{-bt_i}}+\varepsilon_i \qquad i=1,2,\cdots,n \tag{3-2[①]}$$

其中 y_i 为目标变量，t_i 为确定性时间变量，L 为 y 的极限参数（即饱和值），a 为初始值，b 为增长速度因子，ε_i 为随机误差。罗吉斯蒂曲线表明，研究变量在开始阶段增长速度随时间的增加而增加，在发展后期，y 值增长速度逐渐减慢，并且逐渐逼近于一定的极限值（如图 3-5 所示）。罗吉斯蒂曲线是一种饱和型非线性曲线，在单调递增或单调递减到一定阶段后逐步趋向于或者保持在某一常数值，描述了一个相变过程（苗东升，2016：116）。大量研究表明，自然界动植物的增长、经济界生产总值的增长、社会信息传递的速度，都可用罗吉斯蒂曲线来描述。

罗吉斯蒂曲线是一个状态方程，其中包含两种重要数据类型：控制参量（Control Parameter）和集合变量（Collective Variable）。控制参量是直接影响甚至决定系统的变化方向的参量。值得注意的是，复杂系统包含许多参量，但是不同参量对系统变化轨迹的影响不同，有些参量对系统变化方向的影响不大，只有那些影响和决定系统变化方向的参量才是“控制参量”。比如，“动机”是在语言学习活动中学习者作为复杂系统的控制参量（Larsen-Freeman & Cameron，2008），动机的改变会使得学习者的学习行为从一种状态快速变化为另一种状态，包括学习活动时间的增加（或减少），注意力的集中（或涣散），准确性的提高（或减少）等。

由于控制参量的重要性，复杂系统研究的一个主要任务是确定系统中的控制参量。它们反映系统与环境的依存关系，这些可以当作不变量，因而在数学模型中以常数形式出现。在等式 3-2 中，常量 L，a，b 是控制参量。在应用这一模型解释不同事物的增长过程，或者同一事物的不同个体时，由于事物或者事物个体本身的特质，这些控制参量的取值并不一样。因此，控制参量也是区分

① 引自程毛林（2003）。

不同事物或者同一事物的不同类型的依据。

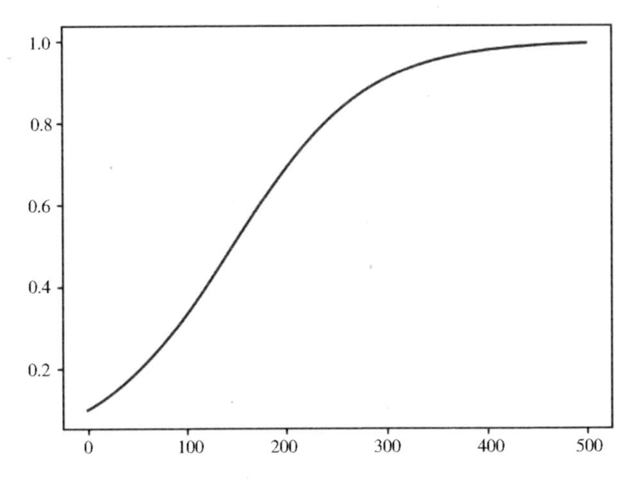

图 3-5 罗吉斯蒂曲线

等式 3-2 中的 y 值是集合变量。集合变量,是一种采用极简方式描述系统中各组成成分关系的变量,通过集合变量可以描述系统行为。在系统突变时,集合变量会发生大幅变化并进入到新的状态,因此,通过回溯集合变量的历时变化,可以观察到系统发生自组织行为,涌现出新特征的时间节点。在罗吉斯蒂曲线中,y 值的变化体现了系统行为的变化,如在种群增长研究汇总 y 值代表数量的变化,标识种群数量是否达到饱和;在语言演变研究中,y 值代表规约化程度的变化。寻找和确定集合变量是应用罗吉斯蒂函数模型的重要环节。

早在 20 世纪 70 年代,就有语言学家应用罗吉斯蒂函数讨论语言的演变,如 Bailey(1973)、Kroch(1989)等。Bailey(1973)在研究语音变化时发现,语音的变化在接受程度上符合 S 型曲线。Bailey(1973)讨论了四个与 miss 相关的语音变化规则 a、b、c、d,并给出了这四种规则的接受程度在时间维度上的变化。如图 3-6 所示,四种规则在到达 20%后迅速上升至 100%。Kroch (1989)在考察助动

100%				a	a，b	a，b，c	a，b，c，d
90%				b	c	d	
80%			a				
70%							
60%							
50%							
40%							
30%							
20%		a	b	c	d		
10%							
0%	a，b，c，d	b，c，d	c，d	d			
时段	0	1	2	3	4	5	6

图 3-6　四种语言变化规则在时间维度上的接受程度变化［引自 Bailey(1973)］

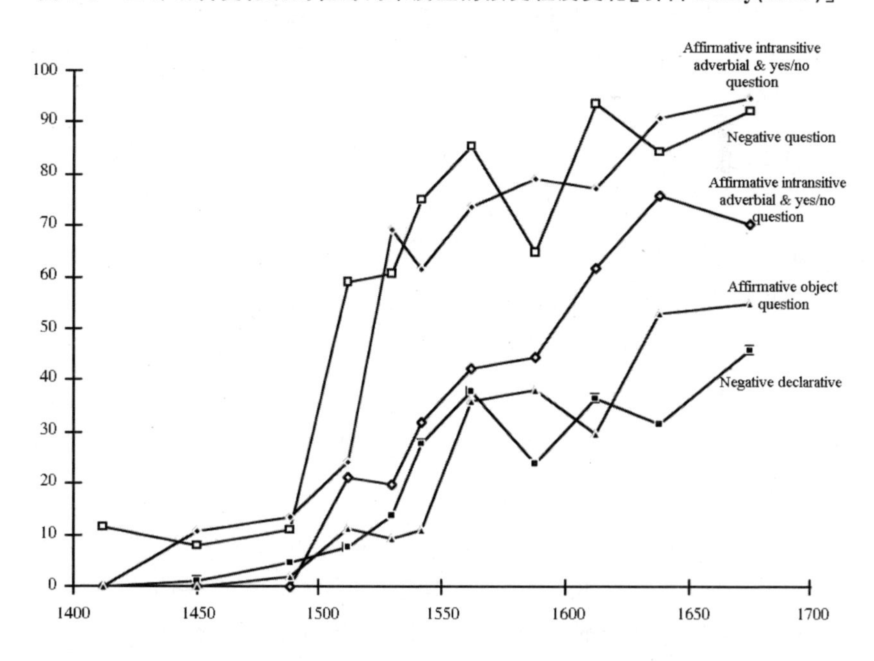

图 3-7　不同句法形式中助动词 do 使用比率在时间维度上的变化［引自 Kroch(1989)］

词 do 在古代英语中的使用情况时发现，助动词 do 与不同语法形式（如疑问句、否定句等）结合的比率在时间维度上的变化也呈现 S 型。如图 3-7 所示，其中纵坐标为年份，横坐标为比率。Kroch 总结认为，一种语法结构替代另一种语法结构时，其替代比率随时间变化的形式都是 S-型曲线，其基本函数形式[①]为：

$$p=\frac{e^{k+st}}{1+e^{k+st}} \tag{3-3}$$

3.2.2.5.2 计算机模拟方法

计算机模拟或者系统仿真，是指在计算机上对实际系统的数学模型进行模拟实验，从而达到研究一个已经存在的或设计中的系统的目的（黄欣荣，2006a：231）。Holland（1995）指出，模拟的核心是建立系统的动态运行过程与计算机模拟计算中的子程序（subroutine）之间的映射关系。这种映射关系包含两个方面：（1）系统运行过程的不同状态与计算机模拟计算中的数字之间的映射关系；（2）构建系统动态变化与模拟计算过程之间映射关系的系列规则集合。

从 21 世纪初开始，计算机模拟方法逐渐成为研究语言起源、语言变化的重要方法，并提出了新的学科方向：语言动力学（Language Dynamics）。Wichmann（2014）将“语言动力学”定义如下：采用量化工具，通过观察、重构或者模拟等方法研究任意时间长度中由行为个体交互而形成的语言涌现性特征。代表性的研究包括 Prévost（2003）；Steels（2002）；Baronchelli，Felici，Loreto & Steels（2006）；Beuls & Steels（2013）；Feltgen，Fagard & Nadal（2017）；Havrylov & Titov（2017）等。

运用计算机模拟方法研究语言，需要在计算机上创建具有学习或者进化行为的个体，模拟个体之间的交际来观察语言交际系统在进化过程中获得的涌现性特征。依据模型是否包含了虚拟世界和

---

① 引自 Kroch（1989）。

交际单元是否结构化两个特征，Wagner，Reggia，Uriagereka & Wilkinson (2003)区分了四种类型的建模方式：无虚拟世界＋非结构化元素，虚拟世界＋非结构化元素，无虚拟世界＋结构化元素，虚拟世界＋结构化元素。

不包含虚拟世界的模型一般将说话人和听话人理解为编码员或解码员，交际效率是考察交际任务的主要指标。王士元 (2006a)介绍了一个"无虚拟世界＋非结构化元素"类型的共有词汇涌现实验。实验首先假定存在一个语言社群(一个行为个体集合)，其中每一个行为个体操控一套可能的话语(U)，以传递一套意义(M)。实验中的一个事件是随机选择两个行为个体进行语言交互。其中一个行为个体作为说话人，其随机选择一种话语(u)，并传达相应的意义(m_i)。另一个行为个体作为听话人，在获得话语 u 之后，从其意义(M)中选择具有最大对应概率的意义解释(m_j)。如果 $m_i=$

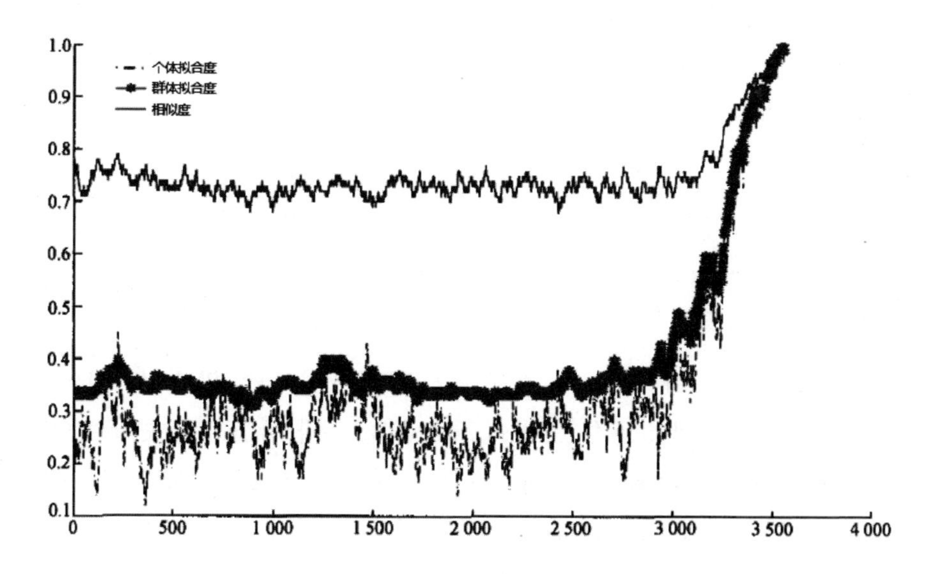

图 3-8　共同词汇实验过程①

① 转自王士元 (2006a)。原图的图形名称为"词汇形成中的相变"。

m_j，则相应地增加 m_j 与 u 之间的对应概率。该研究实验表明，当实验中的事件超过3000次时，群体收敛到一个共同的词汇系统上。而且，这种收敛具有突然性，如图3-8所示，实验中当事件超过3000次时，出现一个明显的相变点，全体中绝大多数个体突然都拥有了共同词汇系统。

当模型中使用虚拟世界时，行为个体的交际行为往往设置为在虚拟世界中为完成一项任务（如找到食物、逃避捕猎者）而进行的语言交际行为。如Gong，Minett，Ke，Holland & Wang（2005）采用多智能体计算模型（multi-agent computational model）模拟词汇—句法结构演变过程，以验证两种假说：先天论（Innatism）和整体论（Holistic Signaling System）在词汇—句法结构演变过程中的作用。在模拟系统中，词汇规则既包含了一体性规则和组合型规则，如例3-4和例3-5所示。规则的获取有两种机制：一种是按照某种概率分布随机生成；另一种是通过检查、搜索先前的交际活动，获取重复出现的句法语义映射模式。系统中包含的外部环境如例3-6所示。

例3-4　一体性规则："run＜dog＞"↔/a b c/（0.4）

例3-5　组合性规则："run＜#＞"↔/d e/（0.3）or "dog"↔/c/（0.5）

例3-6　外部环境事件："chase＜fox，dog＞"（0.5）

在模拟的交际活动中，说话人与听话人之间并没有直接的交际活动，词汇规则的评估是通过语言信息和非语言信息之间的相互限制进行的。如图3-9所示，说话人组合自身已知规则或者生成的新规则，随机生成一段话语。听话人综合这一段话语和外部环境事件，计算出对这段话语理解的信心程度（confidence level），并给出肯定反馈和否定反馈。如果听话人的反馈结果为肯定性的，说话人和听话人会据此增加在当前交际过程中使用的词汇规则的权重，否则减少词汇规则的权重。从模型设置可以看出，词汇规则与外部环境的映射关系是影响听话人反馈结果的主要因素。实验表明，词汇—句法演化过程中，交际过程中说话人与听话人达成一致的比率随着时间的推移呈现 S 型曲线，一些领域通用的学习规则在演化过程中促进了交际个体的适应能力。

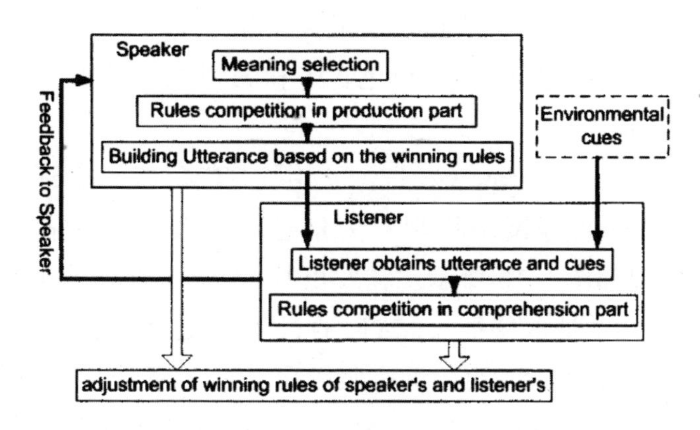

图 3-9　非直接语义转换流程图[引自 Gong et al. (2005)]

现有建模方法已经不满足于通过虚拟仿真观察语言交际系统在进化过程中获得的涌现性特征，而是探索构造多智能体系统(Multi-Agent System)，使得智能体能够通过交互方式学习自然语言 (Havrylov & Titov, 2017)，这种方法也可称为情景语言学习(situated language learning) (Kottur, Moura, Lee, & Batra 2017)。研究者们认为，具有交互能力的智能体在特定虚拟环境中通过符号交互方式完成特定的任务，并通过交互建立符号使用规则，这些涌现出来的规则构成语言体系。其中交互形式可以是人机交互，也可以是智能体之间的交互(Lazaridou, Peysakhovich & Baroni, 2016)。但是人机交互无法大规模实施，智能体交互则没有这方面的局限性。

Havrylov & Titov (2017)与 Lazaridou et al. (2016)采用指称游戏 (Referential Game) 探索了智能体之间如何通过交互归纳、总结语言规则。游戏中一个智能体需要向另一个智能体解释如何选

择图片,游戏具体设置如下:

(1)从 N 张图片选取图片 t 以及 K 张干扰图片;

(2)确定两个智能体,其中一个为发出者 $S_?$,一个为接收者 R_θ ;

(3)在看到图片 t 之后, $S_?$ 从大小为 $|V|$ 的词汇集合 V 中选择符号,构建信息 m_t 。信息长度最大不超过 L。

(4)在获取信息 m_t 和一组包含 t 和 K 张干扰图片后, R_θ 需在这组图片中找出 t。

Havrylov & Titov (2017)采用 LSTM (Long-Short Term Memory) 人工神经网络模型作为信息发出者和接受者的学习机制,模型框架如图 3-10 所示。在发出端,发出者首先采用卷积神经网络从图片 t 中抽取特征 f ,然后通过仿射变换(η)获取初始状态,即 $h_0^s = \eta(f(t))$,然后再按照顺序抽样方式选择生成符号串。在接受端,接收者通过 LSTM 网络接收信息并生成最终状态 h_4^r ,然后通过仿射变换(η)将 h_4^r 转换为最终信息,并依据最终信息从 K+1 张图片中确定 t。

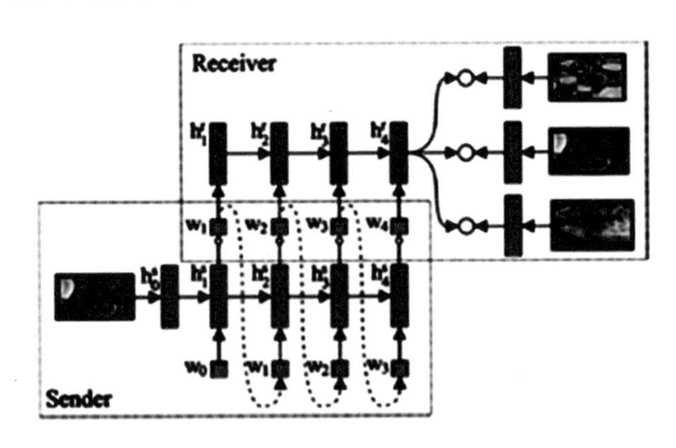

图 3-10 发出者与接收者框架[引自 Havrylov & Titov (2017)]

Havrylov & Titov (2017)的实验发现,通过上述模型所获得的语言规则不仅包含了组合性,还显示出语言变体现象,同一种内容可以通过不同规则表达出来。组合性和变异是复杂适应系统的典型特征。

3.3　基于动态系统理论的认知观

复杂性科学也促进了认知科学领域的发展，其中基于动态系统理论（Dynamical Systems Theory）的认知观是代表之一。Spivey（2007）将其称为“连续统认知观”（Continuity of Mind）。这一认知观认为，认知过程的分析单位不能仅局限于作为输入输出的符号，还应包含认知的过程。

Spivey（2007）首先区分了大脑状态和心理状态。大脑状态是位于超高维状态空间中的一个点（或一种状态），其维度数量相当于大脑中神经元的数量。相似的大脑状态在状态空间中占据相近的位置。在大脑状态空间中，存在一些特定区域，这些区域经常受到访问，构成“吸引子”，是可以被科学家或者观察者识别的心理状态，如饥饿、识别祖母、理解文章主题等都是可识别的心理状态。

基于动态系统理论的认知观认为，大脑状态可以通过这一时刻该状态到所有吸引子的最近距离所组成的向量描述。由于大脑总是以一种连续态存在的，总是缓慢地从一种状态移动到相邻状态。在一段时间内，大脑的状态变化会在大脑状态空间中形成一个轨迹，这些轨迹经常经过吸引子区域。例如，许多静态符号表征，如词语的语义解释、词语的发音等都可以看作是一种大脑状态变化的轨迹。以例 3-7 中的“纠结”一词的语义理解为例。现代汉语中“纠结”有两种语义：(1)（藤蔓等植物的）相互缠绕；(2) 因陷入某种境地，心理矛盾混乱。依据基于动态系统理论的认知观，这两种语义可以表征为如图 3-11 所示的吸引子。对例 3-7 中“纠结”一词的理解，可以模拟为黑色箭头所表示的大脑状态轨迹。其中短箭头表示吸引方向，两处多箭头指向为吸引子，黑色箭头为大脑状态轨迹。

例 3-7 纠结到不能纠结了，就这样郁闷着吧。[①]

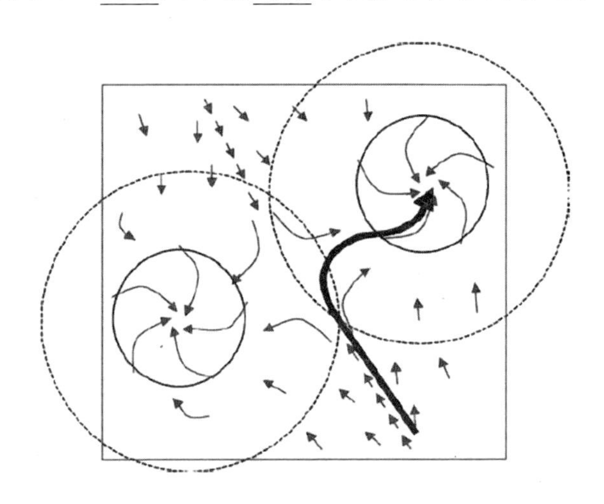

图 3-11 大脑轨迹示意图[摘自 Spivey (2007)]

在连续统认知观看来，大脑中被同时激活的多种心理表征都可以表述为一个概率事件，所有心理表征的概率值加和为 1.0，每一个心理表征的概率表示与其对应活动触发的可能性(Spivey，2007：14)。对于概率大的心理表征，其对应的活动被触发的可能性也越大。反之，则触发的可能性就越小。同样以例 3-7 中"纠结"的语义解释为例。在阅读理解这一句子之前，"纠结"的两种语义表征就已有一个初始概率，假定义项 1 和义项 2 的概率值分别为 0.3：0.7。随着阅读过程的开展，语境信息的增加，使得义项 2 的概率值越来越大，并最终趋向为 1.0，而义项 1 的概率值越来越小。作为输出，"纠结"一词的最终语义解释为"心理矛盾混乱"。

① 摘自百度百科，网址为 https://zhidao.baidu.com/question/1741695734087836307.html。访问时间 2024 年 9 月 19 日。

3.4 动态隐喻论的理论框架

21世纪初，人们提出了基于系统科学理论的动态隐喻论。其中代表人物主要是英国应用语言学家 Lynne Cameron，美国心理学家 Raymond W. Gibbs。徐盛桓教授最近提出的"隐喻分形说"也与动态隐喻论有许多相似的观点。

Lynne Cameron 是较早将复杂科学思想与隐喻研究相结合的学者。Cameron (2003:47)在分析教育领域内的隐喻数据时提出，如果将话语看作是一个复杂系统，隐喻是这一系统中的吸引子：

> … metaphors may function as combined linguistic, conceptual and affective attractors in the trajectory of talking-and-thinking-in-interaction. A metaphor attractor would be a particular linguistic form that carries a particular conceptual understanding for users. (在话语思维交互过程的轨迹中，隐喻可以被看作是兼具语言形式、概念和情感的吸引子。一个隐喻吸引子是一种特定的语言形式，携带了语言使用者的特定概念理解内容。)

在 Cameron 看来，隐喻是语言动态变化过程中涌现出来的一些具有稳定的句法结构形式、概念结构和语用功能的状态 (Cameron et al.,2009)。作为吸引子，其稳定性在人们的使用得以维护，体现为语言使用者经常使用的语言运用模式。在随后的研究中，Cameron 从多个方面发展这一假设。Cameron & Deignan (2006)将这种稳定的隐喻使用模式称为隐喻构式(metaphoreme)，描述了隐喻构式在话语中的涌现过程，说明隐喻构式具有一定的灵活性。Cameron (2007a)则进一步确认隐喻构式在话语中分布的形态：由语义相近但源域不相同的隐喻构成的隐喻聚类(metaphor clusters)和隐喻词的系统使用(systematic metaphors)。

Gibbs 以基于动态系统理论的认知观为框架，将隐喻行为看作是在多种约束条件下动态认知过程输出的结果。这些约束条件与语言使用者个体、语种、具体交际任务以及特定社会语境相关，隐喻义是由语言使用者所组成的自适应系统的涌现性行为。Gibbs以概念隐喻为主要研究对象，他认为：

> Under this view, conceptual metaphors are not static representational entities existing only at the cognitive level, but are stabilities in experience that are emergent products of the human self-organized system. Thus, each conceptual metaphoric understanding unfolds over time given the specific contingencies that define any specific discourse situation … conceptual metaphors act as multiple attractors that the system moves toward and away from given its past history and present circumstances. [从(动态系统)这一角度看，概念隐喻不是仅仅在认知层面存在的静态的表征，而是从人类自组织系统中涌现出来的稳定的经验。每一种概念隐喻式的理解，都会在随机确定的特定话语语境中，随着时间推移不断展现出来……概念隐喻就像多个吸引子，系统在过往的经验和当前情景的作用下，有时会走进它们，有时又会远离它们。] (Gibbs & Colston, 2012:304-305)

在Gibbs看来，人与人之间的互动是人类社会的本质特征，人类社会是一个复杂适应系统。隐喻性行为是这一复杂适应系统中的一种涌现性行为，而概念隐喻是人们在语言交际活动中，在既往经验和当前情景作用下倾向于采取的认知方式和语言表达模式。

比较Cameron与Gibbs的研究可以看出，两位学者的理论框架并不完全一致。其中显著的区别在于对什么是复杂适应系统的判断：Cameron将话语当作复杂适应系统，而Gibbs将人类社会作为复杂适应系统。从更抽象的角度看，前者将语言看作复杂适应系统。虽然语言系统也包括了语言使用者这一组成要素，但这一观点更强调语言单位之间的相互作用，往往忽略语言使用者的个体差异、语言能力的动态发展和自适应能力。后者将人类社会看作复杂适用系统，强调人是系统的基本构成单位。从这一基本点出发，语言虽然具有复杂系统所具有的特性，但这些特性是语言作为人类社会这一复杂适应系统的涌现性行为所表现出来的特性，而不是语言本身所具有的特性。由§3.2.1中有关复杂性科学和复杂适应系统的讨论可知，复杂系统是由一群相互作用，并具有主动学习和适应能力的行为个体所组成的系统。因此，Gibbs将人类社会作为复杂适应系统更符合复杂适应系统的定义。

在国内，程琪龙（2002）虽然没有明确建立隐喻与复杂系统理论的关系，但他从认知研究的理论框架出发，认为语言系统是个自调节的动态系统，其中的连通权值在不停变化，隐喻涉及概念系统和语言系统，是语言系统的一种特殊的操作，因此，隐喻操作存在自调节的不同连通状态，其中典型的三种操作状态为：

（1）创新操作。这是隐喻连通权限很低的操作，以激活本体和喻体两个子系统，子系统之间通过结点概念框架连通新路径。

（2）巩固操作。隐喻过程的路径已曾激活并有一定的权值，有一定的记忆。

（3）常规操作。在死喻阶段，隐喻操作也成为常规操作，直接连通关系已得到巩固。

程琪龙（2002）的观点与动态隐喻论的基本观点有相似之处，强调语言系统（尤其是隐喻）的动态性，并明确了隐喻系统的三个不同阶段。

徐盛桓（2020b）从分形理论出发，提出“隐喻分形说”，认为隐喻表达式的构建是一种自相似现象。隐喻概念作为一个整体，其外延和内涵涵盖形态、状况、结构、行为、特征、价值和功能等方面，并以表象形式体现出来，这些表象就是隐喻概念的分形。在汉语中，尤其是汉语诗歌中，经常碰到用多个喻体描述本体概念的现象,如例 3-8、例 3-9 和例 3-10 所示。在例 3-8 中,“美貌”被比喻为“沉鱼落雁”“闭月羞花”;在例 3-9 中,“功名”是“尘”与“土”;在例 3-10 中,“青春”似“花”,也似“流水”。人们会自然地使用本体概念内涵外延的内容所具体表现出来的表象建构本体,分形理论提供了描述隐喻系统整体生长空间的基本理论框架(徐盛桓,2020b)。

例 3-8 他二人长的一个是沉鱼落雁之容,一个是闭月羞花之貌。[李宝嘉《官场现形记》,第十二回,转引自徐盛桓(2020b)]

例 3-9 三十功名尘与土。[岳飞《满江红》,转引自徐盛桓(2019)]

例 3-10 如花美眷,似水流年。[汤显祖《牡丹亭》,转引自徐盛桓(2019)]

综合 Cameron、Gibbs、徐盛桓以及程琪龙等学者的观点,我们认为动态隐喻论的基本观点是:语言是人类社会这一复杂适应系统的涌现性行为,作为一种特殊的语言认知现象,隐喻是这种涌现性行为的一种类型,是语言使用者为满足交际需要,基于自身的自适应能力表现出的自组织行为,并具有以下特征:

(1)隐喻是由类比思维所触发的语义演变过程;

(2)隐喻复杂性的源泉是语言使用者的自适应能力;

(3)隐喻的规约化程度决定隐喻行为的表现形式,是解释隐喻复杂性的序参量。

由于分析系统的自组织过程及其规律性是一般复杂系统研究的主要内容(许立达、樊瑛、狄增如,2011),动态隐喻论的主要任务,就是分析在多种条件约束下隐喻涌现过程的规律性,即:

(1)隐喻的句法语义结构模式的涌现是渐进的,并受认知规律支配;

(2)隐喻的涌现过程是一个相变过程;

(3)隐喻的涌现具有果决性。

本节余下部分详细讨论了动态隐喻论的基本观点以及对隐喻自组织过程规律性的认识。

3.4.1　隐喻的本质特征

3.4.1.1　隐喻的动态变化

动态隐喻论的最基本观点是对隐喻动态性的认识。Gibbs & Colston (2012:121)在介绍动态隐喻论时，突出强调了隐喻在时间维度的变化：

> Dynamical approaches emphasize the temporal dimension in which an individual's behavior emerges from the interaction of brain, body, and environment, including interactions with other persons. Simple and complex behavior patterns, including people's uses and interpretations of figurative language, are higher-order, emergent products of self-organizing processes.（动态方法强调时间维度的重要性。在这一维度上，个体大脑、身体以及环境的交互，以及个体与其他个体的交互，促使个体行为涌现出来。那些简单或者复杂的个体行为，包括人们使用和理解比喻性语言的行为，都是自组织过程中出现的高阶的涌现性产物。）

强调隐喻在时间维度上的涌现性，也就是承认隐喻现象的复杂性，突破认识隐喻现象的局限性。在动态隐喻论看来，隐喻不仅仅局限于类比思维，不仅仅局限于相似概念之间的投射，也不局限于概念隐喻，而是人类社会这一复杂适应系统在时间维度上表现出的一种动态变化的涌现性行为。

换言之，隐喻的规约化程度和使用频率不能作为区分隐喻和非隐喻的主要依据(Dancygier & Sweetser, 2014)。因为概念隐喻不仅存在于规约化程度很高的隐喻表达式之中，也存在于规约化程度不高的表达式之中。例如,概念隐喻"KNOWING IS SEEMING",可以在例3-11、例3-12和例3-13中的"see""shed light on"以及"transparent"中找到。而三个例子的规约化程度各不相同,可按例3-11、例3-12和例3-13降序排列。概念隐喻"KNOWING IS SEEMING"不仅是人们在语言中频繁使用例3-11和例3-12等规约化程度较高的语句的驱动力,也是创造出类似于例3-13等新颖用法的驱动力。

例3-11 I <u>see</u> what you mean.

例3-12 A new approach offers an answer, and may <u>shed light on</u> an even bigger question.

例3-13 The operation of the government is <u>transparent</u>.

由此,Dancygier & Sweetser (2014:4)认为,隐喻和非隐喻的区分,不是规约化程度的区分,而是驱动力的区分:

> At a first approximation, then, we might say that figurative means that a usage which might be motivated by a metaphoric or metonymic relationship to some other usage, a usage might be labeled literal. And literal does not mean 'everyday, normal usage', but 'a meaning which is not dependent on a figurative extension from another meaning'. (我们的初步看法,是将比喻义看作一种受隐喻或者转喻关系驱动,与另外一种被称为字面义的用法相关联起来的应用。字面义并不是"日常的、一般性的用法",而是"一种不需要从另外一种意义中进行比喻引申的意义"。)

事实上,将隐喻和语义演变相结合的研究早已认识到隐喻的涌现性。研究者们认为,隐喻是语义演变的重要机制之一。更早的观点来自Leech (1969:147):

> In the dictum 'Language is fossil poetry', Emerson draws

our attention to the fact that the expressive power of everyday language largely resides in countless 'dead' metaphors, which have become institutionalized in the multiple meanings of the dictionary.(Emerson的名言"语言是诗歌的化石",提醒我们注意到这样一个事实:日常语言的表现力在很大程度上依赖于无数的"死"隐喻,以及那些已经机构化并在词典中表示为各种义项的隐喻。)

隐喻作为语义演变的一种机制,是一个动态过程,隐喻驱动的语义可能经历出现、传播、规约化以及消亡等过程。这一过程,也就是隐喻的涌现性行为。

在动态隐喻论看来,隐喻不仅是语义演变的一种机制,也是语义演变的一种形态。隐喻的动态性是隐喻的固有属性(Cameron,2003:8),隐喻在本质上是语义演变的一种形态,并与其他语义演变形态,包括基本义形态和转喻形态形成对比。词语的基本义是在语义演变过程中保持相对稳定的义项;语义演变的转喻形态,就是凭借转喻机制发生的语义演变;而隐喻性语义演变形态,就是基于类比机制的语义演变。

3.4.1.2 隐喻复杂性的源泉

隐喻作为一种语言认知现象,其复杂性的根源,是语言使用者所具有的自适应能力。适应性造就复杂性,是复杂性科学的一个基本主张(苗东升,2016)。语言使用者是语言系统的基本单位,语言使用者所具备的自适应能力也就是语言复杂性的根源。隐喻原本就是在话语交际中为他人而选,为他人而生(Cameron,2007a:109)。语言使用者所具有的自适应能力,即依据特定条件对语言形式、功能和意义的选择,形成了隐喻在语言形式和语义解释等方面的多样性。

语言使用者在隐喻使用时的协同性,表现为依据内部心理预测和外部环境感知进行的隐喻形式、语义以及功能的选择。因此,在动态隐喻论看来，语言使用者在某一特定时刻的隐喻行为，是语言使用者自身因素和外部交际环境综合作用的结果。

例如，例 3-14 和例 3-15[①] 是“充电”隐喻的两种语言实现形式，语言使用者在适应性驱动下会选择使用其中一种。例 3-14 是一种明喻形式，句子中不仅包含了源域词语（如电瓶、充电）和目标域中的词语（如技术人员、知识、更新、科学技术），还包含了明喻格式“……像……一样”，这些信息都是为了触发源域和目标域的类比，确定“充电”和“更新”之间的类比关系。语言使用者选择例 3-14，是基于交际协同性考虑：他/她依据自身的语言经验认为，这一隐喻是一个新颖的隐喻，源域和目标域之间的类比是一种新颖的类比，听话人/读者以前可能并没有遇到类似的隐喻，也没有相关的概念隐喻，由此，他/她为了能够清晰地表达自己的思想，顺利完成交际目的，选择明喻形式，以便于听话人/读者借助于句法格式进行类比推理，建立起源域和目标域之间的映射关系，建立起“充电”和“知识更新”之间的语义关联。

例 3-14　技术人员的知识需要更新，就像电瓶一样，要不断充电，才能保持前进的动力，适应科学技术不断发展的新形势。

例 3-15　充电显然不是目的。

而例 3-15 则明显是一个规约化隐喻。虽然从句法结构上看，该句是一个否定判断句，然而无法从“目的”一词清晰判断其目标域。除“充电”外，也没有其他源域词语出现。从协同性角度看，语言使用者适应性所具有的前向因果性，使得他/她依据已有语言经验认为，“充电”与“知识更新”的关联关系已经规约化，且该关联关系也已经为听话人/读者所知晓，因而不需要使用形式化方式触发类比分析，甚至不需要使用目标词语锚定目标域。

---

① 例 3-14 和例 3-15 分别为例 3-1a 和例 3-1h。为便于讨论，此处重复并重新编号。

即便是同一例隐喻,不同人的理解过程也不完全一样(Gibbs & Colston, 2012:261)。在第2章讨论隐喻的广泛性时已经提到,不同的人在识别例2-1和例2-2中的隐喻时结果并不会完全一样。大部分人会认为"兴奋剂问题就成为笼罩在体育赛场上空的一块阴云"包含隐喻;有一部分人认为"动摇了体育的生存根基"包含隐喻;很少人认为"调整浏览器设置""中叶"也是隐喻。不同的人在同一语篇中隐喻识别结果的不一致说明他们的理解过程是不一样的。

Gibbs & Colston (2012)在总结已有心理语言学和神经科学研究成果后认为,语言使用者依据交际任务的需求、语言使用环境以及已有语言经验所采取的适应性语言行为,是隐喻复杂性的根本原因。值得注意的是,语言使用者在隐喻运用和理解过程中受诸多因素的影响,包括年龄、语言经历、性别、职业、文化、政治背景、信仰、认知差异、身体经验、地理位置、性格以及社会关系等,这些因素都可能参与语言使用者的隐喻理解过程(Gibbs & Colston, 2012:263)。而且,不同因素之间也存在相关关联关系。例如,在一个语言社区中具有相同年龄的人,往往在文化、信仰、政治背景等方面具有相似性,其语言经历也具有相似性,因此年龄与语言经历、政治背景以及信仰之间存在较为紧密的关联关系。

3.4.1.3 隐喻的序参量

序参量最早由物理学家朗道提出,后来成为复杂系统理论的分支——协同学——的中心概念,以解释复杂系统的有序性。所谓序参量,是指系统中具有如下三个特征的参量:(1)序参量在系统演化过程中形成,从无到有发生变化,并指示出新结构的形成(吴彤, 2000);(2)序参量是一种宏观参量,指示系统内部由大量子系统集体运动而形成的宏观整体模式;(3)序参量一旦形成,就能够主宰系统整体演化过程,支配和使役子系统,成为系统整体运动状态的度量。

现有隐喻研究从两个层面讨论了隐喻系统中参量的变化。第一个层面是语言使用者个体在使用特定隐喻表达式时的心理状态。从语言使用者对本体(topic)和喻体(vehicle)之间的语义一致性的判断这一角度,研究者们提出了“紧张程度(tension)”(Wheelwright, 1962)、“概念不一致性(conceptual incongruity)”(Kittay, 1989)、“语义异常(anomaly)”(Ortony, 1979)以及“创造性(creativity)”(Kövecses, 2015)等梯度性概念。语言使用者依据具体的语境、自身的背景知识以及说话人和听话人之间共享的知识等判断特定的隐喻实例的紧张程度、概念不一致、语义异常或者创造性。语境不同、背景知识不同,这些概念的取值也不相同。此外,梯度显著性假说中提出的“显著性”也是从语言使用者个体的认知刺激角度提出的动态参量。如同在§2.3.1节中所讨论的,隐喻表达式中词语的隐喻义可以区分为较高显著度、较低显著度以及无显著度等类型。隐喻义的显著性程度又受到语言使用者对于特定隐喻义的熟悉程度、使用频次、规约化程度以及原型化程度的影响。

第二个隐喻序参量层面是语言系统。人们一般使用规约化程度(conventionality)来讨论语言社区中隐喻随时间动态变化的参量。Nunberg, Sag & Wasow (1994: 492n)根据D. K. Lewis (1969)的讨论,将规约化定义为:

> Conventionality is a relation among a linguistic regularity, a situation of use, and a population that has implicitly agreed to conform to that regularity in that situation out of a preference for general uniformity, rather than because there is some obvious and compelling reason to conform to that regularity instead of some other; that is what it means to say that conventions are necessarily arbitrary to some degree. (习俗化定义了介于特定语言规则、特定应用情境和语言社区三者之

间的一种隐性关联关系，即在特定应用情境中，语言社区为了保证交流的一致性，选择遵循特定语言规则而不是其他语言规则。语言社区做出选择的依据并不是因为存在明显的或者必然的理据，而更多是一种随机选择的结果。）

与显著度、语义异常等概念不同，规约化程度不是语言使用者个体理解隐喻表达式时的心理状态，而是将语言社区作为一个整体，从语言系统规则的角度考虑隐喻的可接受程度。

我们认为，规约化程度具有序参量的三个主要特征，是隐喻的序参量。首先，隐喻的规约化程度是一个从无到有的过程。以例3-14和例3-15中的“充电”隐喻为例，当它最初被语言使用者个体采用明喻的方式引入时，它的规约化程度为零。随着这一隐喻在中文社区传播得越来越广，越来越多的中文使用者能够理解、采纳并使用它，它的规约化程度也越来越高。趋于稳定的隐喻规约化程度，能够标识稳定的隐喻概念和隐喻结构的形成。其次，规约化与紧张程度、语义异常以及显著性等参量的本质区别是它的宏观性，虽然规约化基于语言使用者个体对规则的认同，但是规约化度量的是语言社区整体对某一隐喻使用规则的认同。因此，规约化程度高的隐喻已经成为语言系统的一部分，为语言社区中绝大多数语言使用者认同、遵循和使用。最后，隐喻的规约化程度主宰和支配着语言使用者个体的隐喻使用行为。由于个体语言使用者的适应性，在选择和使用隐喻表达式过程中，个体语言使用者对隐喻规约化程度的判断是决定其隐喻行为的最主要因素。

将隐喻规约化程度作为隐喻系统的序参量充分体现了动态隐喻论的两个基本观念。首先，动态隐喻论认为语言系统的基本单位是语言使用者，而不是类似于句子结构、篇章结构或者语义结构等的静态语言单位。语言使用者的自适应能力是隐喻复杂性的根本性原因，自适应性造就了复杂性，而各种层次的语言单位、各种类型的语言结构是隐喻复杂性的外在体现。隐喻的规约化程度决定了语言使用者对语言形式的选择,因此,隐喻的规约化程度通过作用于语言使用者而对隐喻的语言形式施加影响。隐喻的规约化程度与隐喻的语言形式之间存在紧密的关联关系。在本书后续章节的讨论中,都遵循了"规约化是隐喻序参量"的基本假设,这些实验也说明,隐喻的规约化程度与隐喻的语言表达式之间存在直接的对应关系,采用规约化程度描述隐喻,可以大幅简化隐喻的复杂性。

以隐喻规约化程度作为序参量,还体现了动态隐喻论的另一个基本观点,即隐喻系统的序参量必然与时间维度相关。如同Spivey (2007:30)在介绍基于动态系统理论的认知观时所指出的:时间就是一切(Timing is everything)。现有隐喻研究大多从共时角度讨论隐喻的识别问题、隐喻的理解机制问题,由此遭遇到隐喻识别标准的不一致,多种隐喻理解机制并存等复杂性问题。动态隐喻论认为,作为语言系统单位的语言使用者,并不是一下子就能够习得某一个隐喻的所有表达式类型,也不会采用某一特定的理解机制去理解不同类型的隐喻表达式。相反,语言使用者的隐喻行为,包括使用某一特定类型的隐喻表达式、采用某一种特定的隐喻理解机制等行为,是一个在时间维度上变化发展的行为,是在时间维度上与环境、与其他语言使用者的交互过程中采取的自适应性行为。因此,将隐喻规约化程度作为隐喻系统的序参量,体现了动态隐喻论对隐喻动态性的基本认识。

事实上,已有一些隐喻研究,如隐喻生涯理论以及梯度显著度假说,直接或者间接采用隐喻规约化程度来解释隐喻的复杂性。梯度显著性假说采用显著性解释相互冲突的隐喻理解机制,提出新颖隐喻中隐喻义没有显著性,因而需要语义异常等机制触发类比推理,而死隐喻中的隐喻义显著度高,其理解过程不需要依赖于基本义。隐喻生涯理论提出隐喻存在规约化倾向,规约化程度低的隐喻的推理过程包含多种选择,而规约化程度高的隐喻的推理过程则是一个直接继承抽象概念特征的过程。

此外，已有许多研究也依据隐喻规约化程度区分隐喻类型。Kövecses (2002)依据隐喻规约化程度将隐喻区分为传统隐喻和新奇隐喻，认为隐喻的规约化程度体现在概念隐喻和隐喻表达式两个层面。有的概念隐喻为语言使用者广泛接受，并在此基础上衍生出复杂的概念隐喻层级体系。而另外一些概念隐喻和隐喻表达式正在经历规约化过程。在这一过程中，概念隐喻与概念表达式之间的联系越来越紧密。概念映射与概念隐喻表达式之间的联系表现为一个连续性的梯度过程。传统隐喻和新奇隐喻表现为一个连续分类的两个极端。在传统隐喻中，概念映射已经词汇化，成为词汇的固定属性；而新奇隐喻则在另一个极端，概念隐喻的表达采用相对复杂的句法结构。

Barnden (2007, 2008)依据隐喻的新奇程度列出了四种不同类型，认为这四种类型隐喻的理解模式不同：常备隐喻措辞(Stock Metaphorical Phraseology)，常备隐喻措辞的局部开放型变体(Minor, open-ended variants of stock metaphorical phraseology)，依赖于常备概念映射的隐喻和全新隐喻(Completely Novel Metaphor)，在讨论隐喻理解时区分了传统隐喻，部分基于现有概念映射的新奇隐喻和完全新奇隐喻。这种分类方法所依据的标准就是规约化，反映的是隐喻的固化程度。

此外，还有多位学者依据规约化程度提出了不完全一致的隐喻分类体系。如 Goatly (1997)区分了死隐喻(Dead Metophor)、埋藏隐喻(Buried Metophor)、睡眠隐喻(Sleeping Metophor)、退休隐喻(Tired Metophor)和活动隐喻(Active Metophor)；提出了革新性隐喻(Innovative Metaphor)、传统化隐喻(Conventionalized Metaphor)、死隐喻(Dead Metaphor)和历史隐喻(Historical Metaphor)。这些分类都是对规约化程度的梯度性行为的不同划分。

3.4.2 隐喻发展的自组织过程

动态隐喻论将隐喻看作是一个动态涌现行为，隐喻研究的目的是揭示这种动态涌现过程的规律性。动态隐喻论认为，隐喻作为语言“涨落”的一种形态，其涌现过程是一个自组织过程，其规律性表现为：(1)隐喻的句法结构模式并不是同时出现的，而是在隐喻自组织过程中涌现出来的，其涌现过程具有渐进性，并受到认知规律的约束；(2)隐喻发展过程具有相变性，可能促使语言系统在短时间内发生突变；(3)隐喻发展过程具有明显的果决性，其最终目标是建立隐喻分形，将自身的语用意义在语言系统中编码。

3.4.2.1 隐喻句法语义模式的涌现

动态隐喻论认为，在共时角度观察到的纷繁复杂的隐喻句法结构及其语用功能，在历时维度上却是有序的，相互之间具有明显的关联关系。共时层面上的多种隐喻句法结构模式，是人类社会自组织行为过程中逐步涌现出来的。在隐喻规约化程度变化的不同阶段，受语言使用者自适应能力的驱动，在语言中不断以自组织的方法形成吸引子，这些吸引子也就是隐喻句法结构模式。一个隐喻的不同句法结构模式是在隐喻发展的不同阶段涌现出来的，而不是同时出现的。

隐喻句法结构模式的涌现性，表现为隐喻不同句法结构模式出现的先后顺序。作为隐喻系统基本单位的语言使用者，其认知模式具有一定的规律性，遵循一定的步骤。因此，不同类型的句法结构模式的出现也必然遵循一定的顺序。有的句法结构模式（如明喻）是其他句法模式出现的先决条件。而另外一些句法结构模式，只能在其他句法结构模式出现之后才能出现。隐喻的规约化程度是控制隐喻句法结构模式涌现性的主要参量。不同的规约化程度对应不同的隐喻句法结构模式。

在本书中，§1.2 及本节开头部分介绍了 Cameron 对隐喻句法模式的相关研究,第 7 章基于历时语料库的数据,详细讨论了隐喻句法模式的涌现过程及其规律性。这些研究都证实了隐喻句法语义模式的涌现性,说明隐喻表达式在共时层面上复杂性是可解释的。在历时层面,这些表达式井然有序。

3.4.2.2　隐喻发展的相变性

隐喻作为一种语义演变形态,与基本义形态、转喻义形态之间的主要区别性特征是相变。隐喻系统的发展,会最终引起语言系统的"涨落",发生非线性变化,形成新的句法语义结构。而基本义形态并不会导致语言系统的变化,转喻义形态变化也只会导致语言系统发生微小的变化。第 4 章基于语义演变计算,详细讨论了隐喻与其他形式的语义演变的区别,大规模实验数据也证实,从语义演变的变化模式来区分隐喻、转喻和本义,更符合人们的直觉。

隐喻的相变性,可以从隐喻规约化程度的变化曲线中直接观察到。隐喻规约化程度的变化,遵循 § 3.2.2.4 所讨论的 S 型曲线(或罗吉斯蒂曲线)模式。其变化包含三个阶段:缓慢递增的初始阶段、快速发展的生长阶段以及逐渐逼近于极限值的平衡阶段。

隐喻规约化程度在初始阶段的缓慢递增过程,揭示了隐喻系统中语言使用者个体在隐喻系统中的重要作用。在隐喻推动语义演变的初始阶段,其规约化经历了从无到有的过程,这一过程意味着隐喻性语义演变是由单个的语言使用者触发,影响和传播的范围也很微小,对于整个语言系统的搅动也微乎其微。

隐喻规约化的快速发展阶段与语言系统中语言使用者的自适应能力密切相关。语言使用者的自适应能力,尤其是其前向因果性,使得凡是参与语言交际活动的语言使用者都受到隐喻表达式的影响,获取隐喻表达式携带的隐喻映射和隐喻句法结构模式。与此同时,受交际协同性的影响,语言使用者会倾向于使用所获取的隐喻知识和隐喻结构模式。因此,隐喻在传播过程中会出现一传二、二传四、四传八这一类可以使用伊辛模型(Ising Model)模拟的指数扩散模式(Prévost，2003)。新隐喻及其句法模式在满足合适的条件下以指数形式的速度扩散，在短期内为语言社区知晓、接受和使用，从而引起语言系统的突变。

隐喻系统的相变也意味着隐喻语义及其句法模式的规约化程度在达到一定高度时，会逐渐接近极限值，并在这一数值周围保持动态变化。这种动态稳定包含两个方面的含义。其一是隐喻的规约化程度不再提升。换言之，特定隐喻以及这种隐喻的句法结构形式不太可能为语言社区所有成员所了解、接受或使用。另一个含义是隐喻的规约化程度不会下降，即语言社区中理解、使用并遵循该隐喻应用规则的语言使用者数量、规则的使用频次也会维持在一定水平，并围绕这一水平动态变化。

3.4.2.3 隐喻发展的果决性

果决性是冯·贝塔朗菲(1987)在讨论一般系统时提出的概念。贝塔朗菲引用了欧拉(Euler)的论述：整个世界是最优良的构造，由此世界的万事万物无不呈现出极大或极小的特征。这些极大或者极小特征，是由这样的事实产生的："事件实际上可以被看作或被描写为不但由它的现实状态所决定，而且还由它所要达到的最终状态所决定"(冯·贝塔朗菲，1987:71)。对于人类而言，"真正的有目的性是人类行为的主要特征，它同语言和符号等概念系统的进化密切地联系在一起"(冯·贝塔朗菲，1987:73)。魏宏森、曾国屏(1995)进一步解释了系统的目的性，并将目的性与系统优化关联了起来，认为系统的目的性就是目的的优化。换言之，优化是系统的一般性目的，也是系统实现其目的的手段、方式和过程。语言的发展、进化过程，可以理解为语言系统的优化过程。

隐喻作为语言发展变化的一种特殊形态，也具有目的性。隐喻的发展变化路径和形式，也是由它的目的所决定的，与隐喻系统的目的性息息相关。从语言的功能来看，隐喻发展的目的，是采用最优交际方式达成语言的交际目标。由此推论，隐喻的发展，并不是为了建立源域和目标域之间的类比关系，不是为了建立概念隐喻，也不是概念整合。类比、概念隐喻以及概念整合是隐喻在不同发展阶段所采取的最优化手段，隐喻发展变化的最后结果，是采用最优的方式表达隐喻的语用意义。简言之，隐喻发展的最终目的，就是采用隐喻构式的形式编码隐喻的语用意义，以便于在语言社区中采用最简单的形式表达出来。

隐喻果决性决定了隐喻发展的最后形态。隐喻的最初形态作为一种语义异常，扰动了语言系统。由于语言系统必须服务于人类的语言交际活动，这一目标要求系统在被扰动后通过自组织方式重新达成平衡。语言系统的平衡，主要表现为语言符号与语言功能的对应关系。例如，一个词语具有一个或者多个相对稳定的语义。由此，隐喻在扰动语言系统后，语言系统在语言使用者的自适应能力驱动下，通过自组织形式，努力将隐喻的语用功能编码成特定的形式，重新建立其语言符号和语言功能之间的对应关系，用某一特定符号表达隐喻的语用功能。以词语为例，隐喻系统发展的最后结果，可能是将隐喻的语用功能编码为词语的新义项，从而使得词语具有了多义性。

词语获取新的义项是一个复杂的过程，包括新的隐喻概念的构建和隐喻构式的构建。在这一过程中，隐喻所采取的主要优化手段，就是充分利用语言系统中已有的形式—意义对应模式，在尽量不增加语言系统复杂性基础上，建立起语言形式—隐喻概念之间的对应关系。在这一过程中，隐喻通过类比建立源域和目标域之间的映射关系，并充分利用源域和目标域已有的形式—意义对应模式（即构式），构建隐喻概念和隐喻构式。

隐喻发展的果决性，使得最后形成的隐喻概念在语言系统中表现为一个分形结构。某一个特定隐喻虽然具有多种形式，但是这些形式在信息和功能上具有相似性，并与隐喻概念整体具有相似性，这就是隐喻分形的自相似属性。第8章详细讨论了隐喻概念的分形结构及其自相似性。

隐喻发展的果决性，也使得其发展过程体现出以下特征：隐喻概念的发展与隐喻语言形式的发展交互进行，并体现出两个显著区分的阶段：概念抽象和概念应用。一个隐喻在语言社区中出现之后，语言使用者会不断使用各种语言形式对隐喻概念进行抽象，以获取该隐喻的最典型特征。在概念抽象完成后，语言使用者又会将这一概念应用于不同的语言形式。因此，从语言形式可以看出隐喻概念发展的两个不同阶段。§8.2详细讨论了由隐喻发展果决性所揭示的隐喻概念发展的阶段性。

3.5　小　结

隐喻研究的主要目标，是尽量用更简单的规则去描述更广泛的隐喻现象，通过建立不同类型隐喻表达式和隐喻理解机制之间的关联关系来减少隐喻的复杂度。本章在总结和分析基于复杂适应系统的语言观和基于动态系统理论的认知观之后，阐述了动态隐喻论的基本观点，如下所述。

(1)语言使用者是隐喻系统的基本单位，语言使用者的自适应能力是隐喻复杂性的根本源泉。

(2)隐喻规约化程度是隐喻系统的序参量，隐喻规约化程度经历一个从无到有的过程，指示隐喻句法结构模式和语义结构模式的形成过程，主宰和支配语言使用者个体的隐喻行为。

(3)隐喻作为一种语义演变形态，其区别于本义和转喻义的主要特征是语义演变模式。隐喻导致语言系统的突变，隐喻规约化程度变化的过程符合S型曲线特征，是一个相变过程。

(4)隐喻的句法结构模式是隐喻发展变化的涌现性结果。同一隐喻的不同句法结构模式，并不是在同一时间一起出现的，而是在隐喻发展的不同阶段,在自组织的作用下涌现出来的,并遵循认知规律,由隐喻规约化程度控制。

(5)隐喻发展具有果决性,其发展变化的最终目的,是建立语言形式—语言功能对应关系,将隐喻的语用功能编码到语言系统之中。在这一过程中,隐喻概念与隐喻表达形式之间交互发展,并体现为两个显著区分的阶段:概念抽象和概念应用。

动态隐喻论是本书的主要观点。在后续章节中,我们采用融贯性研究方法,综合运用定性和定量研究方法,逐个验证上述观点的有效性,并期望通过分析证实,动态隐喻论有助于深入理解和解释隐喻的复杂性,解释不同隐喻表达式和不同隐喻理解机制之间的关联关系。

第4章　语义演变模式的区分

本章基于语义演变计算，提出基于搭配关联强度的规约化度量方法，以罗吉斯蒂曲线为拟合模型，在大规模语料库上进行了区分隐喻、借喻、本义等语义演变模式的实验，论证了规约化程度变化模式是区分隐喻与其他词义动态变化模式的有效方法。

"任何一个正在被人使用的语言，都是一个复杂的变异网络系统，……要想真正了解一个活的、正在使用的语言，就不能不面对它的许多变异形式。……这种变异，往往只是从语言结构系统中，某个层级的某个个别成分开始的；另一方面，这种变异，又是由使用该语言的言语集团中的个别成员开始的。"（陈松岑，1999:80—81）。

语言使用者的自适应能力使得语言的动态变化纷繁复杂。基于互联网的社交媒体的广泛使用进一步增加了语言动态变化的复杂度，同时也加快了语言变化的速度。各种互联网社交媒体，如E-mail、微博、即时信息系统（如微信、QQ）等，使得语言交流的方式更加多样，交流的话题和对象更加广泛和多样，交流的速度也在加快。在互联网时代，人们创造新词和改变原有词语的用法的速度是史无前例的（Crystal，2006:67）。

在互联网背景下，语言系统的动态变化复杂性进一步扩大了语言知识库构建与语言知识库应用需求之间的距离。一方面，新词新语、词语新义的不断涌现，各种语言知识应用任务需要对原有的语言知识库进行快速更新;而另一方面,由于语言动态变化的复杂性,语言知识库构建和更新的速度缓慢,语言知识库一直无法满足语言知识库应用的需要。其中一个典型的例子是词典编撰。词典作为重要的权威性的语言知识库来源,其更新周期往往落后于语言系统的快速变化。本章和第 5 章的隐喻规约化研究发现,汉语中的一些隐喻如"回暖""缩水""蛋糕""密集""淡化"等,在 2004 年就已经达到很高的规约化程度,然而《辞海》(2009 版)并没有收录这些词语的隐喻义,《现代汉语词典》在 2012 年版本才将所有这些词语的隐喻义收录其中。

基于复杂适应系统语言观的优势之一,就是承认语言的复杂性,并试图解释一个活的、正在使用的语言的复杂性的成因和变化规律。动态隐喻理论认为,隐喻是一种基于不同语义域映射的语义演变类型,与其他类型的语义变化类型,包括转喻性语义变化、新词语以及本义,都是词义规约化程度的动态变化所呈现出的不同模式。采用语义演变计算方法,考察不同语义演变类型的规约化程度动态变化模式,可有效区分不同类型的语义演变。

4.1 语义演变类型划分

语义的演化可细化为三个研究问题(Traugott & Dasher, 2002:25-26)。(1)词义学(semasiology),即给定一个词形,它的指称概念发生了怎样的变化。词义学研究的焦点是一词多义现象的形成。(2)名称学(onomasiology),即给定一个概念,哪些词形可以用来表示这一概念。名称学研究同一概念在不同历史时期不同的表达形式,如葛本仪 (2001)详细讨论了"词义的丰富和深化"这一语义演变类型,指出随着人们认识的发展,对客观事物的认识加深,对概念的认识也在加深,表达概念的形式也发生变化,如将"水"称为"二氧化氢",将"鬼火"称为"磷火"等。(3)概念关联,即给定一个概念，其可以衍生出哪些概念，而这一概念本身又如何得来。概念隐喻理论中的本体隐喻、方位隐喻揭示了概念隐喻是关联概念的一种方式。

本章主要讨论语义演变中的词义学，即词语的语义演变过程以及语义演变结果中指称范围的变化，并将词语的语义演变过程和演化结果称为词语的语义演变模式。现有语义演变分类大多基于语义演变结果，通过比较基本义与新义之间的逻辑语义关联确定演变类型，如 Breal（1964）、Ullmann（1957）以及 Bloomfield（1933）所提出的分类方法。在汉语界，研究者们采用所指、义位等概念工具深入讨论词义扩大、词义缩小以及词义转移三种类型能否涵盖所有词义变化结果类型（王力，2004；赵克勤，2005），并在引入色彩义、内涵义等概念基础上丰富和发展了词义演化结果的类型。张绍全（2010）归纳了从词义范围、词义褒贬、词义转移、语法化和词汇化等角度对词义演化方式的分类：从词义范围变化来看，词义演变可分为词义扩大、词义缩小或者词义不变三种类型；从褒贬义变化来看，可区分为词义升格（elevation）、词义降格（degradation）、保持不变三种类型，词义升格是指词义从贬义或者中性转为褒义，词义降格是指词义从中性或者褒义转为贬义；词义转移则是指意义从字面意义转移到比喻意义，包括隐喻转义和转喻转义两种类型；语法化是指语言中的实义词转化为无实在意义的功能词，而词汇化是指短语或句法结构逐渐固化而形成单词的过程。

在各种语义分类体系中，最常用的是基于词义指称范围变化的分类方式。这也是在各种语言知识应用中广泛使用的分类方式。比如在词典编撰时，词条是否需要修改的重要依据是词义的使用范围是否发生变化。在自然语言处理领域，如果词汇知识库中词语的词义范围不能涵盖实际处理的语言材料，自然语言处理系统的性能会受到影响。与此同时，词义的褒贬变化与词义的使用范围是直接相关的，当词义的范围发生改变，词义范围褒贬的判断也就是词义褒贬的判断。以“纠结”为例，在其词义范围发生变化之前，主要用于树枝等植物，感情色彩为中性，而当其范围扩展到“人的情绪状态”时，与之同现的词语包括“矛盾”“叹息”等贬义词语，通过这些词语可以判断其变化类型为降格。

语义演变的结果与语义演变过程紧密关联，语义演变过程决定了语义演变的结果。对语义演变结果的分析是对词语语义演变过程中某两个不同时间节点的语义状态的对比分析。如果这种对比分析所取的时间节点不同，分类结果也有所不同。例如，在现代汉语看来，“走”的语义没有发生太大变化，属于“词义不变”类型，然而将现代汉语与古汉语进行比较，则发现“走”在古代表示“跑”，现在则表示“行走”，属于“义项转换”模式。

此外，语义演变结果和语义演变过程存在自然的关联。林正军、杨忠（2005）在从历时和认知角度分析一词多义现象时，认为语义演变过程中人的转喻和隐喻思维是词语新义形成的理据，不同的认知思维意味着不同的词义演化结果。将语义演变结果和语义演变过程关联起来，更有利于解释和区分隐喻、转喻、新词出现等语义类型。在隐喻相关研究中，存在新颖隐喻和传统隐喻的区分（Kövecses，2002）。同一种隐喻，如“他的内心十分纠结”中“纠结”一词的使用，在刚出现在语言中时，被称为新颖隐喻，而在经历规约化过程之后，又被称为传统隐喻。“纠结”在经历规约化过程之后，在现代汉语中使用相对稳定，其行为与“词义不变”类型非常相似。由此，同一词语的同一个义项，如果在其演变的不同时期取样进行对比分析，可以得出不同的语义演变类型。相反，如果将语义演变过程和演化结果综合考虑，就能避免出现相互矛盾的结论。

综合上述分析，我们构建了如图4-1所示的语义演变模式分类方式，在考虑词义指称范围变化的基础上，用图式方法描述每一种演变模式中词语所指范围的变化方式。图4-1共区分了7种不同的语义演变模式。对于已存在词语,其词义动态模式较为复杂,包括义项不变、义项转换和义项增加三种类型,义项不变又包括词义缩小、词义扩大以及词义不变三种类型,义项增加又包括转喻性词义增加和隐喻性词义增加两种类型。此外,还存在新词语出现这一类型。

如图 4-1 所示,义项缩小模式是指词语某一义项在演变过程中指称范围逐渐缩小,如“差池”一词,原指“错误以及意外的事”,后随着时间推移,现仅指“错误”(张小平, 2008:224)。如果义项指称范围缩小到无,就是义项消失。词义扩大模式包括了葛本仪(2001)提出的语义深化和语义扩大两种语义演变类型。在这两类语义演变过程中,词语某一义项的所指范围扩大。如“运动”表达“体育活动”的义项,随着时代发展,体育活动的种类逐渐增多,义项所指的范围扩大;又如“嘴”,最初指“鸟的嘴”,后为“口的通称”,所指范围也在扩大。值得注意的是,虽然词义所指范围扩大了,但是所指范围仍然是同一语义域,因而义项没有变化。

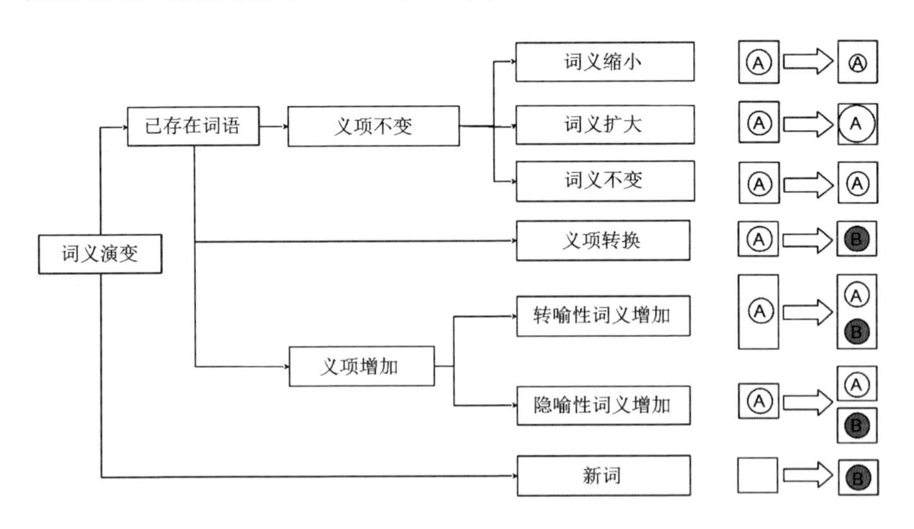

图 4-1　词义演化类型

图 4-1 分别给出了各小类的指称范围变化类型及图式说明。

图式中方框表示语义域，圆圈表示义项所指范围。在义项转移模式中，词义的指称范围发生了更替，新概念完全取代了旧概念，如“走”，古时表示“跑”，在现代汉语中表示“行走”。义项增加是指词语在原有义项基础上增加了新的义项。义项增加主要有两种演变模式，分别对应两种不同的义项增加机制：隐喻性义项增加和转喻性义项增加。许多一词多义现象都是通过这两种机制形成的。如例4-1中“讲”的几种义项，其中“解释”“商量”是“讲”从具体的言说行为映射到抽象概念推理（讲道理）和商业行为中而形成的。如果将具体的言说行为与抽象概念推理作为两个不同的语义域，那么，“解释、说明”就是通过隐喻性义项增加机制获得的义项，新义项与原有义项分别属于两个不同的语义域；如果将商业行为中的价格商量行为当作言说行为的一种具体形式，那么“商量”就是通过转喻性义项增加机制获得的义项，新义项与原有义项两者存在较强的逻辑关联，在某种程度上属于同一语义域。

例4-1　说：讲故事；解释，说明：讲道理；商量：讲价儿

4.2　语义演变模式分类计算

图4-1中采用图示方法描述各种语义演变模式的过程，这种方法较为简略，无法准确描述不同模式的语义变化过程。采用近年来兴起的语义演变计算方法，通过定量分析描述词语在大规模历时语料库中的使用状况，可以清晰地描绘出词语的语义演变过程和演化结果，区分不同类型的语义演变模式。Tang, Qu & Chen (2016)提出的语义演变计算框架，采用信息熵表征词义所指的范围，以《人民日报》历时语料（参阅§1.4）为基础开展语义演变类型分类计算研究。实验证实，以词义指称范围的变化幅度为指标，可以区分图4-1中不同的语义演变模式。

图4-2总结了Tang et al. (2016)提出的语义演变类型分类算

法。算法基于搭配方法归纳语料中所输入的关键词的语义，然后基于信息熵获取关键词的年度语义分布信息，构建历时语义分布向量，基于罗吉斯蒂函数模型对历时语义分布向量进行曲线拟合，进而获取罗吉斯蒂函数参数值列表。以该参数值列表为语义演变分类依据，使用支持向量机进行语义演变类型分类，并输出分类结果。本章余下各小节详细介绍了各步骤的具体内容。值得注意的是，采用信息熵方法所表示的关键词年度语义分布信息，能够较为真实地反映关键词在不同年度所指范围的变化，为获取准确的分类奠定了基础。

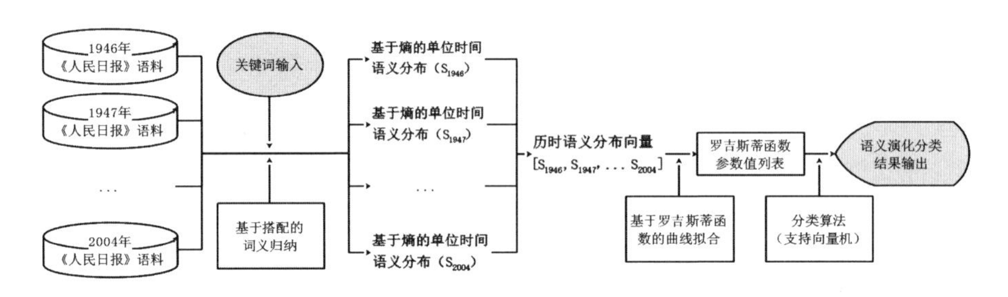

图 4-2 语义演变类型分类算法模型

4.2.1 基于搭配的词义归纳

语义演变计算需首先将词语的语义用形式化方式表征出来。当前在自然语言处理领域流行的方法是词义归纳技术（Word Sense Induction）（Nasiruddin，2013；Navigli，2009）。词义归纳技术是基于分布假设（Distributional Hypothesis）提出的从大规模语料中归纳获取词义形式化表征的方法。

分布假设是区分于语义场、结构主义语义学、成分分析法等的一种词义形式化表征方法（冯志伟，2010；徐烈炯，1990）。在语义场理论中，词语之间相互关联构成完整的词汇系统，意义相近的词语构成词汇场，相近的概念集合构成概念场。语义场在理论和方法上存在许多问题，其中最为棘手的是语义场范围的确定（徐烈炯，1990:107）。结构主义语义学的典型代表是词网 WordNet（Fellbaum，1998；Fellbaum，Pedersen，Piasecki，& Szpakowicz，2013）。在 WordNet 中，词的意义表征为一个同义词集合（SYNSET）。例如，词语 chump 表“笨蛋”时，通过 SYNSET [chump，fish，fool，gull，mark，patsy，fall guy，sucker，schlemiel，schlemiel，soft touch，mug] 表示。此外，SYNSET 还使用其他类型的语义关系进一步明确词语的意义，包括部分—整体关系，蕴含关系等，各种语义关系组成一个巨大的网络。成分分析法采用义素作为意义的基本元素，词义是一束语义特征的总和，词义通过义素而区分。例如，汉语中的“哥哥”可以表征为“[+人][+亲戚][+年长][+男性][+同胞]”，而“弟弟”可以表征为“[+人][+亲戚][一年长][+男性][+同胞]”，两个词的区分在于“[+年长]”和“[一年长]”。HowNet 知识本体（Dong，2006）采用义素，并综合了多种语义关系表征词义。可以看出，语义场、结构主义语义学和成分分析法是一种基于专家知识的自上而下的语义分析方法，以人工分析为基础。

20 世纪 50 年代提出的分布假设认为，词义可以通过其使用的语境加以区分，因此，词义也可以通过它的语境表征。在自然语言处理领域，基于分布假设形成的多种词义表征模型包括词向量空间模型（Vector Space Model）（Turney & Pantel，2010）和词嵌入模型（Word Embedding），如潜在语义分析模型（Latent Semantic Analysis）（Evangelopoulos，2013；Lund & Burgess，1996）、语言超空间模拟（Hyperspace Analogue to Language）（Burgess，Livesay，& Lund，1998）、基于神经网络的词嵌入模型、主题模型等。

基于分布假设，Tang et al.（2016）采用基于搭配的词义表征方法。该方法采用二元组表征关键词的语义，即 $c = < w_t, w_{max} >$，其中 w_t 为关键词，w_{max} 是位于该关键词左右 9 个词中与关键词具有最大关联强度的名词。如例 4-2 中“透支”为关键词,基于搭配的词义表征方法首先确定例 4-2 中“透支”的搭配“生命”,然后通过二元组“＜透支,{生命}＞”表示“透支”在该句中的语义。收集语料中所有包含“透支”的句子,即可获得如例 4-3 所示的词义表征形式。

例 4-2　技术人员在默默无闻地奉献着,透支生命。

例 4-3　＜透支,{生命,健康,身体,体力}＞

给定如例 4-2 所示的句子,有多种方法可以确定句中与关键词具有最大搭配强度的词语。Tang et al.(2016)采用似然比验证(Likelihood Ratio Test)方法(Dunning, 1993; Manning & Schutze, 1999)获取最大搭配强度词语。给定关键词 w_t 和搭配词 w_c,可确定如下两个假设 H_1(公式 4-1)和 H_2(公式4-2),两个词之间的关联强度可通过公式(4-3)获取。公式 4-3 中的 $Likelihood(H_1)$ 和 $Likelihood(H_2)$ 则通过公式 4-6 计算获得,其中 c_{w_t}、c_{w_c},以及 $c_{w_cw_t}$ 分别为关键词 w_t、搭配词 w_c 以及两个词同现的频次。

w_t 与 w_c 不相关假设:

$$H_1: p = P(w_t \mid w_c) = P(w_t \mid \sim w_c) \tag{4-1}$$

w_t 与 w_c 相关假设:

$$H_2: p_1 = P(w_t \mid w_c), p_2 = p(w_t \mid \sim w_c), p_1 \neq p_2 \tag{4-2}$$

$$Assoc_{w_t,w_c} = -2 \times ln\ (\frac{Likelihood(H_1)}{Likelihood(H_2)}) \tag{4-3}$$

$$Likelihood(H_1) = b(c_{w_cw_t}; c_{w_c}, p) \times b(c_{w_t} - c_{w_cw_t}; N - c_{w_c}, p) \tag{4-4}$$

$$Likelihood(H_2) = b(c_{w_cw_t}; c_{w_c}, p_1) \times b(c_{w_t} - c_{w_cw_t}; N - c_{w_c}, p_2) \tag{4-5}$$

$$b(k; n, x) = x^k \times (1 - x)^{n-k} \tag{4-6}$$

值得注意的是,语义归纳过程仅使用具有最大关联强度的名词作为词义表征的语境词。其理据为:其一,有实验表明,名词在歧义消解方面发挥的作用大于动词和形容词(McCarthy, Koeling, Weeds & Carroll, 2004);其二,认知语言学研究认为,在语言运用过程中,名词通常在认知背景中担任区分语义域的作用,动词和形容词往往依赖于名词明确和区分语义(Robert, 2008);第三,对知网(HowNet)(Dong, 2006)的分析表明,名词的平均义项为1.083,而动词和形容词的平均义项分别为1.14和1.10;其四,由于语义演变主要关注词语所指的变化,而语言中名词的主要功能是指向主客观世界中的实体,因此,搭配中的名词发生变化也就意味着词语的所指范围也在发生变化。

4.2.2　基于熵的单位时间语义分布

给定某一年度的《人民日报》语料,采用基于搭配的语义归纳方法,可以确定关键词 w_t 在所有包含该词的句子中的语义。由此,w_t 在年度T语料中的语义分布 S_t^T 可表示如下:

$$S_t^T = \begin{bmatrix} C_T \\ P(c) \end{bmatrix} = \begin{bmatrix} c_1, c_2, \cdots, c_n \\ p(c_1), p(c_2), \cdots, p(c_n) \end{bmatrix} \tag{4-7}$$

其中 $p(c_i)$ 表示关键词 w_t 的某一义项在该年度出现的概率。

依据协同学(Haken, 1977)的观点,词语的词形与所指之间的关联关系是一种“序”关系,因此词义在本质上是一种功能序,体现为词形与所指之间在具体语境中的相对稳定的对应关系,其功能性体现为说话人能够依据词义的“序”关系选择和确定交际过程中需要的词语,而听话人能够依据词义的“序”关系确定词语所表达的意义。词语指称范围的变化,也就是词语的“序”关系的变化,是词语与其指称范围之间的“确定程度”随着时间的变化而变化。而描述这种确定程度变化的参量称为序参量。序参量的变化反映了确定程度的变化。

如果将关键词 w_t 作为信息源,在语义演变过程中,其语义分布会发生变化，所给出的信息的不确定性也会发生变化，模拟这种信息不确定性的一种方法是使用平均互信息量（也就是信息熵）（Shannon, 1948），如公式（4-8）所示。

$$S_t^T \approx H(C_T) = E(log \frac{1}{p(c_i)}) = -\sum_{i=1}^{n} p(c_i)\log p(c_i) \tag{4-8}$$

$$p(c_i) = \frac{count(c_i)}{count(w_t)} \tag{4-9}$$

我们以例 4-4 到例 4-7 说明信息熵如何反映语义变化。假定 1959 年语料中包含例 4-4 和例 4-5，而 2000 年语料包含例 4-6 和例 4-7。依据这两个年份语料考察词语“透明”。由于例 4-4 中的“透明＋塑料”，与例 4-5 中的“透明＋薄膜”可判断为同一搭配类型，故对于 1959 年而言，$count(c_i) = 2$ ，$count(w_t) = 2$ ，$S_{透明}^{1959} = 0.0$ ；在 2000 年语料中 count(w)＝2，共有两种搭配类型，count(c_1)分别为 1，$S_{透明}^{2000} = 0.6931$ 。两者比较，可以看出词义已经发生了变化。

例 4-4 ……可以制出千变万化的产品，像轻巧透明而坚韧的塑料……（1959 年）

例 4-5 这种美术唱片由一种润滑透明的塑料薄膜和……压制而成。（1959 年）

例 4-6 我们通过这组透明的玻璃建筑传达这样一个信息……（2000 年）

例 4-7 ……建立公正、公开、透明、规范的预算编制和执行、监督机制……（2000 年）

词语信息熵的计算，是以“义点”，也就是词语的搭配作为单位，而不是义位。以义点为词义最基本单位的观点与符淮青（1996）、苏宝荣（2000）以及董正存（2012）等基本一致。义点是义位的变体，一个义位可以存在多个义点，并通过多个搭配类型表现出来。一种搭配类型一般可以代表该词语所使用的特定语境，因此相同的搭配类型（如例 4-4 与例 4-5）往往表示词语共享一种意义，或者意义非常相近。董正存（2012）进一步认为人的意识中词义是由“多个词语”记载着的意义片段，既“离散”分布，又交织沟通。其中的离散碎片即是搭配，构成了词语语义进行描述的基本单位。因此，搭配具有心理现实性。此外，使用义点作为词义词语信息熵计算单位，有助于区分类似于例 4-8 中“火”在词义上的微小差别。例 4-8 中两个“火”字同属于一个义位，然而第一个“火”指的是“火焰”，而第二个“火”则是“燃烧的过程”，两者可以通过偏正搭配“灶＋火”和“火＋灰”加以区分。

例 4-8　最后，把灶火灭了，再用烧火棍摊一摊，灶里的火灰烘着锅底，憋一下锅，就算行了。

4.2.3　基于罗吉斯蒂函数的曲线拟合

将关键词 w_t 在历时语料中各年度的语义分布收集起来，并按照时间顺序排列，可获得该词的历时语义分布向量 ξ，表示从时间 T_1 到 T_n 之间语义分布的变化情况，如公式 4-10 所示。可以看出，ξ 是一个时间序列数据。探索时间序列数据变化模式的一般方法是曲线拟合，通过引入相应的函数模型，使得时间序列数据与函数模型最大程度地近似吻合，然后使用曲线模型讨论时间序列数据的变化模式和发展趋势。

$$\xi = (S_{w_t}^{T_1}, S_{w_t}^{T_2}, S_{w_t}^{T_3}, \cdots, S_{w_t}^{T_n}) \tag{4-10}$$

为此，需首先确定合适的函数模型。关键词 w_t 的某种特定语义（或特定所指范围）在历时语言中的演化过程，本质上也是该语义在语言社区中通过语言使用者的使用而得以传播的过程。此外，词语的语义演变是语言演变的一部分。由此，词语的语义演变可以使用 § 3.2.2.2 所讨论的罗吉斯蒂曲线作为函数模型，具体的曲线函数如式 4-11 所示，该函数也称为 S 型曲线，已被用于语法变化 Kroch（1989）和其他形式的语言变化（Zuraw，2003）。

$$S = \frac{e^{k+st}}{1+e^{k+st}} \tag{4-11}$$

公式 4-11 中,S 为语义状态,k 与 s 为常量,t 为时间单位,e 为欧拉常数。

常量 k 与 s 的取值不同,公式 4-11 可表示一系列不同形态的曲线函数,如图 4-3 所示。其中 k 值与曲线在 Y 轴的起始值紧密关联,s 是曲线的斜率,与 S 在单位时间区间内的变化速率相关。如§3.2.2.2 所述,k 与 s 是函数的控制参量,由所讨论的事件的特质所决定。在模拟语义演变过程时,k 与 s 的取值与所模拟的具体语义相关,反映了该语义所特有的性质。换言之,不同关键词的语义演变过程,或者同一关键词的不同义项的演变过程,都对应一条具有确定 k 值和 s 值的罗吉斯蒂曲线,其中 k 值和 s 值是由该语义所具有的特殊性质所决定。

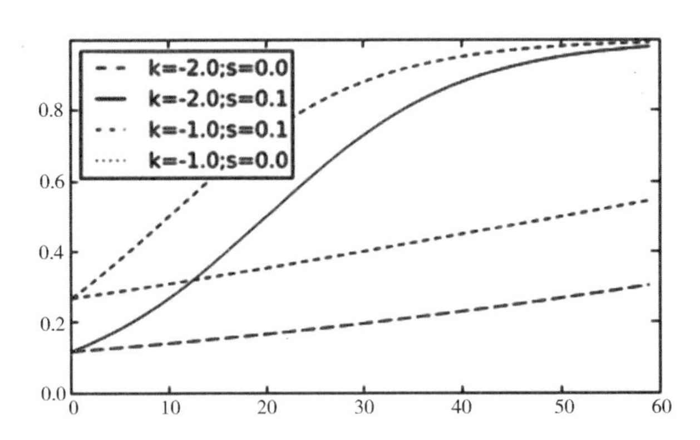

图 4-3　罗吉斯蒂函数中 k、s 的不同取值与函数曲线[摘自 Tang et al.(2016)]

在确定函数模型之后,给定历时语义分布向量 ξ,可以通过曲线拟合[①]确定其中 k 与 s 的取值。图 4-4 给出了词语"透明"的历时

① 曲线拟合可以通过最小二乘法实现。最小二乘法通过最小化实际数据和模拟数据之间误差的平方和寻找最佳的函数。许多软件,如 Matlab、Python 中的 scipy 模块,七维高科的 1stopt 等都能实现曲线拟合。

语义分布向量以及曲线拟合结果。其中信息熵计算数据从《人民日报》语料中获取，共 57 年，经过了归一化处理，采用 1stopt（版本 0.5）进行拟合，获取的 k 与 s 值分别为.0502 和－1.0607。

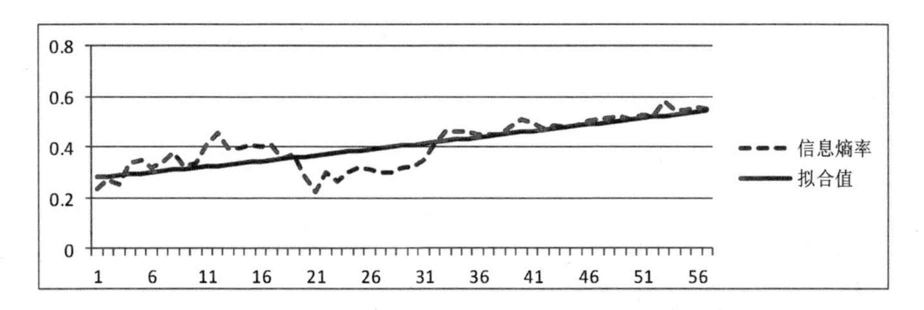

图 4-4　“透明”的历时语义分布向量及曲线拟合结果，其中 k＝0.0502，s＝－1.0607

4.2.4　语义演变分类计算

针对不同关键词 w_t，获取其历时语义分布向量，以罗吉斯蒂函数为拟合模型，采用曲线拟合方法获取罗吉斯蒂函数中的 k 值和 s 值，即可确定该词语的曲线函数。如前所述，不同词语的语义演变方式不同，演变曲线函数不同，k 与 s 的取值也不尽相同。图 4-5、图 4-6、图 4-7 和图 4-8 给出了从《人民日报》语料库中获取的“爆炸”“病毒”“插足”“出局”四个词语的历时语义分布向量及曲线拟合结果。表 4-1 分别给出了四个词的 k 值和 s 值。

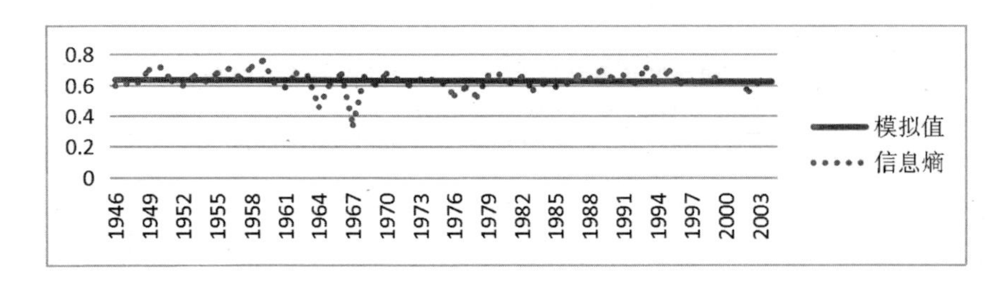

图 4-5　“爆炸“的历时语义分布向量及曲线拟合结果，k＝0.8574，s＝0.0052

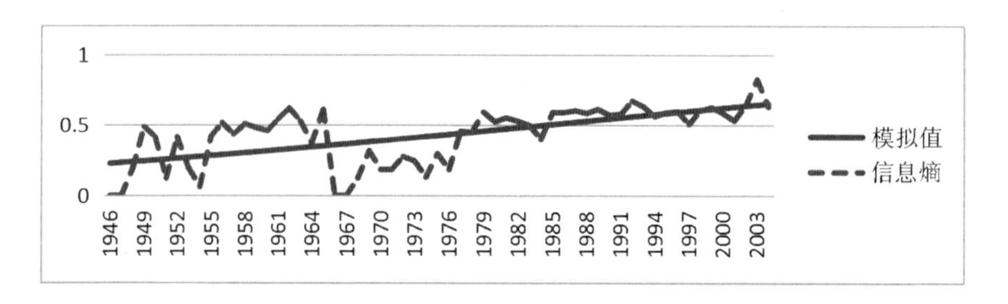

图 4-6 “病毒”的历时语义分布向量及曲线拟合结果,k=－1.1942,s=0.0407

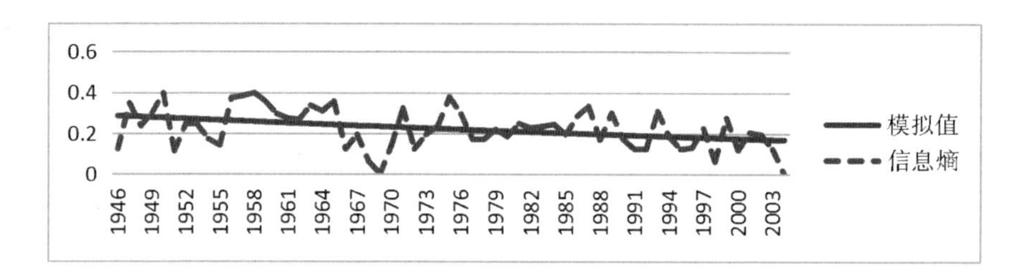

图 4-7 “插足”的历时语义分布向量及曲线拟合结果,k=0.8141,s=－0.0344

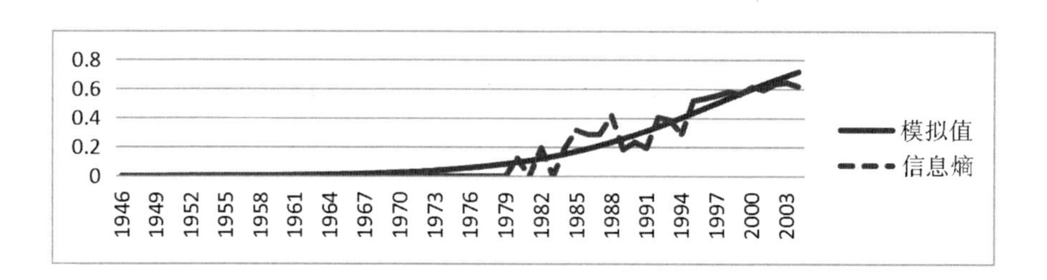

图 4-8 “出局”的历时语义分布向量及曲线拟合结果,k=－12.1393,s=0.2589

表 4-1 “爆炸”“病毒”“插足”“出局”的罗吉斯蒂控制参量

词语	K 值	S 值
爆炸	0.8574	0.0052
病毒	－1.1942	0.0407
插足	0.8141	－0.0344
出局	－12.1393	0.2589

依据直觉判断，上述四个词语的历时语义分布向量及其曲线拟合区分了四种类型的语义演变模式。“爆炸”属于“义项不变”类型的语义变化模式，在 1946 年至 2004 年间，“爆炸”的所指范围并没有发生太大的变化，控制参量 k 和 s 的数值反映了该词语的语义演变特质：k 值相对较大，说明在 1946 年，与“爆炸”搭配的名词类型比较多，如“爆炸运动”“爆炸攻势”“地雷爆炸”等；而 s 值相对较少，说明“爆炸”的语义演变曲线斜率很小，在 50 多年的时间内，所指的范围并没有发生本质性的变化。

词语“病毒”属于“隐喻性义项增加”变化模式，这是因为随着计算机的出现，“病毒”除用于疾病领域，与“感冒”“乙肝”等词语搭配外，还扩展到计算机软件领域，与“计算机”“软件”“网络”等词语搭配，因而具有了另一种语义。这种隐喻性义项增加模式也通过 k 值和 s 值反映出来。由图 4-6 可以看出，较少的 k 值说明“病毒”在《人民日报》历时语料库的早期已经使用，随后随着计算机的引入，其所指范围发生了较大的变化，因而 s 值较大且为正值，说明其所指范围得以扩大，不包括疾病和计算机软件两个领域。

词语“插足”也属于“义项不变”类型的语义变化模式。与“爆炸”不同，“插足”在 2004 年的所指范围比该语料库初期要小。具体而言，“插足”在 20 世纪四五十年代用于表达“干涉内政”，如例 4-9 所示。现在仅限于“第三者插足”。这种“词义缩小”语义演变模式也可以通过 k 值和 s 值表现出来。如图 4-7 所示，“插足”的 k 值较大，说明该词在语料库早期所指范围较大、搭配词语种类较多。随着时间的推移，“插足”在后期所指范围逐渐减少，因此 s 值为负。

例 4-9　美国插足印度之企图日益露骨。(1946 年)

词语“出局”属于“新词语”语义演变模式。从图 4-8 可以看出，该词语大约出现在 20 世纪 80 年代早期，随后所指范围不断扩大，直到 2000 年左右才稳定下来。因此，其 k 值很小，而 s 值很大。

由上述分析可以看出，k 值和 s 值作为罗吉斯蒂曲线的控制参量，反映了不同的语义演变模式在所指范围变化中的区别。k 值和 s 值的使用，使得区分和描写不同语义演变模式变得非常简洁，也适用于采用机器学习方法对词语语义演变模式进行区分。

Tang et al.(2016)基于上述语义演变计算模型，采用支持向量机分别进行了两个语义演变模式类型的分类试验。实验数据是 197 个词语在《人民日报》历时语料库中的语义演变状况。各词语的语义演变类型如图 4-9 所示。第一个实验是依据 k 值和 s 值区分词语是否存在义项改变(包括义项增加和义项减少)，在交叉验证实验中，准确率最高可以达到 90%。这个实验说明，将本义作为一种语义演变模式，与隐喻等其他语义演变模式区分开来，更符合人们对本义、隐喻以及其他语义演变模式进行区分的直觉。

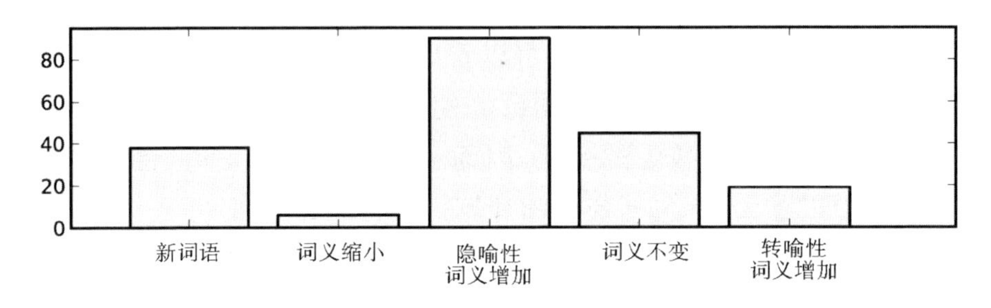

图 4-9　语义演变实验中各语义变化类型分布[引自 Tang et al.(2016)]

第二个实验区分新词、隐喻性义项增加和转喻性义项添加。在交叉实验中，准确率最高也达到了 70%。而且，表 4-2 中三种语义类型的 k 值和 s 值的平均值也清晰地说明了三者的区别。在 s 值方面，三种类型都大于 0，其中新词的 s 值最大，隐喻性义项增加相对较小，转喻性义项增加为最小。在 k 值方面，三种类型呈现升序排列，其中转喻性义项增加为最大。从表中也可以看出，转喻和隐喻两者构成连续体关系，其区别应该是标量的而不是离散的。由于转喻是在同一领域内进行，转喻性义项增加并不会导致大量的新的搭配形式的增加，因此其曲线陡峭程度相对较低，s 值相对较小。相对应的,隐喻性词义增加是不同领域之间的投射,这一变化会导致大量新的搭配形式的增加,故曲线陡峭程度较高,s值相对较大。而新词是一个从无到有的过程,其初始状态是无搭配,在新词被引入后搭配大量增加,因此其曲线陡峭程度最高,s值也最高。

表4-2　新词、隐喻性义项增加和转喻性义项增加的k值平均值和s值平均值

参数	新词	隐喻性义项增加	转喻性义项增加
s	0.280	0.099	0.032
k	−11.633	−3.56	−0.62

4.3 小　结

本书所讨论的隐喻语义演变模式,与王文斌(2007)中的隐喻性词义生成和演变相比,范围更小,仅指其中由相似性或者类比促发的一个语义演变阶段,而不是连续的语义演变过程。语义演变模式分类计算的实验表明,将隐喻作为一种语义演变模式,具有至少两个方面的优势:(1)可以清晰地区分本义和隐喻性词义变化;(2)可以清晰地区分隐喻和转喻。这种模式摆脱了在共时层面上对这三个概念的纠缠。

需要注意的是,隐喻作为一种语义演变模式,并不总是能完成演变,形成一词多义。蔡龙权(2004)在分析具体实例后认为,隐喻引发一词多义是有条件的,会受到个体认知经验和能力以及社会语境变化的约束,属于隐喻性的话语未必能够赋予某个语词一个确切的隐喻性意义。由于这样的隐喻现象并不是语义演变的一种类型,本章提出的语义演变计算模式没有讨论这一现象。

第5章 隐喻规约化过程的非线性回归分析

隐喻规约化是词典编撰、隐喻理解等研究中的重要概念。本章采用第4章相似的算法讨论了隐喻的规约化过程。在大规模历时语料库中对14个汉语隐喻的实验分析表明，隐喻规约化程度在时间维度上的变化与S型曲线具有较高的相似度，经历起始、快速提升和动态稳定三个阶段，是一个相变过程。

如第4章所述，隐喻的规约化（Institutionalization）是词义演变的主要机制之一。如“纠结”一词，原本指“树枝相互缠绕，难于理清”，后在隐喻用法中表示“烦闷，矛盾的心理状态”。依据规约化定义，隐喻规约化是指隐喻性词义及其相关表达式得到语言社群成员接受和认可，进而成为语言系统一部分这一过程。

隐喻规约化是应用语言学、认知语言学等领域的基础概念之一。在词典编撰领域，隐喻义的规约化程度是词典收录义项的基本依据。已经规约化的隐喻义是语言系统的一部分，应收录到词典中。在语言生成领域，隐喻的规约化程度有助于判断所生成语句的可接受性，规约化程度高的隐喻更容易理解。在隐喻分类、隐喻理解等理论研究中，隐喻的规约化程度是区分新颖隐喻与传统隐喻的基本依据。不同规约化程度的隐喻，其理解机制也可能存在本质不同。

现有研究对隐喻规约化程度及其度量的认识还不够深入，尤其在规约化程度度量方法缺乏科学验证。有的文献采用主观判断方法来确定隐喻的规约化程度 (Handl, 2011:51),有的使用绝对频数来度量隐喻的规约化程度。这些方法或者具有较强的主观性,或者将隐喻规约化当作一个静态概念,没有将隐喻规约化过程与语言系统的运行和变化总体规律结合起来。在实际运用过程中,这些方法难以将隐喻规约化与词义演变的其他形式(如主题化)区分开来,也不能正确反映低频词语的规约化程度。

从动态隐喻论出发,本章采用非线性回归方法探讨隐喻的规约化模式。依据基于复杂适应系统的语言观,语言是一个复杂适应系统,其规约化模式表现为一个相变过程。隐喻规约化作为语言动态变化的一种表现形式,其规约化过程也应符合复杂适应系统的变化规律,其变化模式也应该是一个相变过程。为验证这一推论,本书采用与第 4 章相似的计算方法,选择 14 个汉语隐喻为考察对象,采用基于词语关联程度方法计算隐喻规约化程度,从大规模历时语料中获取各隐喻在不同历时阶段的规约化程度数值,并将各时段的规约化程度组成基于时间序列的规约化过程向量,然后以 S 型曲线函数为拟合模型,对规约化过程向量进行曲线拟合。实验发现,上述隐喻的规约化过程向量与 S 型曲线具有较高的相似度,表明隐喻规约化模式是一个相变过程。

§5.1 回顾了现有隐喻规约化度量方法研究及其局限性,§5.2介绍了基于"复杂适应系统"思想的语言规约化研究,§5.3 解释了基于非线性回归的隐喻规约化过程分析方法,§5.4 汇报了基于非线性回归分析的实验结果,§5.5 总结了本章的主要观点。

5.1 隐喻规约化研究回顾

从社会语言学的角度看,隐喻规约化也是语言习俗化 (Conventionalization) 的一种类型。语言习俗化是语言使用规则逐渐为语言社群认可和使用的过程。因此,隐喻规约化具有明显的社会属性，隐喻的规约化程度表现为语言社群对隐喻的接受程度和使用频率。影响隐喻规约化的各种因素都通过影响规约化程度而得以体现。

现有研究主要采用绝对频数度量隐喻的规约化程度。绝对频数是隐喻在语料库中出现的频数。例如 Kilgarriff (1997)讨论了词语“handbag”的两种新义“handbag-as-weapon”和“handbag-as-music-genre”，认为这两种义项没有收录到词典中的主要原因是两者在英国国家语料库（British National Corpus）中出现的频数不高。采用绝对频数作为规约化程度度量方式是基于如下的假设：任何在语料中，包括不同类型语料中频繁出现的语言使用模式都可以被当作语言核心的一部分（Atkins & Rundell, 2008:61）。由此，如果一个隐喻在语料中的绝对频数很高，其规约化程度也往往较高。

基于绝对频数的规约化程度度量方法是对隐喻使用的直观认识，具有一定的缺陷。首先，这种方法不能很好地区分规约化和主题化（topicalization）。主题化的词义往往与某一时段社会热点话题关联，在一段时间后即停止使用。如“白奴”一词，基于谷歌的词频统计[①]（表 5-1）显示，该词在 2010 年的频数相对较高，后逐年下降。如果依据其在 2010 年相对较高的绝对频数，认为该词具有较高的规约化程度，这一判断会在 2013 年遭到否定，因为该词在 2013 年的绝对频数相对较低。其次，绝对频数不能很好地解释低频隐喻的规约化。有些规约化隐喻的绝对频数并不高，却已收录在权威词典中。如“透支”的隐喻义“过度劳累，过度使用”。该隐喻在 2004 年《人民日报》语料中的频数为 23，而该年度语料的总词次数超过一千万。在如此大规模语料中，如果基于绝对频数判断，该隐喻义的规约化程度较低。这与《辞海》和《现代汉语词典》的收

---

① 使用 http://www.google.com.hk，访问时间 2013 年 6 月 1 日。在检索获取的 100 例中去掉重复链接和其他用法，然后按年份获得频次。

录状态不一致。其三,绝对频数在测量过程中缺乏稳定性,在不同规模、不同主题的语料中,所获得的绝对频数存在差别,从而使得跨语料库的比较存在困难。

表 5-1　谷歌检索中“白奴”的年度频数分布

年度	2006	2007	2008	2009	2010	2011	2012	2013
频数	2	4	9	1	17	3	4	2

另一种隐喻规约化度量方法是问卷调查,如 Wolff & Gentner (2000), Gentner & Wolff (1997)以及 Bowdle & Gentner (2005)等都采用这一方法。调查问卷中设计的问题举例如下:“如果用火箭来描述某一物体,你认为该描述在多大程度上可以解释为该物体运行速度很快?”受调查对象依据自我反省给出一个数值。

对调查结果取平均值即可获取隐喻的规约化程度。调查问卷中的问题也可使用间接的、与隐喻规约化程度相关的概念,如隐喻理解的自动化程度、隐喻理解所需要的努力程度、隐喻的可接受性或者隐喻的语法合法性 (Claridge, 2011:171)、隐喻在构建日常概念系统中的重要性、语言使用者对隐喻的熟悉程度 (Lipka, 1992; Lipka et al., 2004)以及隐喻的显著性程度 (Handl, 2011)等。基于问卷调查的规约化度量方法符合规约化的社会性特征,也体现了隐喻与其他语言现象之间的关系,但是这种方法过程操作复杂,调查范围难以扩展。更重要的是,这种方法假定隐喻的规约化程度是一种静态现象,没有考虑时间维度对于规约化程度的影响。

在概念定义上,隐喻的规约化是指隐喻表达式逐渐为语言社群所接受的过程。这一概念本身包含了时间维度、语言社群等因素。上述两种隐喻规约化度量方法没有全面考虑影响规约化程度的重要因素,如基于绝对频数的度量方法没有考虑语言变体差异、词语个体差异以及时间维度对隐喻规约化程度的影响,问卷调查方法也缺乏对时间维度的考察。因此,有必要引入一个能够解释语言动态变化的理论框架，从时间、词语个体差异以及语言变体等维度考察隐喻规约化程度的动态变化。基于复杂适应系统的语言观，认为语言是一个不断动态变化的复杂系统，为解释隐喻的规约化过程提供了一种可行的框架。

5.2 基于复杂适应系统的语言规约化研究

基于复杂适应系统的语言规约化研究方法，认为语言具有以下四个主要特征（Beckner et al.，2009）：(1)语言系统由语言社群中存在交互行为的语言使用者构成；(2)语言系统具有适应性，即语言使用者的行为基于他们之前的语言行为，且当前语言交互行为及先前语言交互行为共同作用和影响语言使用者未来的语言行为；(3)语言使用者的行为受包括认知机制、社会动机等多种因素的影响；(4)语言结构是语言使用者的经验、社交活动以及认知活动相互关联形成的涌现性特征。

基于复杂适应系统的语言观认为，虽然语言在不断变化，但在某一个阶段会出现一些相对稳定的状态，语言社群中的语言使用者部分或者整体地表现出相似或者相同的行为模式，这种稳定状态也就是吸引子（Attractor）（Gibbs & Colston，2012：122）。例如，当前许多人在语言交际活动中都使用“纠结”表达“矛盾的心理状态”，这种状态即被称为“吸引子”。吸引子作为语言非线性变化特征，在§3.2.2.2进行了详细讨论。

语言的规约化，就是语言系统中出现这些稳定状态（或者成为吸引子）的过程。探讨稳定态形成过程的方式主要有两种，其一是认知语言学家所采取的方式。认同语言是一个复杂适应系统的认知语言学家认为，语言符号（包括词、短语以及句法构式等）都是在语言交互过程中通过归纳、分类和图式化等认知过程规约而成，符号在交互过程中的高频使用是语言规约化的基础。这一领域的研究者都主张采用语料库的方法讨论语言(尤其是构式)的规约化模式,因为语料库是语言实际使用的忠实记录,是语言使用者交互的结果。分析语料库中的高频语言现象也就是分析语言使用者常用的交互模式,这些交互模式是形成语言稳定态的基础。

另一种探讨稳定态形成过程的方式是人工智能领域所采取的方式。人工智能领域采用多智能体(artificial agent)模拟语言使用者及其交互过程,以探讨语言的规约化过程模式。如 Steel (2002)运用语言游戏(language games)理论框架模拟语言系统的形成过程,Baronchelli et al.(2006)模拟特定词语和语法构式的规约化过程,Beuls & Steels (2013)模拟句法一致性的规约化过程,并由此提出了新的研究范式:动态符号学(Loreto & Steels, 2007)。动态符号学运用物理学理论和研究工具解释语言的动态变化模式。可以看出,人工智能领域所关注的是语言规约化过程中所体现的模式特征。Prévost (2003)在实验基础上提出,语言的规约化模式是一个相变过程(phase transition),其驱动力是智能体之间的交互,并伴随扩散(dispersion)、衰减(attenuation)和简并(degeneracy)过程。

隐喻是语言运用的一种形式。一般性的语言规约化规律,也适用于隐喻的规约化。如果语言的规约化模式是一个相变过程,那么隐喻在真实语言材料中所表现出的规约化过程,也是一个相变过程。这一过程有两个特点。(1)隐喻在一定条件下,通过语言社群成员在交互过程中频繁使用,在较短时期内达到一定规约化程度。在语料库中,这一变化表现为隐喻使用频率的相对变化。(2)规约化的隐喻义作为吸引子,表现出动态稳定性。在语料库中,这种动态稳定性表现为隐喻使用频率在一段时间内的相对稳定。本章后半部分,采用函数拟合方法验证了这一推论。

5.3 隐喻规约化非线性回归分析

综合认知语言学和人工智能对语言规约化的研究,本节提出基于非线性回归的隐喻规约化模式分析方法,以验证隐喻的规约化过程是一个相变过程。该方法一方面与认知语言学相一致,强调使用语料库所包含的真实语料来探索隐喻规约化过程,另一方面也与人工智能相关研究相一致,强调规约化程度的动态变化,通过规约化模式来理解规约化过程。

总体上,该方法包含三个步骤:基于语料库计算规约化程度;构建基于时间序列的规约化过程向量;采用曲线拟合探讨规约化模式。

5.3.1 规约化程度计算

5.3.1.1 隐喻的表征

为计算隐喻的规约化程度,需首先确定隐喻的表征形式,以便于从语料库中获取隐喻使用频数等统计信息,并在此基础上计算规约化程度。与第 4 章类似,本章采取“目标词+搭配词集合”的方式表征隐喻。给定目标词语 w_k(如“透支”),该词的一种隐喻义(如例 5-1 中“透支”的隐喻义)可表示为 w_k 及其搭配词集合 W 组成的二元组(例 5-2)。其中集合 W 中的词语满足两个限定条件:(1)名词,在句中与 w_k 共现且具有最大关联强度[①],如例 5-1 中的“生命”,该词与“透支”共现,且在该句所有名词中与“透支”的关联强度最大;(2)属于同一语义场,如例 5-2 所示。这种隐喻表征方式基于向量空间模式 (Word Space Model) (Turney & Pantel, 2010),其基

---

① 此处关联强度计算也就是两个词语的搭配强度计算。计算词语间关联强度有多种统计方法 (Manning & Schütze, 1999: 151-187; Pecina, 2010),如条件概率、点互信息以及基于假设检验的 t 检验、卡方检验,似然比检验等。本书采用似然比检验 (Likelihood Ratio Test) 计算搭配强度。

本思想是词义的区分依赖于词语的上下文语境（Firth，1957；Harris，1954）。因此，通过确定目标词以及由其搭配词所构成的语境可基本确定目标词所表达的语义范围。

例 5-1　技术人员在默默无闻地奉献着，透支生命。

例 5-2　＜ 透支，｛生命，健康，身体，体力｝＞

5.3.1.2　规约化程度及其计算

隐喻 $< w_k, W >$ 在某一时段的规约化程度可定义为目标词语 w_k 和搭配词集 W 在该时段语料中的关联强度，如例 5-2 在 2004 年的规约化程度可通过计算“透支”和搭配词集合 W ＝｛生命，健康，身体，体力｝在 2004 年语料中的关联强度确定。这一定义基于如下理据。

(1)作为语言的涌现性特征，隐喻规约化源自语言使用者之间的语言交互，而语料库记录了语言交互的直接结果，因此，对语料的分析在较大程度上反映了语言交互的特征。如例(1) 中搭配“透支生命”的使用反映了说话人(或作者)的语言经验，即例 5-2 所示的隐喻已经为听话人(或读者)所熟悉和接受，将“生命”直接作为“透支”的宾语不会造成句子理解困难。

(2)隐喻使用频数是隐喻规约化的直接驱动力。许多研究都指出了表达式使用频数与语言结构涌现之间的关系。而关联强度的强弱与目标词语 w_k 和搭配词集 W 之间共现频数正相关。因此，w_k 与 W 的关联强度能够反映隐喻的规约化程度。

(3)关联强度计算方法所具有的统计学特征避免了绝对频数方法所具有的片面性。这些计算方法不仅考虑了隐喻的使用频数，还考虑了构成隐喻义的目标词语 w_k 和搭配词集 W 中的词语在语料中的出现频数，因而表现出更强的鲁棒性。

计算隐喻 $< w_k, W >$ 的关联强度包含两个步骤。(1)在给定时段语料中识别该隐喻的使用实例。具体方法为：搜索语料，对于

包含 w_k 的句子，计算并确定句中与 w_k 具有最强搭配强度的名词，如果该名词属于 W，则该句为该隐喻的使用实例。(2)收集 w_k 的频数、隐喻实例频数等统计量，采用似然比检验（Dunning, 1993; Manning & Schütze, 1999）计算 w_k 和 W 的关联强度。在获取词频时将集合 W 中所有词语作为整体处理，其工作假设为：

w_k 与 W 不相关假设：

$$H_1: p = P(w_k \mid W) = P(w_k \mid \sim W) \tag{5-1}$$

w_k 与 W 相关假设：

$$H_2: p_1 = P(w_k \mid W), P_2 = P(w_k \mid \sim W), p_1 \neq p_2 \tag{5-2}$$

似然比 $\log(\lambda) = \log L(H_1)/log\ L(H_2)$ 即是该隐喻在该时段的规约化程度[①]。表 5-2 给出了基于 2004 年《人民日报》语料计算例 5-2 隐喻的规约化程度的结果。

表 5-2 2004 年《人民日报》语料“透支”相关隐喻规约化程度计算示例

类型	w_k 频数	W 频数	隐喻频数	语料库词次	规约化程度
数值	60	5418	13	14,760,617	143.01

5.3.2 规约化过程向量

为考察隐喻的规约化过程，需获取隐喻在多个连续时段的规约化程度。这些规约化程度数值具有时间上的连续性，构成时间序列向量，描写规约化程度的历时变化过程。我们将这一时间序列向量称为规约化过程向量。图 5-1 中的虚线给出了例 5-2 所示隐喻的规约化过程向量。该向量记录了从 1970 年至 2004 年该隐喻的规约化程度变化曲线。该隐喻在 1994 年左右出现，其规约化程度很小，并在随后的几年里都很低。从 2000 年开始，该隐喻的规约化程度逐渐增大。

---

① 似然比的具体计算方法，请参阅 Manning & Schütze (1999)。

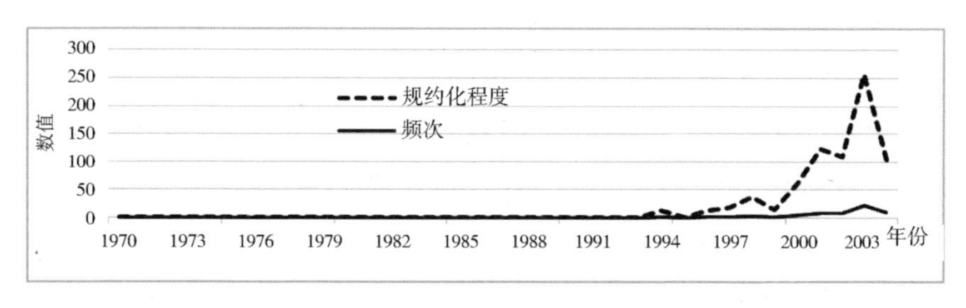

图 5-1　规约化过程向量示例

5.3.3　规约化过程描述

依据“语言是复杂适应系统”的思想，语言变化是语言使用者交互过程逐渐形成的涌现性特征，涌现性特征的形成过程是一个相变过程。这一相变过程可以通过公式 5-3 描述：

$$y=\frac{1}{1+e^{-k-st}} \tag{5-3}$$

如同 § 3.2.2.2 和 § 4.2.3 中有关罗吉斯蒂函数的讨论，公式 5-3 所示的指数函数也称为 S 型曲线函数（Kroch，1989），其中 k 和 s 为常量，y 随时间 t 变化而变化。如图 5-2 所示，该函数模拟一个相变过程，y 在经过一段时间积累后从 a 点开始快速增加，在到达 b 后不再有大幅变化，而是保持相对稳定。

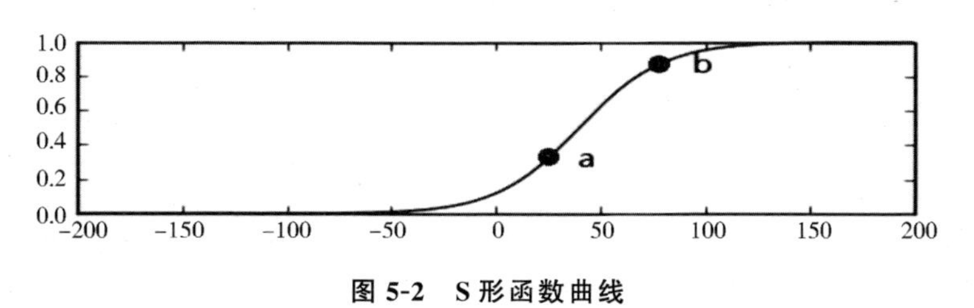

图 5-2　S 形函数曲线

比较图 5-1 和图 5-2 可以看出，在“透支”隐喻的规约化过程向量中，其规约化程度变化与 S 形函数相似，经历了从无到有、快速发展和逐渐稳定的过程，其变化模式符合相变过程的特征。

这一观察可以通过非线性回归方法予以验证。以公式 5-3 所示的 S 型曲线函数为拟合模型，对 § 5.3.2 所获取的规约化过程向量进行归一化处理，然后进行曲线拟合，即可获取拟合关联系数。如果拟合关联系数高于一定阈值，说明规约化过程向量中规约化程度的变化模式与 S 型曲线函数变化较为相似，该隐喻的规约化过程是一个相变过程。图 5-3 给出了“透支”隐喻的曲线拟合示意图，其拟合关联系数为 0.899，可以看出，该隐喻的规约化程度变化趋势与 S 型曲线函数较为相似，其规约化过程是一个相变过程。

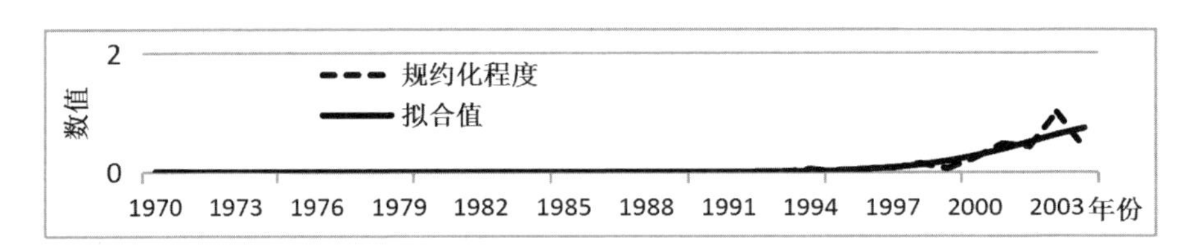

图 5-3　“透支”隐喻归一化处理和数据拟合结果

5.4　实验结果分析

本节采用非线性回归方法，以《人民日报》语料为基础，对 14 个汉语隐喻的规约化过程进行了实验分析。表 5-3 给出的实验结果包括 4 类信息。

(1)由目标词和搭配词集所表征的 14 个隐喻。目标词语及其搭配词集的选择考虑了两个因素：(a)所选目标词不仅包含高频词汇，也包含低频词汇；(b)依据直觉判断该隐喻具有较高的规约化程度。从表 5-3 中目标词在历时语料库中的年平均频数可以看出，14 个目标词中既包含高频词语，也包含低频词语。

(2)各隐喻在 2014 年《人民日报》语料中的使用频数。与目标词相类似，不同隐喻使用的频数差别较大。

(3)曲线拟合所获取的拟合关联系数。

(4)各隐喻义在《辞海》(2009 年)和《现代汉语词典》(2012 年)两种词典中的收录情况。词典收录情况可以作为词义规约化程度的权威判断标准。一个隐喻义如果被词典收录,说明词典编撰专家认为该隐喻义具有较高的规约化程度。

对表 5-3 的拟合关联系数的分析表明,隐喻规约化过程是一个相变过程。该表中,除序号 (2) 之外的其他隐喻义的拟合关联系数取值在 [0.86－0.98] 之间。一般地,当关联系数大于 0.7 时,即可认为两种事物存在关联关系 (Gries, 2009:139)。上述 13 个隐喻义的拟合关联系数均远大于 0.7,说明它们的规约化过程向量的变化趋势与 S 型曲线具有较好的拟合度,它们的规约化过程可以通过 S 型曲线描述,是一个相变过程。

结合各目标词的年平均频数以及各隐喻在 2004 年的使用频数可以看出,非线性回归分析方法具有较强的鲁棒性,不仅可以有效描述高频隐喻的规约化过程,也正确反映了低频隐喻的规约化过程。以“透支”为例,由该词语在各年度的频数分布(图 5-1 中的实线)以及它的年平均频数(见表 5-3)可知该词为低频词。在 2004 年《人民日报》语料中,由“透支”组成的隐喻出现的频数也很低(仅为 13)。如果采用绝对频数方法,由于该隐喻频数很低,难以判断其规约化程度。然而基于关联强度的度量方法能够更为显著地反映出该隐喻的规约化程度变化幅度,如图 5-3 就显示其规约化过程曲线与 S 型曲线较为相似,曲线拟合获得的关联系数也较高。

表 5-3 中序号 (2) 隐喻的拟合关联系数揭示了另一种现象。该隐喻义在两种词典都有收录,说明其规约化程度很高。然而在实验中其拟合关联系数很低,只有 0.341。进一步调查发现,该隐喻在 1946 年就已经广泛使用。如图 5-4 所示,从 1946 年到 2004 年,该隐喻的规约化程度并没有太大的变化。将图 5-4 与图 5-2 进行比较,可以发现图 5-4 中所描述的规约化过程是图 5-2 的规约化过程的一部分,即点 b 之后的规约化过程。在这一过程中,该隐喻

已经完成了规约化程度的快速增长，进入到稳定阶段。较低的关联系数是由于所调查的历时语料库在时间上没有包含该隐喻规约化程度的快速增长阶段而导致的，并不是因为该隐喻义的规约化过程与S型曲线不一致。因此，与其他的13个隐喻相比较，序号(2)隐喻从另一个侧面说明隐喻规约化的相变特征：隐喻在进入稳定阶段后，其规约化程度保持动态稳定，而不会发生大幅浮动。

表 5-3　曲线拟合实验结果及频数等相关信息

序号	目标词(w_k)	年平均频数	搭配词集(W)	关联系数	2004年频数	《辞海》收录	《现代汉语词典》收录
1	热	644	中国、京剧、围棋、市场等	0.895	473	是	是
2	低落	39.4	情绪、士气、热情、心情等	0.341	31	是	是
3	回暖	2.5	市场、经济、关系、消息等	0.873	7	否	是
4	透支	14.6	生命、体力、身体、超负荷等	0.899	13	是	是
5	充电	15.9	学生、课堂、老师、休闲等	0.944	26	是	是
6	病毒	187.3	用户、木马、黑客、手机等	0.948	223	是	是
7	缩水	5.1	股票、收入、数字、价格等	0.876	25	否	是
8	窗口	183.5	经济、发展、农业、服务等	0.955	223	是	是
9	站点	18.7	电脑、信息、非法、游戏等	0.923	39	否	是
10	蛋糕	27.3	体制、支出、活力、质量等	0.923	50	否	否
11	演绎	23.1	时装、篇章、舞姿、歌喉等	0.894	124	否	是
12	大锅饭	85.4	地区、实质、职责、贡献等	0.86	21	否	是
13	密集	87.6	人才、强手、劳动、信息等	0.963	47	否	是
14	淡化	40.3	工作、艺术、作者、党性等	0.976	70	否	是

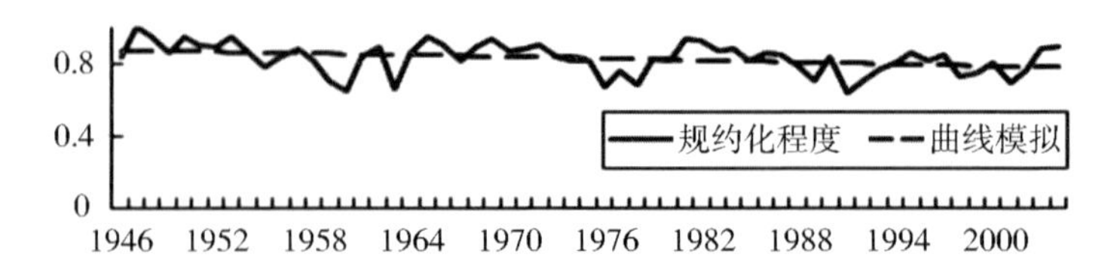

图 5-4　“低落”相关隐喻规约化过程拟合结果

各隐喻拟合关联系数与两种词典收录情况的比较，进一步说明了采用非线性回归方法分析隐喻规约化模式的意义。非线性回归分析是基于 1946 年至 2004 年《人民日报》历时语料库完成的。因此，如果在 2004 年采用非线性回归方法分析上述 14 个隐喻义，依据实验结果可以判断这些隐喻义已经达到规约化的稳定阶段，是语言系统的一部分。而 2009 年版的《辞海》仅收录了其中 6 个隐喻，2012 年版《现代汉语》收录了其中 13 个隐喻。如果仅考虑时间因素对词典编撰和词义收录的影响，那么运用非线性回归方法分析隐喻义的规约化可以大幅提高词典编撰的时效性，在确定隐喻义已达到稳定阶段之后即可收入词典。

5.5　小　结

本章采用非线性回归方法证实，隐喻规约化过程是一个相变过程，与动态隐喻论的预测相一致。如同 §3.2.2.2 和 §3.4.2.2 所讨论的，隐喻规约化的相变性是人类社会自适应复杂系统的典型特征。相变一般包含三个阶段：起始阶段、快速规约化阶段和动态稳定阶段，其中快速规约化和动态稳定对于语言系统的使用具有重要意义，使得语言在不断动态变化的同时，保持了交际的功能，而不会因为动态变化而导致语言交际的失败。

本章提出的非线性回归分析方法包含了一系列用于描述隐喻规约化过程的工具，如基于关联强度的规约化程度度量方法、基于时间序列的规约化过程向量以及基于 S 形函数模型的曲线模拟方法。在大规模历时语料中运用该方法对 14 个隐喻进行了实验并获取了拟合关联系数。实验证实隐喻规约化是一个相变过程。与现有研究所采用的绝对频率方法以及基于自省的问卷调查方法相比较，非线性回归方法在分析隐喻规约化过程中表现出较强的鲁棒性，不仅可以描述高频隐喻的规约化过程，也可以描述低频隐喻的规约化过程。

第6章　自适应能力与隐喻复杂性

> 隐喻复杂性的根源是语言使用者自适应能力。这种能力主要体现在两个方面：前向因果性和协同性。前向因果性是指语言使用者在运用隐喻的同时，也在不断地通过隐喻使用改善自身隐喻知识结构和隐喻运用能力。协同性是指语言交际活动者所具有相互协同以达成一致，进而实现交际目的的能力，可用IF/THEN结构描述。

依据§3.4.1.2的分析，动态隐喻论认为，隐喻复杂性的根源是语言使用者所具有的自适应能力，这一结论可通过一个典型的三段论方法推理得出：

大前提：复杂适应系统中，系统构成基本单位所具有的自适应能力创造了系统复杂性；

小前提：语言是人类社会复杂适应系统的涌现性结果，隐喻是语言的一部分；

结论：隐喻复杂性的根源是语言使用者的自适应能力。

由此，分析语言交际活动中语言使用者的自适应能力可以更好地解释隐喻的复杂性。

语言使用者的自适应能力有两个重要的方面：协同性和前向因果性，§3.2.2.1详细介绍了这两种能力。本章首先基于问卷调查分析和证实前向因果性在隐喻理解中的表现，然后基于前向因果性和协同性提出解释隐喻复杂性的基本模式。

6.1 前向因果性

前向因果是语言使用者自适应能力的一个重要体现。如同§3.2.2.1中的讨论，前向因果是指语言使用者的语言交际活动具有双向性：一方面，语言交际活动会传递信息，达成交际效果和交际目的；另一方面，语言交际活动会改变参与交际活动的语言使用者自身的认知结构和认知能力。前向因果性强调，语言使用者在完成语言交际活动的同时，也在不断地通过语言使用改变自身的语言运用能力，由于语言运用能力的改变会直接影响语言使用者在未来的交际活动中所采用的语言形式、意义和功能，因此，当前语言行为与未来语言行为之间存在因果关系。

对于隐喻理解而言，语言使用者的前向因果性是影响隐喻理解方式的主导因素。语言使用者在运用隐喻表达式完成交际能力的同时，其内在的隐喻知识也得到发展，从而进一步改变自身的隐喻理解机制和理解能力。我们曾在例3-2的分析中看到，语言使用者的前向因果能力，使得语言使用者在隐喻运用和隐喻理解的过程中不断发展自身的隐喻知识和运用能力。这种能力，不仅出现在类似于例3-2的个别案例中，对于一般的语言使用者而言，这种能力是普遍存在的。大规模的问卷调查显示，前向因果在隐喻使用过程中普遍存在。详细汇报如下。

6.1.1 问卷设计

用于调查的问卷包含两个部分(详见附录二)。第一部分是被调查者个人信息，包括四项内容，即年龄、性别、所在省份以及受教育程度。其中年龄以5年为间隔，区分为15岁以下，15～20，21～25，26～30，31～40，41～50，51～60，60以上8种类别。所在省份包含了我国设置的行政区。教育程度区分了初中、高中、大学和研究生四个阶段。

问卷第二部分包含由隐喻词指示的14种隐喻(如表6-1所示)。其中动词隐喻词6个、名词隐喻词5个、形容词隐喻词3个,涉及政治、经济、文化、社会生活等领域,与日常生活密切相关,没有包含非常用词或非常用用法。每一种隐喻又包含四个句子实例,共有14×4=56个隐喻句子实例,所有的56个句子实例按照随机顺序排列。随机排列后,同一种隐喻的四个句子实例基本都不相邻。例6-1给出了包含“淡化”隐喻的四个句子实例。从编号可以看出,四个句子不相邻,其中第四个句子与其他三个句子相距较远。所有隐喻实例全部选自《人民日报》。此外,隐喻实例选择还遵循了两个规则:(1)尽量选择句子较短的实例,且各实例的句子长度基本保持一致,以消除句子长度对于理解难易程度的影响;(2)对于每一种隐喻,所选的四个实例中不包含相同搭配词,但是四个名词都属于同一语义范畴,以控制语境信息对理解难易程度的影响。

表6-1 隐喻词列表

词性	隐喻词
动词	回暖、透支、充电、缩水、演绎、淡化
名词	病毒、窗口、站点、蛋糕、大锅饭
形容词	热、低落、密集

例6-1

12. 认真解决群众观点 淡化 和缺失的问题。

A.很难　B.难　C.一般　D.容易　E.很容易

15. 以往男子身强体壮的优势已日益淡化。

A.很难　B.难　C.一般　D.容易　E.很容易

22. 削弱和淡化行政管理。

A.很难　B.难　C.一般　D.容易　E.很容易

58. 青年人孝敬、赡养老人的观念不断淡化。

A. 很难　　B. 难　　C. 一般　　D. 容易　　E. 很容易

依据李克特量表(亓莱滨, 2006),每一个句子实例设置有五个选项:很难、难、一般、容易和很容易,分别对应数值5、4、3、2、1。在后期统计过程中,每一个隐喻句子实例的理解难易程度是通过对应数值计算的。被调查者在完成每个句子实例的选项时所接受的指令如下:

> 请阅读下面的句子,理解句中画线词语的意义,并依据自身理解过程,确定和选择画线词语在理解上的难易程度。如果理解时不加思考便可确定词义,或者理解快速顺畅,可依据程度选择"很容易"或"容易",否则可选择"一般""难"或者"很难"。

在调查问卷完成之后,我们进行了预调查,以检测问卷的可靠性和有效度。我们首先计算了问卷的克龙巴赫 α 系数。克朗巴赫 α 系数是类内相关系数,也称为组内相关系数,通过随机选择多个目标进行K次独立测量,并计算其平均测量分数获取。通常,如果系数高于0.8,则可以接受;如果系数高于0.9,则调查表非常可靠(关守义, 2009)。该调查问卷最后获得的克龙巴赫 α 系数为0.961,具有较高的可靠性。

我们采用因素分析检验问卷的有效性。具体而言,我们采用Kaiser-Meyer-Olkin (KMO)检验方法和Bartlett球性检验,其数据结果见表6-2。一般而言,如果KMO统计值显示变量之间的相关性大于0.6,我们可以说球面测试是显著的。在此测试中,KMO值为0.9。由此可知问卷中各因素之间相互独立,问卷整体具有较高的有效性。

表 6-2 因素分析系数和球形测试分析

Kaiser-Meyer-Olkin 检验		.932
Bartlett 球性检验	近似卡方值	7721.427
	自由度	1711
	显著度	.000

6.2.1 调查对象

问卷设计完成后，调查在互联网上进行。因为问卷调查语言为汉语，故邀请汉语为母语的语言使用者参加。调查完成后共回收到 215 份调查问卷。被调查者来自全国各地共 26 个省市，其中女性 120 名，男性 95 名。被调查者在年龄和教育方面差异很大，年龄层次从 15 岁到 60 岁以上，其中 87.9%的被调查者接受过大学教育。具体数据如表 6-3 所示。

表 6-3 被调查者统计信息

变量	内容	频次	占比
性别	男性	95	44.2
	女性	120	55.8
年龄	＜ 15 岁	0	0
	15 岁～20 岁	12	5.6
	21 岁～25 岁	40	18.6
	26 岁～30 岁	54	25.1
	31 岁～40 岁	55	25.6
	41 岁～50 岁	42	19.5
	51 岁～60 岁	10	4.7
	＞ 60 岁	2	0.9

续表

变量	内容	频次	占比
教育背景	初中毕业	0	0
	高中毕业	8	3.7
	大学毕业	189	87.9
	研究生毕业	18	8.4

6.1.3　隐喻的前向因果性分析

问卷调查结果证实了语言使用者在隐喻处理方面表现出的前向因果性。

在本项问卷调查中，每一种隐喻都设置了四个句子实例。从问卷调查结果中分别获取14个隐喻的实例一、实例二、实例三以及实例四的难易度平均值，并分别画出四个线箱图，如图6-1所示。对比分析这四个图，可以发现语言使用者在完成调查问卷的过程中，隐喻知识和能力都发生了变化，隐喻行为也发生了变化。四个线箱图的上边缘线呈现逐渐下降趋势，分别为2.61、2.50、2.35和2.08，说明在所有14个隐喻的第一个实例中，最难理解隐喻的人均理解难易度为“一般”(2.6可大致对应选项中的“一般”)，而到了第四个实例时，最难理解隐喻的人均难易度变成了“容易”(2.1大致对应选项中的“容易”)。此外，四个线箱图的上四分位数呈现逐渐下降趋势，分别为2.22、2.24、2.14和2.02。中位数也呈现逐渐下降趋势，分别为2.15、2.01、2.1和1.82。平均难易度也呈现逐渐下降趋势，分别为2.07、2.04、2.04和1.93。这些数据说明被调查者理解这14个隐喻的总体能力都在提高，也越来越容易理解这些隐喻。

被调查者隐喻行为的变化还可以通过14个隐喻在四个实例上的标准差上反映出来。14个实例在第一个实例和第二个实例上的难易度标准差都为0.26，在第三和第四个实例上的标准差明显低

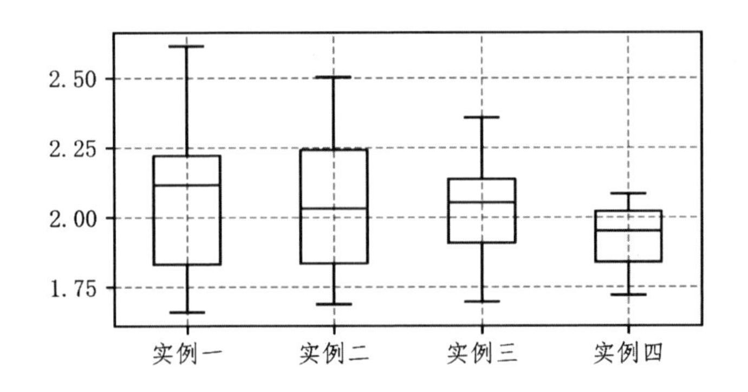

图 6-1 四个隐喻实例理解难易程度线箱图

于第一、二个实例，分别为 0.18 和 0.11。较高的标准差说明对于语言使用者在理解 14 种隐喻的第一和第二个实例时，理解能力表现得较为参差不齐，而在理解第三和第四个实例时，理解能力更趋向于统一，且都认为第三和第四个实例更容易理解。

隐喻的前向因果性能够较好地解释图 6-1 中上边缘线、中位数、平均难易度以及难易度标准差的下降趋势。语言使用者在完成问卷调查的过程中，对这 14 种隐喻的理解能力会发生改变，理解方式也会发生改变。仍以例 6-1 中的四个隐喻为例。如果语言使用者不熟悉"淡化"隐喻，那么在理解第一个"淡化"隐喻实例需要花费更多的时间，付出更多的认知努力，因而认为第一个实例的理解相对较难。在回答调查问题的同时，语言使用者的思维过程改变了自身有关"淡化"隐喻的知识结构和认知结构，在理解第四个隐喻时费时相对更少、努力程度也会降低，从而认为第四个隐喻相对容易理解。

问卷调查还发现了另一个与隐喻前向因果性相关的现象：语言交际对语言使用者隐喻理解机制的影响与语言使用者对隐喻的熟悉程度成反比。也就是说，语言使用者不熟悉某一隐喻时，语言交际能够较大程度地影响语言使用者对该隐喻的隐喻理解能力。然而，如果语言使用者比较熟悉这一隐喻时，语言交际对语言使用者的隐喻理解能力逐渐减弱。

上述结论可以从表 6-4 和图 6-1 中看出。在表 6-4 中第一个隐喻词“热”在实例一上的难易度均值为 1.66。然而实例四的难易度均值为 1.84。这说明虽然被调查者一般都认为在理解实例一和实例四时都比较容易，但完成调查问卷的过程并没有提高被调查者在理解这一隐喻方面的能力。表 6-4 中第 14 个隐喻词“淡化”在实例一上的难易度均值为 2.61，在实例四上的难易度均值为 1.95，这说明完成调查问卷的过程有助于提高被调查者理解这一隐喻的能力。

表 6-4　各隐喻难易度均值变化

序号	隐喻词	搭配词集	实例一难易度均值	实例四难易度均值	实例一与实例四难易度差值
1	热	中国、京剧、围棋、市场等	1.66	1.84	−0.18
4	病毒	生命、体力、身体、超负荷等	1.75	1.85	−0.1
3	透支	市场、经济、关系、消息等	1.78	1.72	0.06
5	充电	学生、课堂、老师、休闲等	1.81	1.86	−0.05
6	缩水	用户、木马、黑客、手机等	1.9	1.99	−0.08
7	回暖	股票、收入、数字、价格等	2.05	1.82	0.23
9	站点	电脑、信息、非法、游戏等	2.11	1.81	0.3
2	演绎	情绪、士气、热情、心情等	2.12	2.02	0.1
8	大锅饭	经济、发展、农业、服务等	2.16	2.02	0.14
10	窗口	体制、支出、活力、质量等	2.21	2.06	0.15
11	蛋糕	时装、篇章、舞姿、歌喉等	2.22	1.95	0.27
12	密集	地区、实质、职责、贡献等	2.25	2.05	0.2
13	低落	人才、强手、劳动、信息等	2.34	2.08	0.26
14	淡化	工作、艺术、作者、党性等	2.61	1.95	0.66

在图 6-2 中 X 轴对应 14 种隐喻的实例一平均难易程度，并按

升序排列，Y 轴表示 14 种隐喻的实例一和实例四的平均难易程度差值，即：

$$Y = \text{实例一平均难易程度} - \text{实例四平均难易程度}$$

从图中各散点的分布可以看出，实例一平均难易程度越大，隐喻越难以理解，其差值也越大，说明完成调查问卷的过程对于这一隐喻理解能力的影响也越大。相反，实例一平均难易程度越小，隐喻越容易理解，完成调查问卷的过程对于这一隐喻理解能力的影响也越小。简言之，在 14 例隐喻中，最初平均难易度最大的隐喻在调查结束时平均难易度降幅最大，说明受调查对象在完成问卷的过程中自身的隐喻理解水平得到提高。

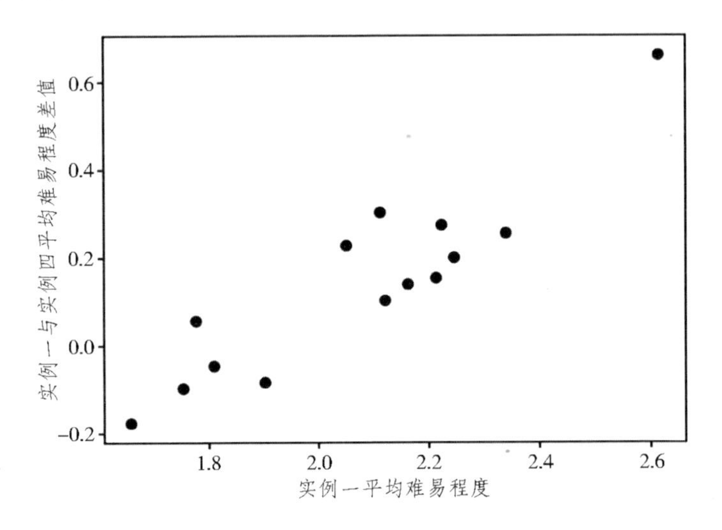

图 6-2　不同隐喻的难易度变化程度散点图

上述问卷调查中，参与的人员年龄包含了不同年龄层次，用于调查的喻词包含了动词、名词和形容词，从隐喻词使用频次看，也包含高频和低频词汇。因此，调查问卷的结果说明，语言使用者在总体上表现出前向因果性，在回答问卷的过程中隐喻的应用能力在发生变化。

6.2　协同性

复杂适应系统的一个典型特征，是系统内部构成要素之间的相互作用。对于语言系统而言，要素之间的相互作用，也就是语言使用者之间的语言交际活动。语言使用者的协同能力，指的是语言使用者在语言交际活动中，具有相互协同以达成一致，进而实现交际目的的能力。语言使用者的协同性在隐喻现象中的一种表现，就是隐喻构建过程中的自我驱动性。隐喻构建的基石是源域和目标域之间的相似性，而这种相似性可区分为四种类型：必然的相似性、真实的相似性、偶然的相似性以及强加的相似性。隐喻构建过程中，语言使用者具有表达对客观世界某一事物的认识，传递自己对这一事物的态度的欲望和冲动。受这一欲望和冲动的驱使，语言使用者会通过心理认知，突显源域和目标域之间的相似性，包括偶然的相似性和强加的相似性。这种自我驱动的特征认知突显是语言使用者协同性的一种具体表现。

语言交际活动中“一致的协同性行为”依赖于语言使用者的适应能力，并体现为语言使用者对语言形式、意义和功能的选择，也就是 Holland(2006)定义的条件行为(Conditional Action)。在自适应复杂系统中，行为个体具有内部预测模式，能够感知环境，作出预测，并采取相应的行动(苗东升，2010:389)。条件行为可形式化表征为：

IF/THEN 结构　IF [存在特征向量 X] THEN [采取行动 Y]

为此，语言使用者应具备模式评估能力和规则发现能力。模式评估能力要求语言使用者能够感知外在环境，并对自身所采取行为的结果进行评估，确定哪些行为在未来时间是有效的，哪些行为是无效的。规则发现能力是指语言使用者能够依据自身经验确定或者生成“IF/THEN 结构”。这两项能力是复杂系统适应性的基础（Holland，2006）。

依据颜泽贤、范冬萍、张华夏(2006)对自适应复杂系统中个体自适应能力基本特征的解释，语言使用者的适应性过程可描述如下：

(1)语言使用者的经验可以看作是一个由“IF/THEN 结构”表述的多个语言表达方式集合；

(2)这些经验被压缩成图式，在多种突变过程中形成了多种相互竞争的图式；

(3)语言使用者在选择和使用某一种图式后，都会对现实世界对图式的反馈进行评价，并依据评价改变各种图式的竞争地位。

对于说话人而言，自适应能力会帮助说话人综合考虑多种因素，选择能够表达自身想要表达的意义和意图的最佳语言形式；对于听话人而言，会在综合共享知识、理念、预设以及认知能力的基础上，从多个可能选项中确定说话人想要表达的意义和意图。语言使用者的个体经验在不断评估过程中对规则进行选择、测试、补充、修正和发展。

对于隐喻而言，语言使用者的协同性，体现为综合多种因素之后对隐喻形式、意义和功能的选择。在已有隐喻研究中，学者们已经注意到影响语言使用者选择隐喻形式的因素。Kövecses（2015：52-53)在讨论概念隐喻的类型变化时认为，提出了一个复杂的隐喻复杂性影响因素体系。这一体系包括两个大的类别：经验差异和认知风格差异，原文如下：

> The third question … asks what the factors, or “forces”, are that are responsible for variation in conceptual metaphors. I proposed two distinct, though interlocking, groups of factors: differential experience and differential cognitive styles. I found it convenient to distinguish various subcases of differential experience: awareness of context, differential

memory, and differential concerns and interests … By contrast, the cognitive processes, discussed in Chapter 2, such as elaboration, specificity, conventionalization, transparency, (experiential) focus; view-point preference, prototype categorization, framing, metaphor vs. metonymy preference, and others, though universally available to all humans, are not employed in the same way by groups or individuals. [第三个问题是哪些因素是概念隐喻复杂多样的驱动力。我提出两种相互关联的因素:经验性差异和认知风格差异。其中经验性差异可区分为语境感知差异、记忆差异、关注点差异和兴趣差异……与经验性差异不同,在第二章讨论的认知过程,包括拓展、明确、规约化、透明程度、(尝试性)焦点、视角倾向、原型分类、框架、隐喻和转喻倾向,以及其他的认知过程,虽然是人们所共有的,但是不同团体或个人的使用方式并不一样。]

Kövecses 区分的经验差异包含的类型非常广泛,既包括了当前语境中的相关信息,也包括了知识、语篇结构、潜在观念、文化历史以及兴趣差异等非当前语境。经验差异和认知差异导致了隐喻的多样性。

Gibbs & Colston (2012)从动态隐喻论的角度分析了影响语言使用者隐喻行为的因素(如表 6-5 所示),共八大类。与 Kövecses (2015)相比,Gibbs 的因素类别划分更符合协同性分析的要求。在 Gibbs 看来,影响语言使用者隐喻行为的因素首先包含当前因素和长期因素两种类型。由于语言使用者自适应能力的前向因果性,也就是语言使用者的学习能力,他在不同的时间节点上的文化语境、社会语境、身体语境以及语言能力并不是一成不变的,而是会随着时间推移而发生变化。而另外一些因素可能具有相对长期的稳定性,如认知能力、脑处理、身体进化等。

表 6-5 影响语言使用者隐喻行为的因素

大类	小类
进化层面	身体进化、文化计划、认知能力进化和语言能力进化
当前文化语境	信仰、习惯性行为、意识形态
当前社会语境	参与人员、事件、时间、地点
语言知识	词汇知识、语法知识、语用知识
当前身体语境	手势、姿势、眼神
当前动机和认知	需求和欲望、交际目的、交互目的
在线语言处理	文字的产生和阅读、话语、长语篇
脑处理	大脑部分和全局区域的活动

6.3 小 结

基于语言使用者的自适应能力,隐喻的复杂性可解释为:

(1)由于语言使用者自适应能力所具有的协同性,隐喻现象可以通过一系列具有“IF/THEN 结构”的规则集合描述,其中条件部分(即 IF 部分)包含了影响隐喻行为的当前因素和长期因素,在这一条件规定下,语言使用者表现出相应的语言行为;

(2)由于语言使用者具有的前向因果性,语言使用者的知识、能力等会随着语言使用经历的变化而发生变化,从而促使条件部分发生变化。因此,上述集合中规则的应用在时间维度上呈现出有序性。本书第 7 章遵循上述原则,采用“IF/THEN 结构”描述了隐喻表达式的涌现过程,从而解释了隐喻语言结构的复杂性,描述了其复杂性背后的运行规律。

第7章 隐喻构式的涌现

隐喻语言形式可划分为有标记隐喻构式和无标记隐喻构式两类。本章采用搭配构式作为典型的隐喻语言表达式的形式化表征，在调查三个汉语动词隐喻的隐喻构式在大规模历时语料中的涌现过程之后，提出隐喻构式的涌现机制—单域整合固化网络。基于单域整合固化网络引申的四个隐喻构式涌现规则，揭示了汉语动词隐喻的涌现过程。

隐喻具有极其复杂的语言实现形式。§2.3.1 介绍了 Brooke-Rose (1958)总结的 19 种隐喻语言形式(见表 2-1)、陈望道 (2001)总结的 3 种隐喻语言形式，并介绍了 Stockwell (1992)对隐喻语言形式的再分类。在如此纷繁复杂的隐喻语言形式之间，是否存在一定的关联性呢？动态隐喻理论认为，隐喻规约化程度是隐喻系统的序参量。隐喻规约化程度是一个时间维度概念，随时间变化而变化。因此，不同隐喻语言形式的关联，体现为时间上的关联，隐喻的各种句法结构模式，是隐喻系统在语言的具体应用过程中涌现出来的。这种涌现性，一方面表现为不同句法结构模式出现的时间各不相同；另一方面，这些句法结构模式的涌现过程受语言使用者所具有的自适应能力制约，表现出明显的规律性。语言使用者基于自身所具备的自适应能力，在语言交际过程中不断习得和调整自身的隐喻知识和特定隐喻认知能力，在不同阶段采用不同的隐喻语言实现形式。由此，从语言系统总体来看，隐喻的句法结构模式呈现出涌现性特征，不同模式之间存在时间上的动态关联。

7.1 隐喻语言形式类别的再划分

为方便讨论不同隐喻语言形式之间的关联，我们对 Brooke-Rose (1958)提出的 19 种隐喻语言形式类别进行进一步划分(如图 7-1 所示)，共区分为两大类：篇章类和句子类。有的隐喻实现形式是基于话语篇章的，如其中的扩展隐喻、寓言、小说等，另一类实现形式是基于句子的，是在句子层面实现的隐喻。值得注意的是，篇章类和句子类之间的界限并不清晰，篇章类的隐喻也都是由句子类隐喻构成的。

句子形式的隐喻具有“形—义”复合体的特征，一方面具有相对固定的词汇句法结构，同时也归属于某一种特定隐喻，我们称为隐喻构式。隐喻构式又可区分为两个小类：有标记隐喻构式和无标记隐喻构式。所谓有标记隐喻构式，是指采用了显性的词汇句法

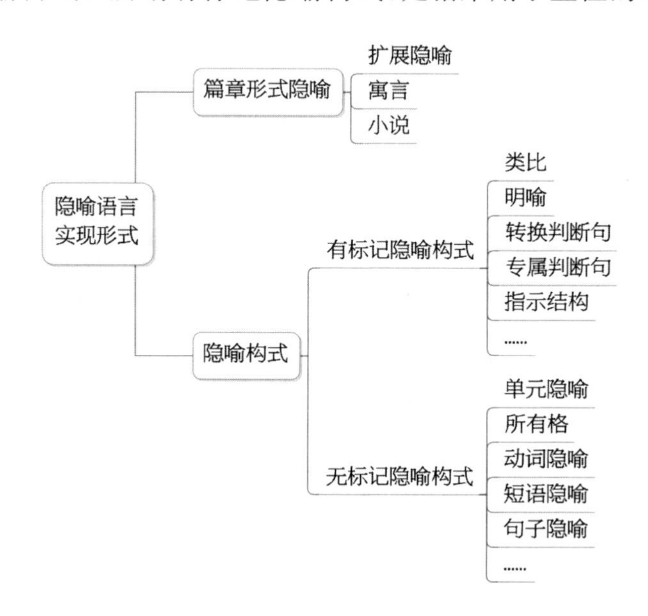

图 7-1 隐喻语言实现形式的再分类

形式表达隐喻映射的句子形式的隐喻,包括表 2-1 中的类比、明喻、主动致使、被动致使、转换判断句、专属判断句、指示形式等。这类隐喻构式在形式上包含明显的词汇语法模式,如类比结构中的"就像……一样"、判断句中的"……是……"以及并列结构中两个词语构成并列关系。在功能上,这类隐喻构式能够触发听话人/读者采取隐喻性认知行为,建立两个不同语义域之间的映射(或类比)。

有标记隐喻构式与 Stockwell (1992)的"可见类"隐喻结构是一致的。依据表达式中是否存在指称映射的源域和目标域的语言形式,Stockwell (1992)区分了"可见类隐喻结构"和"不可见类隐喻结构"。其中"可见类隐喻结构"中指称源域和目标域的词语都可以在隐喻表达式中找到。例如,在例 7-1 的比喻句中,源域是"城市",目标域是"大脑"。源域和目标域通过比喻词"像"关联起来。由此可见,"可见类隐喻结构"与有标记隐喻构式在外延上是一致的。

例 7-1　大脑就像一座城市。

另一类无标记隐喻构式,是指词汇句法结构中没有显性句法标记的隐喻表达,如单元隐喻、动词隐喻、短语隐喻、句子隐喻等。无标记隐喻构式与 Stockwell (1992)区分的"不可见类隐喻结构"在外延上也是一致的。"不可见类隐喻结构"没有明显包含指称源域的词语,即源域词语不可见,也需要通过推理才能得到,因而也不需要显性的类别标记。例如,例 7-2 和例 7-3 中的"透支"可以解释为隐喻,其源域为"金融"领域。然而由于缺乏显性标记,这一类隐喻对于部分语言使用者而言,难以识别。

例 7-2　他们用自己生命的透支,来履行神圣的职责。

例 7-3　藤村信子以超越常人的意志跑到终点,体力已严重透支。

7.2 隐喻构式的表征

区分有标记隐喻构式和无标记隐喻构式的主要依据是能够显性触发类比思维的词汇句法形式。因此,表征有标记隐喻构式相对容易。以汉语为例,各类有标记隐喻构式都有特定的词汇、句法特征,使用这些特征可以表征这些类型的隐喻构式,如表 7-1 所示。

表 7-1 有标记隐喻构式的表征

类别	表征
类比	就像 A,B。
明喻	A 就像 B。
主动致使	A 使得 B 看起来像 C。
被动致使	B 被 A 看作是 C。
转换判断句	A 看起来像 B。
专属判断句	A 是 B。
指称形式	A,B。

那么,如何形式化地表征无标记隐喻构式呢? Cameron & Deignan (2006:675)提出了隐喻构式(metaphoreme)的概念,用以指称隐喻在动态发展过程中形成的"吸引子"。基于隐喻是一个复杂系统的观点,他们认为:

> We argue that the ideational content of a metaphor is not processed separately from its linguistic form, but the two are learnt together, stored together and produced together in online talk. Metaphorical language and metaphorical thinking are therefore interdependent, each affecting the other in the dynamic and dialogic processes of talking-and-thinking … Our

perspective on metaphor is that it evolves and changes in the dynamics of language use between individuals, and that this local adaptation leads to the emergence of certain stabilities of form, content, affect, and pragmatics that we have called 'metaphoremes'.（我们认为隐喻思维的运行并不是与隐喻语言形式相分离的。相反，在实时对话中，两者是共同习得、共同储存、共同孕育的。由此可进一步推断，隐喻语言与隐喻思维相互依存，在动态话语中、在说话和思考过程中相互影响……在语言使用的动态过程中，个体使用者所具有的适应性促使隐喻不断进化、改变，由此，一些包含语言形式、内容、情感以及语用功能的稳定态涌现出来，我们将这些稳定态称为"隐喻构式"。）

在两位学者看来，隐喻构式应具有如下特征：(1)构式是新涌现出来的能够完成某一特定交际任务的使用模式；(2)具有相对固定的词汇和句法结构形式、相对稳定的语义功能、情感功能和语用功能；(3)在语言中的使用频率相对稳定。

Cameron & Deignan (2006)给出了"baggage"的一种隐喻构式。"baggage"原义为"行李，辎重"，后在英语中隐喻地表示"心理或精神负担"，如例 7-4 所示。在调查柯林斯英语语料库（The Bank of English）后，Cameron 提出如表 7-2 所示的隐喻构式：在词汇和语法结构方面，一个数量词短语、一个形容词与"baggage"构成名词短语，并作为动词的宾语；在概念表达方面，该隐喻构式是两个概念隐喻"LIFE IS A JOURNEY"和"SPIRITITUAL BURDEN IS BAGGAGE"构成的混合隐喻，其中的动词、数量词以及形容词都表现出语义选择限制；在语用和情感方面，该隐喻构式表达了一种明显的消极评价和态度，常用于演讲体中。在英语的发展历史中，虽然"baggage"有表达"负担"的用法，但上述使用模式是在最近才涌现出来的。

例 7-4 For once in your life you really must face the fact that you simply cannot afford the price of emotional excess <u>baggage</u>.（在你的生命中，你第一次真正面对这样一个事实：你无法承担因过度情感透支而付出的代价。）

表 7-2 "baggage"隐喻构式

动词	量词短语	形容词	喻词
carry (21)	a lot of (7)	emotional (12)	baggage
dump (3)	much (2)	cultural (5)	
get rid of (2)	a great deal of (1)	idealogical (4)	
	a lifetime of (1)	political (4)	

遗憾的是，Cameron & Deignan (2006)并没有给出明确的形式化表示方式。为便于计算分析，我们提出基于搭配构式(collostruction)的隐喻构式形式化结构。搭配构式最早由 Stefanowitsch & Gries (2003)和 Gries & Stefanowitsch (2004)提出，其表示方式类似于表 7-2。Tang (2017) 以依存语法为基础，将其发展为如图 7-2 所示的形式。

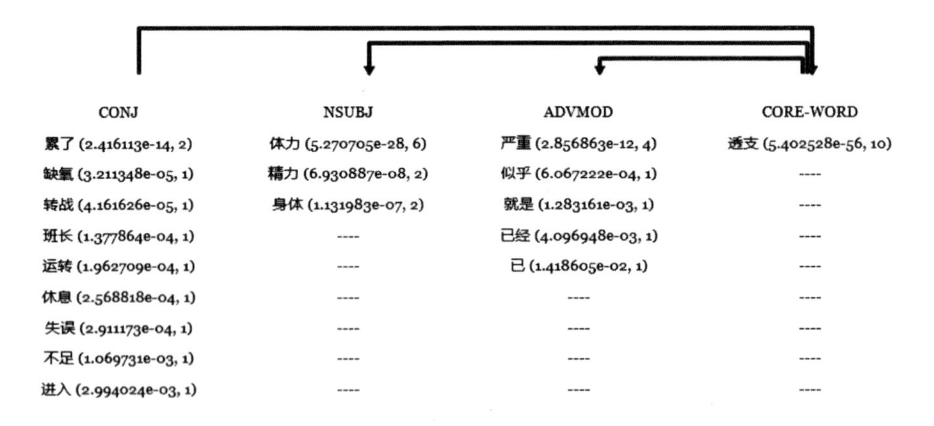

图 7-2 隐喻构式示例

相对于表 7-2 而言，图 7-2 所示的构式搭配表征不仅包含更多的信息，在形式上也更为严谨。首先，在词汇和句法结构上，图 7-2 以喻词“透支”为核心，基于依存语法组织词汇和语法信息。图中共包含了与“透支”相关的三个槽位的信息：并列（CONJ）槽位、主谓关系（NSUBJ）槽位以及副词修饰语（ADVMOD）槽位，分别表示与“透支”相关联的并列结构、主语以及状语修饰语。三个槽位的先后顺序表示了它们在该构式中出现的顺序。

在语义方面，图 7-2 与表 7-2 一样，通过槽位的搭配词与“透支”之间的语义选择限制给出该构式的语义特征。例如在主谓关系槽位上，“体力”“精力”和“身体”三个词语显示“透支”在这一槽位上的语义选择限制都与“人体”相关，在副词修饰语槽位上可以使用包含程度或者状态的副词，在并列结构槽位上表示“透支”的原因，或者伴随“透支”的其他相关动作。

图 7-2 中的语用功能，包括说话人的态度和评价是通过各槽位的搭配词以及相互之间的句法语义关系表达的。综合上述信息可以看出，该“透支”隐喻构式主要表达了一种“遗憾”和“惋惜”的消极评价态度，其中在副词修饰语槽位的搭配词“严重”“已经”和“已”明确指示了这种态度极性。

此外，图 7-2 所示的隐喻搭配还具有两个显著优势。其一是各搭配词以及“透支”都携带有两个数字，第二个数字为出现频次，与表 7-2 相同，而第一个数字是采用费歇尔精确检测（Fisher Exact Test）所获取的搭配词与隐喻构式之间的关联强度。费歇尔精确检验是一种用于检验小数据显著性的统计检验方法。以搭配词“严重”为例，依据语料库相关信息，可获取如表 7-3 所示的列联表（contingency table），其中 $f_{严重}$ 为词语“严重”在语料库中的频次，N 为语料库中构式总数（可用句子总数近似表示）。费希尔精确检验所获得的 P 值越小，其关联强度越大。图 7-2 中各个 P 值都采用了科学记数法表示，其中最后三个符号表示小数点位置，如“严重”的 P 值为 2.856863e－12，表示“0.000000000002856863”，在所有五个词语中为最小,关联强度为最大。

表 7-3 费歇尔精确检验示例

	"严重"出现	"严重"不出现
该隐喻构式	4	10−4
其他构式	$f_{严重}-4$	$N-f_{严重}-6$

一个搭配词的关联强度越大,说明该搭配词在该隐喻构式中越显著,在综合考虑隐喻构式的句法、语义和语用特征时所占的比重也就越大。在副词修饰语槽位上,"严重"在上述隐喻构式中的关联强度最大,说明这一隐喻构式更倾向于表达消极和负向的评价和态度;在主谓结构槽位上,"体力"的关联强度最大,说明该隐喻构式的语义选择限制更倾向与"体能"而不是"精神";在并列结构槽位上,"累了""缺氧"和"转战"的关联强度最大,说明这些事件与"透支"的相关性最强。

图 7-2 所示的隐喻构式的另一个优势是自动化程度的提高。依存句法是在自然语言处理领域广泛使用的句法结构。基于依存句法表示隐喻构式,使得有可能通过聚类等机器学习方法自动获取隐喻搭配。图 7-2 即是使用 Tang (2017)所提出的 DepCluster 工具获取的构式搭配。运用该工具可获取特定词语所有典型构式搭配。具体使用流程如下所示。

(1)句子实例检索。给定关键词 W,从语料库中搜索并获取包含 W 的句子。

(2)句子实例过滤。浏览所获取的句子实例,依据特定标准过滤并获取句子实例列表 L。

(3)依存句法分析。采用依存句法分析器(如 Stanford CoreNLP)(D. Manning et al., 2014),将句子实例列表转化为依存树列表 T。

(4)实例聚类。将 T 输入 DepCluster。DepCluster 遍历 T 以

获取每一棵依存树中与W相关的依存关系集合，然后两两比较获取T中W的不同句子实例的相似程度，采用基于密度的聚类算法对所有句子实例进行聚类，并获取聚类结果C。

(5)构式搭配获取。对于C中的一个聚类结果c，即包含W且句法结构相似的句子实例集合，获取W在不同依存关系槽位的搭配词，计算搭配词与c之间的关联强度，构建搭配构式。

7.2.1 "淡出"的隐喻构式

在《人民日报》历时语料库中检索，"淡出"的隐喻实例都是以无标记隐喻构式出现，没有发现有标记隐喻构式。检索共获取"淡出"实例共125例，采用DepCluster聚类后，其中82.4%的实例聚类为19个隐喻构式(其中最小类包含2则实例)，其他17.6%(共22则)与其他实例差异较大，因而作为离群值(Outlier)未纳入考察范围。依据不同隐喻构式中依存关系与"淡出"之间的关联显著程度，进一步分析19个隐喻构式，得到七个大类，如表7-4所示。图7-3至图7-9详细描述了七个隐喻构式所包含的依存关系和共现词语。

表7-4 "淡出"隐喻构式类型表

序号	聚类构式ID	出现时间	示例
1	2、5、6、16、11、7、9、8	1992	近几年绰号"华仔"的他渐渐淡出影坛。
2	10	1996	然而过了一段时间，就逐渐"淡出"，现在似乎已无声无息了。
3	3、17、12、18	1996	"高原3"演习，这位步兵出身的陆军师长再接再厉，让步兵淡出主角。
4	13	1997	一切富有殖民色彩的标记正从香港社会的各层面和各领域中淡出。
5	1、0	1998	淡出田坛的这一段时间，王军霞都在忙些什么?

续表

序号	聚类构式 ID	出现时间	示例
6	14	2002	最终淡出家电市场已是大势所趋。
7	15	2003	此外,在刘爱玲等老将淡出国家队后,队中一直缺少一名稳定大局的核心队员。

CONJ	ADVMOD	CORE-WORD	DOBJ
球手 (8.454453e-06, 1)	逐渐 (4.153495e-23, 6)	淡出 (9.832131e-77, 12)	视野 (9.560151e-13, 3)
西移 (1.160028e-05, 1)	已 (6.341199e-07, 3)	----	网坛 (1.395964e-05, 1)
流逝 (3.656995e-05, 1)	渐渐 (2.243158e-04, 1)	----	在所难免 (2.143092e-05, 1)
易于 (6.900999e-05, 1)	也 (4.125121e-04, 2)	----	记忆 (2.131109e-04, 1)
创出 (9.869674e-05, 1)	正在 (1.725315e-03, 1)	----	赛场 (2.465285e-04, 1)
足 (5.456692e-04, 1)	逐步 (2.091166e-03, 1)	----	圈 (3.809751e-04, 1)
辉煌 (7.111246e-04, 1)	可 (7.431032e-03, 1)	----	舞台 (7.690868e-04, 1)
担任 (1.232675e-03, 1)	但 (1.320688e-02, 1)	----	线 (1.297875e-03, 1)
注意 (1.626373e-03, 1)	----	----	报告 (3.460053e-03, 1)
一样 (1.724923e-03, 1)	----	----	政策 (7.290230e-03, 1)

图 7-3 “淡出”隐喻构式(1)

ROOT	ADVMOD	CORE-WORD	CONJ	PUNCT
ROOT (3.819157e-92, 13)	渐渐 (2.723333e-08, 2)	淡出 (3.544115e-83, 13)	走上 (2.130006e-07, 1)	, (4.514474e-24, 20)
----	逐渐 (2.767879e-07, 2)	----	冰砖 (2.130006e-07, 1)	” (1.020118e-04, 3)
----	此后 (4.159104e-04, 1)	----	示范校 (2.130006e-07, 1)	』 (4.120945e-03, 1)
----	然而 (2.147684e-03, 1)	----	还应 (2.130006e-07, 1)	----
----	逐步 (2.265021e-03, 1)	----	作好 (2.130006e-07, 1)	----
----	首先 (2.702796e-03, 1)	----	踅向 (2.130006e-07, 1)	----
----	再 (6.538900e-03, 1)	----	后继无人 (2.130006e-07, 1)	----
----	而 (1.720542e-02, 1)	----	膜拜 (2.130006e-07, 1)	----
----	将 (2.652830e-02, 1)	----	寿终正寝 (4.686003e-06, 1)	----
----	就 (3.096729e-02, 1)	----	无声无息 (6.177000e-06, 1)	----

图 7-4 “淡出”隐喻构式(2)

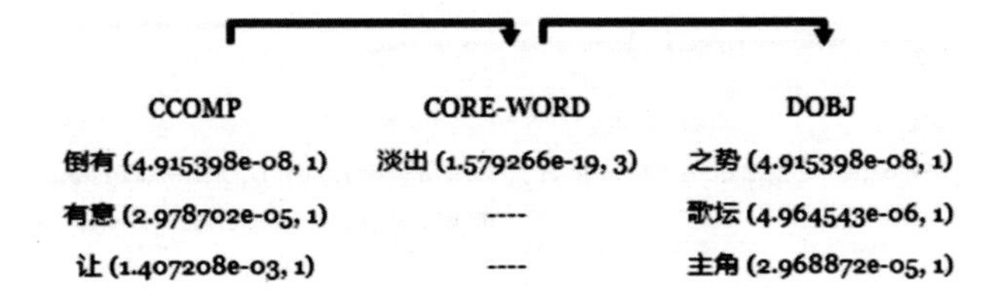

图 7-5　“淡出”隐喻构式(3)

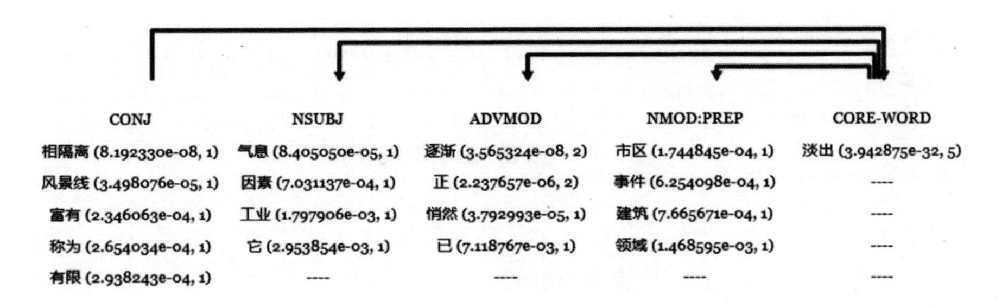

图 7-6　“淡出”隐喻构式(4)

CORE-WORD	DOBJ	MARK	ACL
淡出 (6.634888e-64, 10)	跳水界 (1.638466e-07, 1)	的 (9.377277e-14, 10)	张爱军 (1.638466e-07, 1)
----	管不了 (1.638466e-07, 1)	----	鱼肉 (6.553845e-06, 1)
----	田坛 (3.440774e-06, 1)	----	伏明霞 (1.867836e-05, 1)
----	泳坛 (1.081382e-05, 1)	----	歌星 (2.605131e-05, 1)
----	歌坛 (1.540147e-05, 1)	----	视线 (4.374618e-05, 1)
----	视线 (4.374618e-05, 1)	----	前提 (6.036108e-04, 1)
----	视野 (1.633430e-04, 1)	----	选手 (1.465132e-03, 1)
----	圈 (3.178170e-04, 1)	----	部分 (2.799228e-03, 1)
----	人们 (4.727537e-03, 1)	----	领域 (2.934216e-03, 1)
----	----	----	时间 (4.126006e-03, 1)

图 7-7　“淡出”隐喻构式(5)

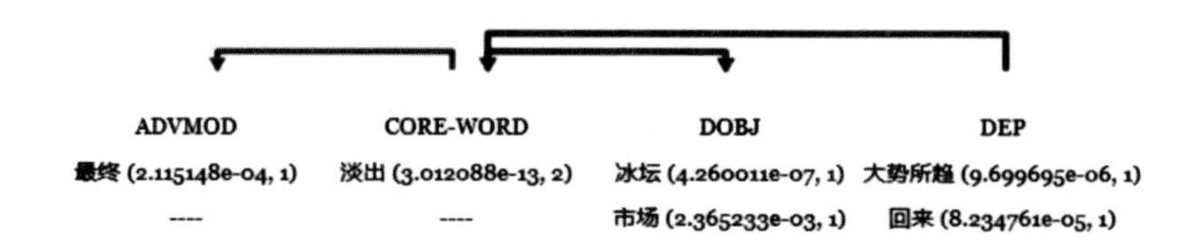

图 7-8 “淡出”隐喻构式(6)

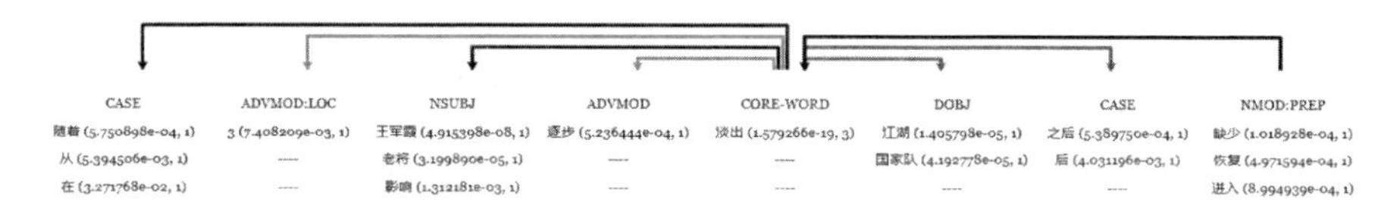

图 7-9 “淡出”隐喻构式(7)

7.2.2 “透支”的隐喻构式

总体看来，在《人民日报》历时语料库中，“透支”的隐喻构式有三种类型：篇章形式的隐喻、有标记隐喻构式和无标记的隐喻构式。篇章形式的隐喻如例 7-5 所示。可以看出，该例中包含 6 个句子形式的隐喻。由此可见，对篇章形式隐喻的分析，应以句子形式的隐喻(或隐喻构式)的分析为基础。

例 7-5 ……个别评论把一些作者“升华”到无以复加的地步……笔者想到一个金融术语：透支。评论界的这种透支现象，应该说由来已久。……但极少数人的透支问题，不能不引起我们警惕。透支能引起误导，极容易误人子弟。综观少数人透支现象的原因，笔者认为有三……透支的方法，也不外乎三个……诗歌界的透支现象更为突出……尚可自慰的是，评论界真正热衷于透支游戏的毕竟是极少数人，他们的消极作用，毕竟有限。笔者甚至有一个建议：既然银行里的透支是要受罚的，对评论界的透支现象我们是否也该建立一种抑制机制？(《评论的透支》，《人民日报》1995 年 6 月 24 日第五版)

例 7-6、例 7-7 和例 7-8 是该历时语料库中最早出现的三个有标记隐喻构式。例 7-6 可以看作是一个特殊的有标记隐喻构式："将……作……"。例 7-7 是扩展隐喻，说话人为引出"透支"隐喻，采用了有声思维的叙述方法"想到一个金融术语"。例 7-8 是专属判断句。

例 7-6　……为了一份热爱，她将自己的一生作透支。(1994 年)

例 7-7　……笔者想到一个金融术语：透支。(1995 年)

例 7-8　这是种超负荷的运转，是活力的透支。(1997 年)

无标记隐喻构式是指词汇句法结构中没有显性标记的隐喻结构形式。我们从该历时语料库中获取"透支"实例共 109 例，采用 DepCluster 聚类后，其中 75％的实例聚类为 19 个隐喻构式(其中最小类包含 2 则实例)，其他 25％(27 则实例)与其他实例差异较大而作为离群值未纳入考察范围。我们依据依存关系相对于"透支"关联程度进一步将 19 个隐喻构式区分为 7 类，如表 7-5 所示。图 7-10 至图 7-16 给出了 7 个隐喻构式的具体形式。

表 7-5　"透支"隐喻构式分类表

序号	隐喻构式序号	出现时间	示例
1	7、13、1、16	1994	藤村信子以超越常人的意志跑到终点，体力已严重透支。
2	15、11	1995	透支的方法，也不外乎三个：一是封"衔"进"爵"。
3	5、0、8、12	1996	他说："我的球员在体力方面已透支"。
4	9、17	1996	何明海的"透支"式工作法，曾引起组织的关心。
5	2	2000	他们用自己生命的透支，来履行神圣的职责。

续表

序号	隐喻构式序号	出现时间	实例
6	4、14、3	2000	长期加班加点，忘我工作，透支身体，劳模们积劳成疾。
7	10、18	2001	高亚洲冰川的全面退缩，会导致冰川储量的巨额透支。

CONJ	NSUBJ	ADVMOD	CORE-WORD
累了 (2.416114e-14, 2)	体力 (5.270705e-28, 6)	严重 (2.856863e-12, 4)	透支 (5.402528e-56, 10)
缺氧 (3.211348e-05, 1)	精力 (6.930887e-08, 2)	似乎 (6.067222e-04, 1)	----
转战 (4.161626e-05, 1)	身体 (1.131983e-07, 2)	就是 (1.283161e-03, 1)	----
班长 (1.377864e-04, 1)	----	已经 (4.096948e-03, 1)	----
运转 (1.962709e-04, 1)	----	已 (1.418605e-02, 1)	----
休息 (2.568818e-04, 1)	----	----	----
失误 (2.911173e-04, 1)	----	----	----
不足 (1.069731e-03, 1)	----	----	----
进入 (2.994024e-03, 1)	----	----	----

图 7-10 “透支”隐喻构式(1)

NSUBJ	ADVMOD	CORE-WORD	MARK	ACL
体力 (5.579984e-14, 3)	极度 (3.383383e-05, 1)	透支 (2.177901e-39, 7)	的 (7.593730e-10, 7)	张德培 (1.146926e-07, 1)
才思 (1.146926e-07, 1)	过度 (9.782871e-05, 1)	----	----	体力 (8.165830e-05, 1)
补充 (2.636485e-04, 1)	严重 (2.389350e-03, 1)	----	----	痛苦 (1.781041e-04, 1)
----	----	----	----	方法 (1.068216e-03, 1)
----	----	----	----	时候 (1.127113e-03, 1)
----	----	----	----	原因 (1.553050e-03, 1)
----	----	----	----	情况 (4.403662e-03, 1)

图 7-11 “透支”隐喻构式(2)

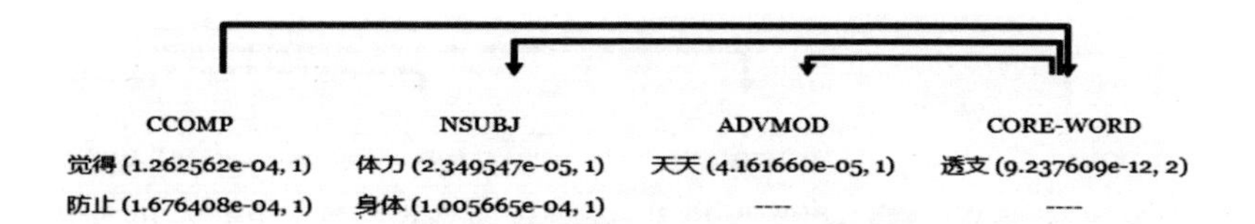

图 7-12　“透支”隐喻构式(3)

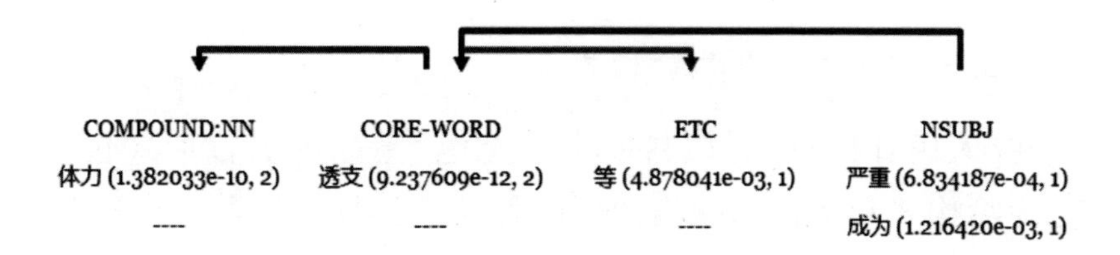

图 7-13　“透支”隐喻构式(4)

CASE	NSUBJ	CORE-WORD	NMOD:PREP
因 (6.125471e-13, 4)	体力 (1.218446e-23, 5)	透支 (6.387468e-45, 8)	昏倒 (3.460324e-16, 3)
因为 (2.137704e-03, 1)	身体 (4.014192e-04, 1)	----	送到 (1.310773e-07, 1)
由于 (3.241522e-03, 1)	----	----	积劳成疾 (1.022398e-05, 1)
用 (6.158656e-03, 1)	----	----	履行 (6.540196e-04, 1)
对 (2.967716e-02, 1)	----	----	严重 (2.730089e-03, 1)
----	----	----	进行 (1.048730e-02, 1)

图 7-14　“透支”隐喻构式(5)

CONJ	CORE-WORD	DOBJ
加班 (1.687609e-05, 1)	透支 (2.490074e-28, 5)	身体 (2.524162e-08, 2)
加班加点 (1.884222e-05, 1)	----	心力 (2.211927e-06, 1)
表扬 (3.850337e-05, 1)	----	生命 (7.434786e-04, 1)
奉献 (3.225723e-04, 1)	----	健康 (1.048179e-03, 1)
工作 (1.147221e-02, 1)	----	----

图 7-15　“透支”隐喻构式(6)

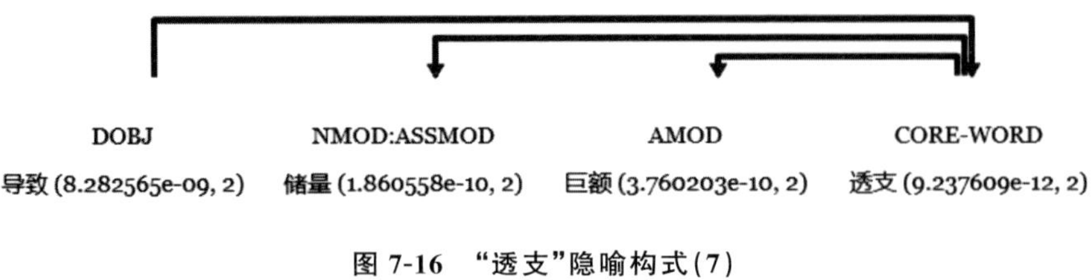

图 7-16 “透支”隐喻构式(7)

7.2.3 “充电”的隐喻构式

在《人民日报》历时语料库中,“充电”隐喻的语言形式包含有标记隐喻构式和无标记隐喻构式两种类型。具体如表 7-6 所示。

表 7-6 “充电”隐喻构式的四种类型

类型	有标记隐喻构式			无标记隐喻构式
	明喻	并列结构	判断	
频次(首次出现)	4 (1981)	49 (1984)	17 (1988)	262 (1992)

例 7-9、例 7-10 和例 7-11 给出了语料库中最早出现的有标记隐喻构式。其中例 7-9 和例 7-10 为明喻,例 7-11 为专属判断句。

例 7-9 也算是在这次南行中,得到了新的认识,在心灵中像充电似的充进了新中国在发展的蓬勃朝气。(1981 年)

例 7-10 技术人员的知识需要更新,就像电瓶一样,要不断充电,才能保持前进的动力,适应科学技术不断发展的新形势。(1983 年)

例 7-11 听课是充电、是输血,也是享受。(1988 年)

从语料库中获取“充电”的无标记隐喻构式实例共 262 例,采用 DepCluster 聚类后,其中 73%的实例聚类为 20 个隐喻构式(其中最小类包含 3 则实例),其他 27%(70 则实例)与其他实例差异较大而作为离群值未纳入考察范围。我们依据依存关系相对于“淡出”关联程度进一步将 20 个隐喻构式区分为 10 类,如表 7-7 所示。图

7-18 至图 7-26 给出了 10 类隐喻构式的详细信息。

表 7-7　“充电”隐喻构式分类表

序号	类 ID	出现时间	示例
1	2、8、9、1	1992	如何给劳模“充电”呢?
2	11	1992	不“充电”,劳模哪有那么多“光”可“发”呢?
3	0,7,10,17	1995	口袋鼓了,脑袋更想“充电”。
4	5、3、16、15、12	1995	该镇的领导带头到学校“充电”。
5	4、18	1996	这种为农民“充电”的举动,决非权宜之策,而是长远大计。
6	19	1996	工作越忙越要“充电”。
7	6	1997	人们利用旅游度假调整身心,另一方面也对自己进行“充电”。
8	14	1998	经过“充电”后,要凭本事和能力上岗。
9	13	1999	“充电”成为越来越多的护士工作之余的首选。
10	18	1999	确保海外员工有充足的“充电”时间。

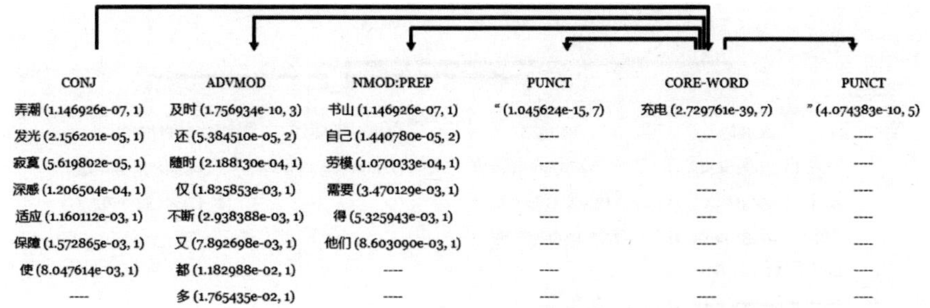

CONJ	ADVMOD	NMOD:PREP	PUNCT	CORE-WORD	PUNCT
弄潮 (1.146926e-07, 1)	及时 (1.756934e-10, 3)	书山 (1.146926e-07, 1)	“ (1.045624e-15, 7)	充电 (2.729761e-39, 7)	” (4.074383e-10, 5)
发光 (2.156201e-05, 1)	还 (5.384510e-05, 2)	自己 (1.440780e-05, 2)	----	----	----
寂寞 (5.619802e-05, 1)	随时 (2.188130e-04, 1)	劳模 (1.070033e-04, 1)	----	----	----
深感 (1.206504e-04, 1)	仅 (1.825853e-03, 1)	需要 (3.470129e-03, 1)	----	----	----
适应 (1.160112e-03, 1)	不断 (2.938388e-03, 1)	得 (5.325943e-03, 1)	----	----	----
保障 (1.572865e-03, 1)	又 (7.892698e-03, 1)	他们 (8.603090e-03, 1)	----	----	----
使 (8.047614e-03, 1)	都 (1.182988e-02, 1)	----	----	----	----
----	多 (1.765435e-02, 1)	----	----	----	----

图 7-17　“充电”隐喻构式(1)

NEG	PUNCT	CORE-WORD	PUNCT	DEP
不(2.212265e-04, 2)	“(1.188711e-10, 5)	充电(8.957241e-34, 6)	”(1.418113e-13, 6)	shang5(9.830796e-08, 1)
----	『(1.987908e-03, 1)	----	』(1.904777e-03, 1)	驱使(2.487166e-05, 1)
----	----	----	，(3.447627e-01, 1)	取代(1.191434e-04, 1)
----	----	----	----	保持(1.916947e-03, 1)
----	----	----	----	提高(4.979554e-03, 1)
----	----	----	----	。(1.812208e-01, 1)

图 7-18　“充电”隐喻构式(2)

CCOMP	PUNCT	CORE-WORD	PUNCT
多为(3.382559e-13, 2)	“(4.462723e-74, 35)	充电(2.492264e-200, 36)	”(4.021215e-74, 35)
忙于(8.822128e-13, 3)	‘(4.276918e-03, 1)	----	’(6.137856e-03, 1)
忙(6.609909e-10, 3)	----	----	：(9.783851e-02, 1)
利用(2.272291e-07, 3)	----	----	、(4.835510e-01, 1)
借阅(6.783028e-05, 1)	----	----	----
情愿(6.900991e-05, 1)	----	----	----
脱产(8.434481e-05, 1)	----	----	----
让(1.369696e-04, 2)	----	----	----
给(3.247701e-04, 2)	----	----	----
泡(3.980704e-04, 1)	----	----	----

图 7-19　“充电”隐喻构式(3)

CONJ	PUNCT	CORE-WORD	PUNCT
送到(3.932318e-07, 1)	“(1.428674e-48, 23)	充电(1.969148e-133, 24)	”(1.334153e-48, 23)
静下(3.932318e-07, 1)	}(3.932318e-07, 1)	----	』(7.590338e-03, 1)
找些(3.932318e-07, 1)	『(7.920929e-03, 1)	----	----
顾不上(3.932318e-07, 1)	----	----	----
走上(3.932318e-07, 1)	----	----	----
从文(4.325542e-06, 1)	----	----	----
来到(5.713391e-06, 2)	----	----	----
利用(2.776640e-05, 2)	----	----	----
学习(7.516724e-05, 2)	----	----	----
不息(1.297584e-04, 1)	----	----	----

图 7-20　“充电”隐喻构式(4)

PUNCT	CORE-WORD	PUNCT	MARK	ACL
“(3.700930e-36, 19)	充电 (5.420325e-139, 25)	”(1.305898e-33, 18)	的 (2.338266e-20, 19)	机会 (4.979194e-09, 3)
『(1.515622e-10, 4)	----	』(1.277488e-10, 4)	----	课程 (1.824709e-07, 2)
‘(4.257618e-06, 2)	----	’(8.769289e-06, 2)	----	盛宴 (1.638465e-06, 1)
----	----	——— (1.066104e-02, 1)	----	补救 (6.389824e-05, 1)
----	----	：(6.900903e-02, 1)	----	洪流 (7.454755e-05, 1)
----	----	----	----	石狮 (9.175007e-05, 1)
----	----	----	----	渴求 (9.830338e-05, 1)
----	----	----	----	经纪人 (1.069044e-04, 1)
----	----	----	----	举动 (2.281315e-04, 1)
----	----	----	----	话题 (7.587433e-04, 1)

图 7-21　“充电”隐喻构式(5)

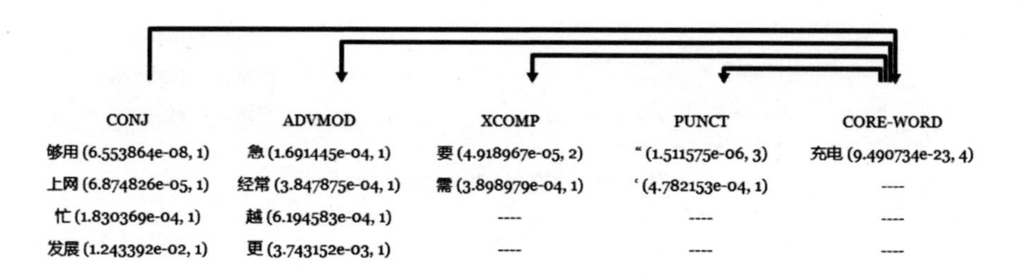

图 7-22　“充电”隐喻构式(6)

DOBJ	DEP	PUNCT	CORE-WORD	PUNCT
不忘 (3.543634e-14, 2)	自己 (4.514776e-05, 2)	“(2.084013e-26, 12)	充电 (6.614587e-67, 12)	”(2.010880e-26, 12)
进行 (3.113198e-12, 5)	图书馆 (5.338782e-04, 1)	，(5.706636e-01, 1)	----	----
过年 (1.804785e-04, 1)	保障 (2.693846e-03, 1)	----	----	----
缺乏 (1.002673e-03, 1)	扩大 (3.369697e-03, 1)	----	----	----
掌握 (1.197913e-03, 1)	时间 (4.948771e-03, 1)	----	----	----
利用 (3.810626e-03, 1)	得 (9.111837e-03, 1)	----	----	----
开始 (5.696374e-03, 1)	一 (7.210603e-02, 1)	----	----	----

图 7-23　“充电”隐喻构式(7)

CASE	PUNCT	CORE-WORD	PUNCT	CASE	NMOD:PREP
为 (2.467691e-04, 2)	“ (1.443670e-13, 6)	充电 (8.957241e-34, 6)	” (1.418113e-13, 6)	后 (2.705827e-05, 2)	上岗 (1.732062e-04, 1)
在 (1.770950e-03, 2)	{ (9.830796e-08, 1)	----	----	----	步伐 (4.449578e-04, 1)
经过 (1.787283e-03, 1)	} (9.830796e-08, 1)	----	----	----	举办 (1.175384e-03, 1)
为了 (2.344220e-03, 1)	----	----	----	----	了解 (1.697265e-03, 1)
----	----	----	----	----	达到 (1.929707e-03, 1)
----	----	----	----	----	对 (2.234167e-02, 1)

图 7-24 “充电”隐喻构式(8)

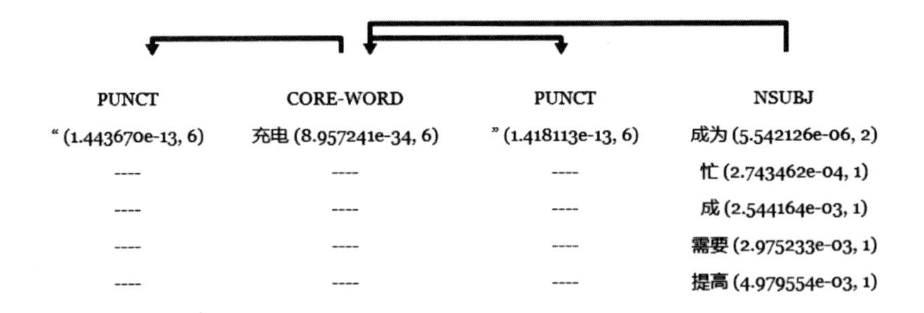

图 7-25 “充电”隐喻构式(9)

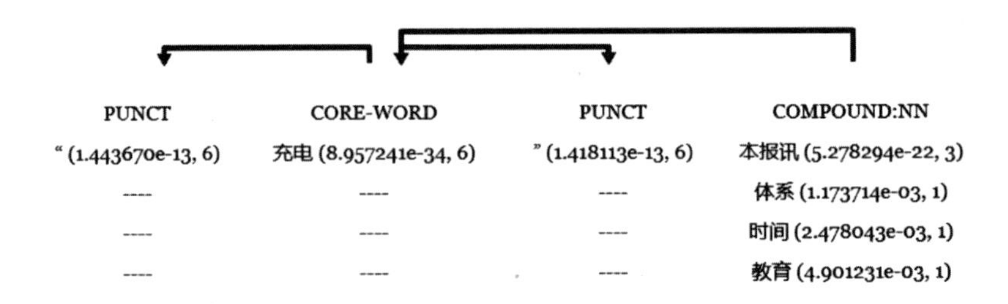

图 7-26 “充电”隐喻构式(10)

7.3 隐喻构式涌现研究回顾

隐喻构式的涌现性并不是一个全新的观念。早期许多隐喻研究都或多或少地注意到隐喻的历时特征,但在研究时采取共时视角，从隐喻的规约化程度或隐喻性解释隐喻构式的涌现性。例如，Lakoff & Johnson (1980)在提出概念隐喻理论时，就明确认识到“规约化隐喻”和“新颖隐喻”的区分，在讨论隐喻的构成时认为，“新颖隐喻并不是一种奇迹，能够无中生有，而是基于日常的概念隐喻工具，以及其他的一些常用概念机制”(Lakoff & Johnson, 1980:252)。Cameron (1999a)认为隐喻语言的识别需要考虑表达式的隐喻性。对于语言社区而言，表达式的隐喻性又与它的规约化程度和概率相关，讨论隐喻研究在应用语言学中的可操作性时，隐喻规约化程度是一个重要维度。

Croft & Cruse (2004) 简单讨论了隐喻构式的先后顺序。Croft & Cruse (2004: 205)认为隐喻有一个生命周期(life-history)。一个隐喻被创造之初，隐喻的理解依赖于语言使用者所具有的隐喻性理解策略，并受到上下文语境和外在交际环境的制约。当一个隐喻被语言社区接受后，隐喻的解释就相对固定。在这一周期中，隐喻会经历不同的阶段，并给出了从例 7-12 到例7-15 四个实例。两位学者认为这四个隐喻处于不同的发展阶段，其隐喻性从强到弱的排列顺序为：例 7-12 →例 7-13→例 7-14→例7-15。其中例 7-12 仍然是一个新颖隐喻，其中的动词“prune(修剪)”仍然带有强烈的园艺学术语色彩；例 7-13 隐喻的新颖性相对于例 7-12 较弱；例 7-14 中的“branch”隐喻性相对更弱；而许多语言使用者不知道例 7-15 中的“flourish”最早源自法语中的“florir”(花)。

例 7-12　They had to prune the workforce. (他们不得不“修剪”劳动人口。)

例 7-13　Employers reaped enormous benefits from cheap foreign labour. (雇主们从廉价外国劳动力身上“收割”了巨额利润。)

例 7-14　He works for the local branch of the bank. (他在那家银行当地的一家分支机构上班。)

例 7-15 There is a flourishing black market in software there.(那里有一个蓬勃发展的地下软件黑市。)

Cameron & Deignan (2006) 基于动态隐喻理论,第一次基于真实语料库数据描述了隐喻构式在概念认知、情感极性以及语用目的等驱动下的涌现过程。该研究采用的语料为柯林斯英语语料库(The Bank of English),语料库中名词短语形式的隐喻结构"lollipop tree"(棒棒糖树)的涌现过程可通过例 7-16 和例 7-17 两个例子看出。该研究认为,在调查的教学环境中,"lollipop trees"作为一种涌现出的相对固定的名词短语形式,还表达了该特定语言社区对"描绘棒棒糖树"这一行为的态度。该研究所讨论的另外两个隐喻构式(表 7-2 所示的隐喻构式和"walk away from"构式)都是在语言的具体使用过程中涌现出来的词汇句法结构、情感态度和语用功能的综合体。虽然隐喻构式也容忍一定程度的形态变化,但是其基本的词汇句法结构、情感态度和语用功能都是相对稳定的。

例 7-16 go back to your memory of the tree that you're trying to draw because that's tended to to look like a lollipop hasn't it.

例 7-17 when I was a very young teacher and I kept on saying to a little girl will you please stop doing lollipop trees.

随后,Gibbs & Cameron (2008)、Gibbs (2010)、Gibbs & Colston (2012)、Gibbs & Santa Cruz (2012)、Gibbs (2013a)、Gibbs (2017)、Cameron (2007b)、Cameron et al. (2009)、Müller (2008)、Müller & Tag (2010)以及 Müller & Schmitt (2015)等基于动态隐喻理论解释隐喻构式的涌现性。其中主要的观点如下。

(1)隐喻并不是基于一组固定不变的概念隐喻集合,隐喻构式的构成和解释也无法统一在一个框架下解释(Gibbs & Colston,

2012:124)。基于动态系统理论的认知观(Spivey, 2007; Spivey & Anderson, 2008)强调社会和认知过程中的时间维度。隐喻作为一种认知行为,在个体以及集体中表现为一个随时间变化的轨迹(trajectory),是在特定社会语境和认知基础上开展的交际活动中,逐渐涌现出来的一种相对稳定的现象(Cameron et al. ,2009),是人们在基于一个语义域的经验认知另一个语义域的过程中,沿着时间维度形成的动态变化的语义表达行为 (Müller, 2008; Müller & Schmitt, 2015)。

(2)在语言社区这一群体中,个体的隐喻认知过程经常经过的区域,即吸引子,在语言上具化为隐喻构式。受隐喻发展不同阶段因素的影响,隐喻认知的轨迹会形成不同的吸引子(Gibbs & Colston, 2012:337)。这些吸引子外化为不同的隐喻构式,表现出不同的隐喻性、熟悉程度和系统性。

(3)隐喻构式形成的自组织过程也确定了隐喻构式之间的关联关系。隐喻构式与个体语言使用者之间存在相互制约:一方面,个体语言使用者的自适应能力是隐喻构式出现和形成的源泉;另一方面,由于个体使用者的自适应能力,隐喻构式会限制个体语言使用者的行为,个体语言使用者可以采用不同形式,但须尽量与隐喻构式保持一致 (Gibbs & Cameron, 2008)。这种相互制约在时间维度上表现为不同隐喻构式之间的互动关系。在某一特定语篇中,隐喻表达式的使用往往基于语言使用者过往的隐喻经验和当前语境 (Gibbs, 2011; Gibbs & Colston, 2012:125)。而隐喻构式的使用,不仅体现了语言使用者当前的隐喻经验,也为未来隐喻的使用建立基础 (Cameron et al. ,2009)。由此,一些隐喻构式的出现,是以另一些隐喻构式出现为基础的。一些隐喻构式的使用,也预示着新的隐喻构式的出现。

综上所述,动态隐喻理论提出了两个重要主张:(1)时间维度是隐喻自适应系统变化的重要维度;(2)隐喻构式是隐喻系统动态变化过程中涌现出来的相对稳定的语言使用模式。然而,现有研究中存在两个缺陷。首先,虽然许多研究者都认识到时间维度在隐喻研究中的重要性,但在数据收集过程中,往往采用共时语料库,收集的也主要是共时数据,较少使用历时数据;其次,研究者们提出了隐喻构式的涌现性,但并没有给出明确的机制解释这一现象。本章后续章节弥补了这两个缺陷。

7.4 隐喻构式涌现机制

本节基于概念整合理论,明确提出隐喻构式的涌现机制:单域整合固化网络(single-scope integration network with entrenchment)。

7.4.1 概念整合理论

概念整合理论被认为是认知语言学研究中解释隐喻工作机制最具影响力的理论之一(林书武, 2002)。更重要的是,概念整合理论被认为是自然语言意义建构过程中,尤其是像隐喻这样的创造性意义建构过程中的一种普遍的认知过程,它不仅适用于解释具有很高隐喻性的隐喻表达式,也适用于解释隐喻性弱的隐喻表达式。而在动态隐喻理论看来,隐喻构式是一个动态变化过程,其中包含了隐喻性的变化。因此,概念整合理论有可能适用于各种隐喻构式的涌现过程。

Fauconnier (1985)首先提出了“心理空间”(mental space)的概念。形式上,心理空间是一个集合,其中包含的元素是实体以及实体之间的关系,如公式 7-1 所示。

$$Ra_1a_2\cdots a_n \tag{7-1}$$

公式 7-1 表示实体$a_1\cdots a_n$之间存在关系 R。一个心理空间可包含多种关系。语言表达式也可以在心理空间中创建新的关系(Fauconnier, 1985:17),如主谓结构、介词短语、副词短语、连接词等都可以建立起元素之间的关联关系。在功能上，Fauconnier & Turner (1996)认为心理空间是人们在思考和交谈时构建的小概念包(small concept package)，储存在工作记忆中，用于理解当前的交际内容。在思考和交谈过程中，概念空间会被不断修改。

其后，Fauconnier & Turner (1996)、Fauconnier (1997)、Fauconnier & Turner (1998)以及Coulson & Oakley (2000)等提出基于心理空间的普遍认知过程—概念整合(conceptual blending)。人们在日常的认知活动，特别是创造性的认知活动中，存在不同结构之间的投射(projection)。Fauconnier & Turner (1998)认为，投射过程中主要的过程是概念整合，适用于不同层次的抽象和不同的语境。

概念整合是在两个(或多个)输入的心理空间基础之上通过几种操作过程形成新的心理空间。如图7-27给出了理解隐喻"computer virus"时的概念整合网络，其中包括了两个输入空间，一个类属空间和一个整合空间。输入空间可分别包含各种概念及概

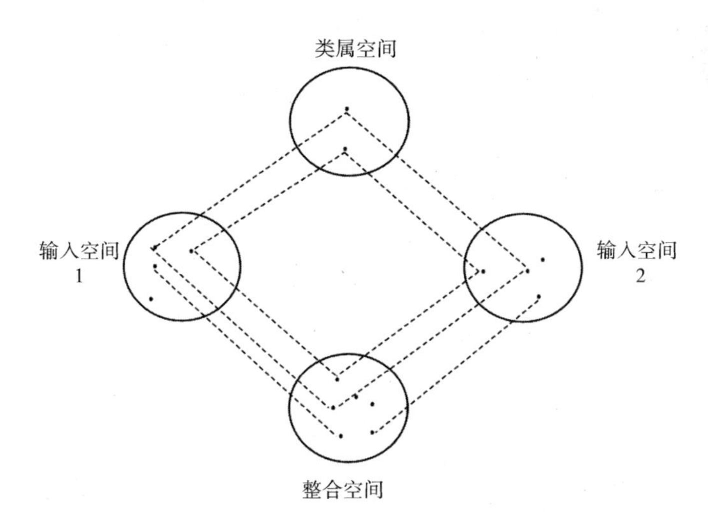

图7-27　概念整合理论[译自Fauconnier (1997)]

念关系，类属空间反映了两个输入空间所共有的一些抽象结构，与组织决定跨空间映射的核心内容，整合空间则包含概念整合之后的“层创结构”(emergent structure)。

层创结构是经过一系列心理过程之后出现的，Fauconnier (1997)提出了三种主要的操作类型：组合(composition)、完善(completion)与扩展(elaboration)。组合操作是在从输入空间向整合空间的投射过程中形成新的关系，这些关系在原有输入空间中并不存在；完善操作是在从输入空间向整合空间的投射过程中，从输入空间的背景框架知识、认知和文化模式等提取、继承结构，并投射到整合空间；扩展操作是在整合空间内部，遵循逻辑规则进行推演，并形成新的关系。Grady (2001)从神经科学中连接(binding)、抑制(inhibition)和激活扩散(spreading activation)等神经解释上述三种操作的神经认知机制。其中组合与连接密切相关，连接是将单个的、独立的意象整合成一个连贯的整体，这与将不同空间中的关系在整合空间中进行组合操作是一致的。完善与物体识别有关，人脑可以基于部分信息，借助已有知识和经验完成物体识别。房红梅、严世清 (2004)认为完善与认知机制中的模式识别相似。

在整合过程中，不是所有的关系类型都会参与投射，不同类型的关系参与投射的频率各不相同。Fauconnier & Turner (2002)认为，有一些关系类型参与投射的频率更高，例如因果关系(cause-effect)、变化、同构性(identity)、时间维度、空间维度、部分整体关系、表征(representation)、角色、类比、相异性(disanalogy)、属性、类属、意向性(intentionality)、特征等，并将这些关系称为“关键关系”(vital relation)。从输入空间的诸多关系中选择关键关系，并通过整合过程投射类属空间和整合空间的过程，其实也就是一个压缩过程(compression)，将诸多关系压缩、精简到关键关系，从而达到完成全局性认识或者建立新的认识的目标。借助于关键关系的整合,人们完成类比、范畴化、隐喻、转喻以及句法结构分析等心理过程。

对于不同的心理过程,其整合过程所依赖的整合网络类型不同。Fauconnier & Turner (1998)和 Fauconnier & Turner (2002)分别介绍了多种不同类型的概念整合网络。Fauconnier & Turner (1998)首先区分了组织框架(organizing frame,或称为 TF 结构)和细节框架(specific frame,或称为 TS 结构)。所谓组织框架,是指在整合过程中具有组织性功能的框架结构,其中包含了参与整合的多种关系。而细节框架则提供整合过程中的一些非组织性的元素。依据组合结构的来源,整合网络可以区分为框架网络(frame networks)、共享网络(shared topology networks)、单域网络(single-sided networks)以及双域网络(double-sided networks)等多种类型。例如图 7-27 所示的网络是一个共享网络,其中输入空间 1 和输入空间 2 都包含了类属空间、投射到整合空间的关系。Fauconnier & Turner (2002)进一步区分了简单型网络(simplex)、镜像型网络(mirror)、单域型网络(single-scope)和双域型网络(double-scope)。

概念整合理论将隐喻作为概念整合的一种形式加以研究。也就是说,隐喻和类比只是概念整合研究适用的一小部分语言现象,是一种在语言中出现的普遍而又突出的概念化认知过程。由于这一过程依赖于源域和目标域这两个输入空间的跨空间映射,空间整合在隐喻性映射中起着至关重要的作用(Fauconnier, 1997: 168)。

Grady, Oakley & Coulson (1999)以及 Grady (2005)认为概念整合理论主要适用于新颖隐喻,并分析了新颖隐喻中概念整合操作的主要特征:(1)从不同输入空间映射到整合空间的关系会被融合(fuse)成为一个单一的框架;(2)概念整合中不同空间具有不对称的主题性地位,其中一个输入空间具有高度的主题性,而其他输入空间的主题性较弱;(3)输入空间之间存在较强的相似性;(4)整合通过携带有显性的类比性句法结构特征激发;(5)基于日常经验中概念的相关性形成的基础隐喻(primary metaphor)参与概念整合,构成实时概念整合的基础。

Brandt & Brandt (2005)通过分析"This surgeon is a butcher"这一经典例句,认为隐喻意义的建构包含五个步骤:(1)句子理解;(2)概念空间构建;(3)结构化概念整合;(4)意义涌现;(5)交际场景的语义蕴涵。因此,隐喻表达式像隐喻这样表意丰富的整合需要从符号学的角度进行解释,因为这些空间出现在交际过程中,而交际过程具有符号性质,意义丰富的整合可看作是其他空间的符号。

7.4.2 单域整合固化网络

7.4.2.1 单域整合固化网络的结构

本节提出用于解释隐喻构式涌现过程的机制—单域整合固化网络。如图 7-28 所示,单域整合固化网络基于概念整合理论中的单域整合网络,并继承了单域整合网络的主要特征。根据 Fauconnier &

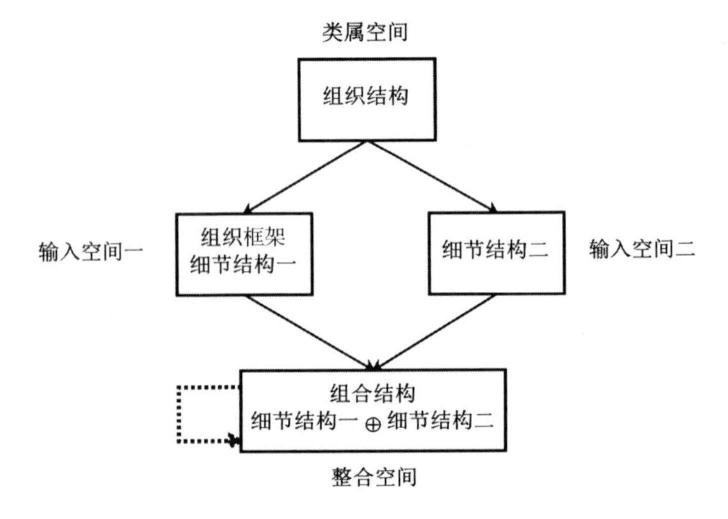

图 7-28 单域整合固化网络

Turner (1998)和 Turner (2008),单域整合网络主要包含两个主要特征:(1)在整合网络中的所有空间,包括输入空间、类属空间以及整合空间,都共享同一个组织框架;(2)尽管不同输入空间都包含各自的组织框架,仅只有一个输入空间中的组织框架被投射到整合空间。如图 7-28 所示,输入空间一所包含的组织框架,被投射到类属空间和整合空间。如在例 7-10(为方便阅读,在例 7-18 中重新给出)中,有两个输入空间:电器语义域和人类语义域,而"充电"概念结构作为组织框架,从电器语义域投射到整合空间。虽然人类隐喻域也有多个组织框架,但都不能投射到整合空间。

例 7-18　技术人员的知识需要更新,就像电瓶一样,要不断充电,才能保持前进的动力,适应科学技术不断发展的新形势。

单域整合固化网络与单域整合网络不同之处是整合空间的闭合有向弧,如图 7-28 所示。这一闭合有向弧起始于整合空间,又返回指向整合空间。闭合有向图的添加,使得整个网络具有了一个新的特征,即整合空间自身会固化(entrenchment),固化之后的整合空间可以充当新的整合过程的输入空间。整合空间的固化现象在早期的概念整合理论中已经提出。如 Fauconnier & Turner (1998)提出整合的结果在固化后形成概念结构或者句法模式,新的概念整合一般也是以固化后的概念整合结果为基础的;Grady et al. (1999)认为概念整合作为在线认知处理过程,一方面会形成新的隐喻并将之固化,另一方面新的概念整合也往往基于以前的固化结果。此外,许多认知语言学研究者也都认为新的语言表达式的产生也是以固化了的知识为基础的。例如,Bybee (2010)提出固化了的语言实例会影响语言的认知表征,进而为语言变化创造条件;Traugott & Trausdale (2014)认为在语言的变化中,语言使用与语言知识的作用同样重要;Broccias (2013)也提出在认识新的经验、对新经验进行分类过程中也依赖于储存的图式。

图 7-28 中的闭合有向弧反映了固化的概念整合结果与新的概

念整合过程之间的关联。这种关联性是从基于复杂适应系统的语言观和动态隐喻论引申出来的。§3.2.2.1讨论了语言这一复杂适用系统中语言使用者适应性的一个重要体现——前向因果性，即语言使用者的交际活动不仅传递信息，还会改变语言使用者自身的认知结构和语言使用能力，语言使用者认知结构和交际能力的改变又直接影响了语言使用者未来的交际活动。动态隐喻论是基于语言是复杂适应系统发展而来。在动态隐喻论中，前向因果性被解说为语言使用者的隐喻经验是未来隐喻使用的基础（见§6.1以及§7.3）。在单域整合固化网络中，前向因果性体现为概念整合的固化，以及固化的概念整合结果作为新的概念整合过程的输入空间，也就是闭合有向弧。

7.4.2.2 单域整合固化网络的解释功能

单域整合固化网络有两个与构式涌现性相关的重要特征，能够解释隐喻涌现的过程。它的第一个特征是动态性。概念整合理论本身承认整合过程的动态性。例如，Fauconnier & Turner (1998:164)认为，在概念整合过程中，组织框架的选择并不是一蹴而就的，而是在不断修改、不断扩展中构建而成。Turner (2008)认为，概念整合可以包含多个输入空间，存在连续不断、循环反复的整合过程，一般情况下，整合空间往往也作为下一个整合空间的输入空间。由此，概念整合的过程并不是一锤定音，新的概念也不是一次就能构造出来的，而是在一个不断反复的整合过程中逐渐涌现出来的，是一个动态的涌现过程。

单域整合固化网络的动态性能够解释隐喻构式随时间推移而不断涌现的现象。在隐喻构式不断涌现的过程中，参与整合的组织框架是形成隐喻构式的基础，概念整合的结果是隐喻构式。在单域整合固化网络的动态调整过程中，组织框架不断得到调整、扩展，隐喻构式也在这一过程中不断涌现。概念整合中的组合、完善和扩展机制都会参与到隐喻构式的涌现过程。“组合操作”将源域中的词汇句法结构投射到整合空间，形成隐喻构式；"完善操作"将源域和目标域中新的词汇句法结构投射到整合空间，形成新的隐喻构式；"扩展操作"遵循语言系统的词汇句法运行规则，对整合空间的结构进行进一步整合，又进一步形成新的隐喻构式。需要指出的是，隐喻构式的涌现过程，并不是语言使用者的个体行为，而是语言社区中个体语言使用者之间交互的结果（Gibbs & Santa Cruz，2012）。语言使用者之间的交互形成了对个体产生影响的集体信念、文化范式（Gibbs & Cameron，2008），其中也包括隐喻构式。

单域整合固化网络的第二个特征——整合的渐进性，与第一个特征相关，本质上是第一个特征的具体化。新的概念整合必然是在固化的概念整合基础之上完成。§7.4.2.1 详细讨论了闭合有向弧以及概念整合的固化。在概念整合固化基础上的渐进性，意味着隐喻构式并不是在同一时间同时涌现出来的，而是一个一个逐渐涌现出来的。每一轮的概念整合之后会有新的隐喻构式的涌现。而且，新的隐喻构式的涌现是以已有的隐喻构式以及语言使用者的隐喻经验为基础的。从单域整合固化网络来看，每一轮新的隐喻构式的涌现，都是以现有整合空间及其所包含的隐喻构式为基础的。也就是说，每一轮的概念整合，新的隐喻构式的涌现，是以现有隐喻构式和隐喻经验为前提的。

现有隐喻构式与新隐喻构式之间的这种规律性关联，可采用如下的元规则加以形式化表述：

$$\text{IF } (\theta,\ P),\ \text{THEN project-and-entrench}(\tau) \qquad (7\text{-}2)$$

在公式 7-2 中，θ 表示整合空间中的当前状况，P 表示语言使用者想要表达的语用功能，τ 表示被选择投射到整合空间内的组织框架。依据公式 7-2 所示的元规则，给定整合空间的当前状态 θ 和想要表达的语用功能 P，在下一轮概念整合过程中，组织框架 τ 将被选择和固化。由于本章仅讨论隐喻构式的涌现，且对于一个特定隐喻而言，其语用功能基本是一致的，公式 7-2 也可简单表示为公式 7-3。公式 7-3 建立起两个隐喻构式之间的规律性关联。

$$\text{IF}(\theta),\ \text{THEN project-and-entrench}(\tau) \qquad (7\text{-}3)$$

综上所述，单域整合固化网络所具有的两个特征，即动态性和渐进性，可具化为公式 7-3 所示的元规则，这一规则规定了两个隐喻构式之间的规律性关联，即其中一个隐喻构式以另一个隐喻构式为前提。单域整合固化网络通过确定隐喻构式在时间维度上的先后顺序，揭示了隐喻构式涌现的具体机制。隐喻构式的涌现，就是以单域整合固化网络为基础，不断重复进行概念整合的过程。每一次概念整合后会涌现出新的隐喻构式，而这一构式又会在整合空间固化、储存。每一次概念整合都会遵循由公式 7-3 所示的元规则具化而成的具体 IF-THEN 规则，每一个具体的 IT-THEN 规则表述了隐喻构式之间的先后顺序。

7.5 隐喻构式涌现规则

本节在分析 § 7.2 所获取的“淡出”“透支”以及“充电”三个隐喻的隐喻构式数据的基础上，依据 § 7.4.2 提出的单域整合固化网络和 IF-THEN 元规则，提出了四个隐喻构式涌现具体规则。运用这四个规则，可以描述上述隐喻的构式涌现过程。

7.5.1 隐喻初始化规则

分析三个隐喻在初始化阶段的数据，可获取第一条 IF-THEN 规则，表述如下。

隐喻初始化规则：

IF(θ = ?)

THEN project-and-entrench(概念映射)

隐喻初始化规则可解读为：如果整合空间为空，即语言使用者没有任何相关的隐喻经验或知识，就使用有标记隐喻构式，以触发能够在源域和目标域之间建立起概念映射的概念整合过程。

隐喻初始化规则在"充电""透支"以及"淡出"隐喻的数据中得以验证。以"充电"隐喻为例，从表 7-6 中可以看到，有标记隐喻构式共有三种类型：明喻、并列结构和判断，最早出现的年份分别为 1981 年、1984 年和 1988 年，而无标记隐喻构式最早出现的年份为 1992 年。其中较为典型的无标记隐喻构式是例 7-10（为方便阅读，重新以例 7-19 给出）。依据单域整合固化网络，例 7-19 中的典型明喻结构"就像……一样"，能够触发机械语义域和人类知识语义域之间的类比。其中"电瓶"用以指示机械语义域，"技术人员""知识"和"更新"等指示人类知识语义域。

例 7-19　技术人员的知识需要更新，就像电瓶一样，要不断充电，才能保持前进的动力，适应科学技术不断发展的新形势。

图 7-29 给出了例 7-19 触发的概念整合过程。整合过程从源域中选择了一种词汇句法模式，即"X＋要＋不断＋充电"，采用依存句法形式可表示如下，并将其投射到整合空间。

nsubj（充电，电池），xcomp（需要，充电），advmod（充电，不断）

此外，整合过程还建立了源域和目标域之间的映射关系，如图 7-29 中的连线所示，其中最重要的映射是"充电"和"更新"之间的对应关系。概念整合建立起概念隐喻 MAKING-VIGOROUS/LEARNED IS CHARGING。整合的结果被固化并储存下来。

再分析"透支"隐喻。图 7-30 给出了"透支"隐喻的有标记隐喻构式在各年度隐喻表达式总频次中的占比。可以看出，有标记隐喻构式的比例呈现明显下降趋势，在 1994 年、1995 年、1997 年以及 1998 年在各年度总频次中的占比都还比较高，而从 1999 年之后大幅减少。图 7-30 的数据为隐喻初始化规则提供了证据，即语言使

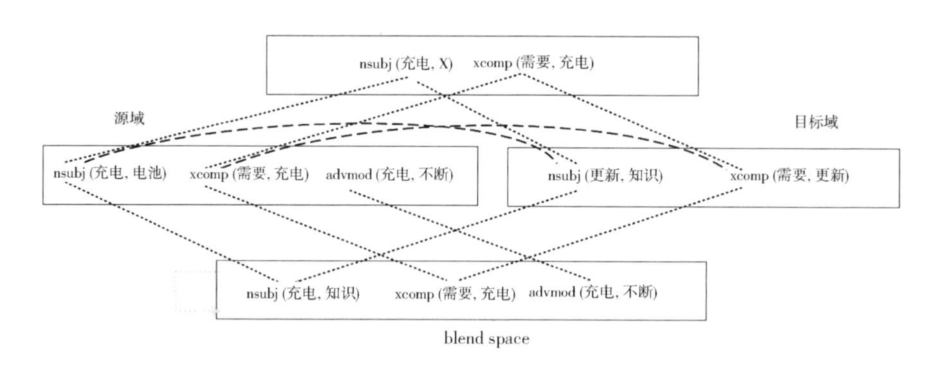

图 7-29 “充电”隐喻初始化规则示例

用者在没有相关隐喻经验时，更倾向于使用有标记隐喻构式，以触发类比，建立概念映射。

图 7-30 也表明了隐喻构式所呈现的复杂性。“透支”隐喻的数据与“充电”隐喻存在明显区别。在“充电”隐喻实例中，有标记隐喻构式出现的时间，明显早于无标记隐喻构式，两种类型之间存在明显的时间界限。而“透支”的有标记隐喻和无标记隐喻出现的先后顺序仅表现为一种趋势。两者的区别可归结为认知努力的区别。对于“充电”隐喻而言，建立源域和目标域之间的映射需要的认知努力要大于建立“透支”隐喻的源域和目标域之间的映射，

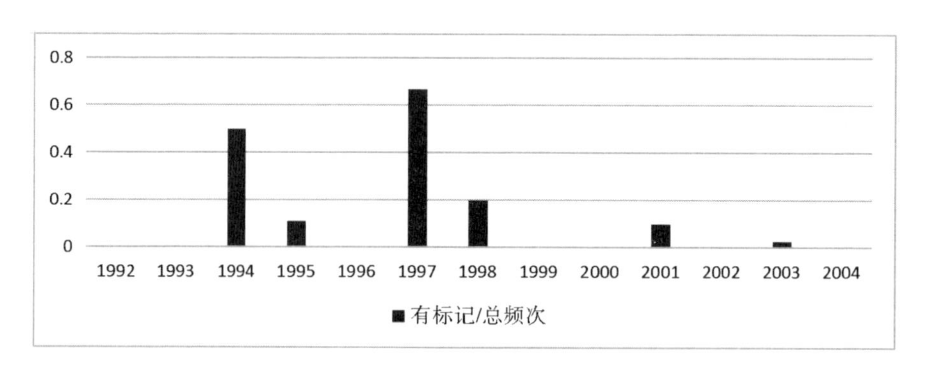

图 7-30 “透支”隐喻的有标记隐喻构式在出现总频次中的占比

后者的概念映射更容易建立。因此,"充电"隐喻在社区的接受和运用需要更长的时间,有标记和无标记构式之间的时间界限更为清晰。而对于"透支"隐喻语言而言,语言使用者有的能够很快地建立映射,并在交际过程中积极使用,有的较晚接触和建立隐喻经验,从而体现出有标记构式先使用、无标记构式后使用的趋势,有标记和无标记之间没有明显的界限。

隐喻初始化规则对"淡出"隐喻构式数据的解释,有助于进一步理解隐喻初始化规则。在《人民日报》历时语料库中,"淡出"隐喻并没有包含有标记隐喻构式,所有数据都是无标记隐喻构式。然而,这与隐喻初始化规则并不矛盾。"淡出"的概念隐喻可以表示为 QUITTING IS FADING。虽然在"淡出"隐喻出现之前,这一概念隐喻并不存在,但却存在与之在认知概念方面非常相似的概念隐喻,例如 QUITTNG IS GOING AWAY。如例 7-20 中的成语"溜之大吉",即包含了这一概念隐喻。对于隐喻初始化规则而言,类似成语在汉语中的存在,说明 θ 并不是空集。因此,"淡出"隐喻说明,在应用隐喻初始化规则时,需要明确语言社区中是否包含相似的概念隐喻,语言使用者是否已有相似的隐喻经验。换言之,需要确定 θ 是否为空。

例 7-20 刘伯温看完即辞官,溜之大吉![1]

7.5.2 焦点结构规则

综合对比分析表 7-4 中的第 1、2 类隐喻构式、表 7-5 的第 1 类隐喻构式以及表 7-7 的第 1 类隐喻构式可获得焦点结构规则。如例 7-21、例 7-22 和例 7-23 所示,这些隐喻构式都可归属于信息结构研究中的谓语焦点结构(predicate focus structure)。

① 摘自热点新闻,网址为 https://kan.china.com/article/1512818_all.html,访问时间 2024 年 9 月 19 日。

例 7-21 近几年绰号"华仔"的他渐渐淡出影坛。

例 7-22 藤村信子以超越常人的意志跑到终点，体力已严重透支。

例 7-23 如何给劳模"充电"呢？

在这些句子中，喻词"淡出""透支"和"充电"都是句子的谓语动词。信息结构研究将主谓结构称为谓语焦点结构。谓语焦点结构是一种普遍存在的无标记信息结构，在这样的结构中，谓语动词一般是理解和认知过程的焦点（Van Valin & LaPolla, 2002:206)。

表 7-4 中的第 1、2 类隐喻构式、表 7-5 的第 1 类隐喻构式以及表 7-7 的第 1 类隐喻构式都是无标记隐喻构式，对比这些隐喻构式的出现年份和其他无标记隐喻构式的出现年份可以清晰地看到，例 7-21 所代表的隐喻构式是"淡出"隐喻最早出现的无标记隐喻构式；例 7-22 所代表的隐喻构式，是在"透支"隐喻的有标记隐喻构式出现之后，最早出现的无标记隐喻构式；例 7-23 隐喻构式，是在"充电"隐喻的有标记隐喻构式出现之后，最早出现的无标记隐喻构式。由此，可总结出焦点结构规则，表述如下：

焦点结构规则：IF（θ 包含概念映射）

THEN project-and-entrench（谓语焦点结构）

焦点结构规则可以解读为：如果整合空间内仅包含源域和目标域之间的概念映射，将谓语焦点结构投射到整合空间，并在整合过程完成后固化该结构。

图 7-31 给出了基于单域整合固化网络解释例 7-23 的整合过程。在整合发生之前，也就是例 7-23 出现之前，整合空间中只有通过概念初始规则建立起来的电子机械领域和人类知识领域之间的概念映射（如图 7-29 所示）。例 7-23 触发的概念整合过程，从源域中选择了"为＋NP＋充电"这一构式，用依存句法表示为：nsubj（充电，人们），nmod：prep（充电，电子设备），投射到整合空间，并以谓

语焦点结构的形成出现。

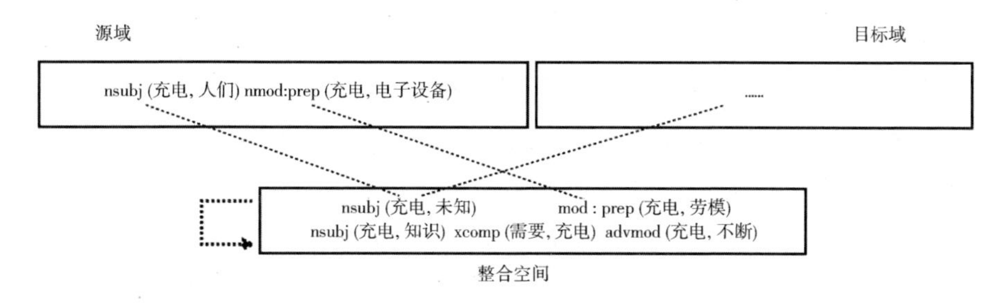

图 7-31　焦点结构规则实例

已有研究，如 Grady et al. (1999)、Grady(2005，2007)等已注意到概念隐喻作为输入空间参与概念整合过程，在分析典型隐喻实例"digging one's own grave"时，认为"失败"和"死亡"之间的规约化概念映射可以作为输入空间，参与上述实例的概念整合过程。从这一角度看，焦点结构规则是其中的一个特殊情况，即在只有概念映射的前提下，焦点结构更有可能作为组织框架参与整合过程，并被投射到整合空间。

事实上，Black (1954:227)很早就注意到了焦点结构规则所描述的现象。在该项研究中，Black 将隐喻词成为"焦点"(focus)，并认为：

> To know what the user of a metaphor means, we need to know how "seriously" he treats the metaphorical focus. (Would he be just as content to have some rough synomym, or would only that word serve? Are we to take the word lightly, attending only to its most obivous implications—or should we dwell upon its less immediate assocations?) In speech we use emphasis and phrasing as clues. [为了解隐喻使用者的交际意图，我们需要明确他对待隐喻焦点的认真程度。(他只是为了给出一个近义词，抑或那个焦点词汇只能表达一

个近似的概念？我们只需要理解这个词显性的涵义，还是需要深入挖掘其更为隐晦的意义？）在话语中，我们可以借助于强调和重复解释达到这一目的。]

在书面语中，由于缺乏语气等强调工具，也会尽量避免重复解释，语言使用者倾向于通过注意力焦点进行强调。这也是在隐喻涌现过程中应用焦点结构规则的基础。如前所述，对于“淡出”隐喻而言，只有相似度概念隐喻“QUITTING IS LEAVING”；对于“透支”隐喻而言，通过判断句式建立起了“金融”领域和“身体”之间的概念映射；对于“充电”而言，已有的有标记隐喻构式也建立了“电子机械”和“人类知识”之间的映射。由此，例7-21、例7-22以及例7-23都是新颖隐喻，携带的都是新信息，语言使用者为了引导读者领会这些新隐喻的潜在含义，必须使用一些强调手段。从信息结构理论的角度，“为了降低被误解的可能性，说话人在创造这一句子时，需要选择恰当的句子结构形式，以便于听话人能够结合当前语境，以最少的努力达到理解的目标”（Van Valin & LaPolla, 2002：199）而对于“淡出”“透支”以及“充电”这三个隐喻而言，使用新颖隐喻而又不被误解，读者又能以最少努力就能达到理解的最恰当形式是焦点结构规则所规定的形式：（1）采用源域已有的句法结构；（2）采用焦点结构，即主谓结构。这样，读者一方面可以依赖于源域相关知识理解句法结构，另一方面可以将注意力集中到隐喻词，以达到对新颖隐喻的理解。

7.5.3 非焦点结构规则

对比分析表7-4中第1、2类隐喻构式与第3、5、6、7类隐喻构式，表7-5中第1类隐喻构式与第2、3、4、5、7类隐喻构式，以及表7-7中的第1类与第2、3、4、5、6、7、8、9、10类，可以得到表7-8所示的分类：谓词焦点结构类和非谓词焦点结构类，分别如例7-24和例7-25所示。

表 7-8 三个隐喻构式大类的再分类

隐喻名称	谓词焦点结构大类	非谓词焦点结构大类
“淡出”隐喻	1、2类	3、5、6、7类
“透支”隐喻	1类	2、3、4、5、7类
“充电”隐喻	1类	2、3、4、5、6、7、8、9、10类

例 7-24 藤村信子以超越常人的意志跑到终点，体力已严重透支。

例 7-25 他们用自己生命的透支，来履行神圣的职责。

§7.5.2 已讨论了谓词焦点结构，我们将不属于谓词焦点结构的称为非谓词焦点结构。如例 7-25 是非谓词焦点结构，其中喻词“透支”位于介词短语之中，是介词“用”的宾语。而这个介词短语是谓语动词“履行”的修饰语。在这个句子中，“透支”处于非谓词焦点结构之中，“透支”不是句子的焦点，故称为非谓词焦点结构。

非谓词焦点结构类包含了多种句法结构类型。以表 7-7 中“充电”隐喻的非谓词焦点结构类为例，其中隐喻词“充电”出现在补语(例 7-26、例 7-29)、连动结构(例 7-27)、介词短语(例 7-31)、宾语(例 7-30)、主语(例 7-32)以及名词修饰语(例 7-33、例 7-28)等句法结构中。依据信息结构理论中的分析，这些句法结构类型，一般都是作为预设信息，即已知信息，不会进入焦点域(Van Valin & LaPolla, 2002:485)，也不会成为当前话语的焦点。

例 7-26 口袋鼓了，脑袋更想“充电”。

例 7-27 该镇的领导带头到学校“充电”。

例 7-28 这种为农民“充电”的举动，决非权宜之策，而是长远大计。

例 7-29 工作越忙越要“充电”。

例 7-30 人们利用旅游度假调整身心，另一方面也对自己进行“充电”。

例 7-31 经过“充电”后，要凭本事和能力上岗。

例 7-32 “充电”成为越来越多的护士工作之余的首选。

例 7-33 确保海外员工有充足的“充电”时间。

进一步分析三个隐喻中谓语焦点结构和非谓语焦点结构的出现时间可以看出，谓语焦点结构出现的时间一般都早于非谓语焦点结构。由此，可总结非焦点结构规则如下：

非焦点结构规则：IF（θ包含概念映射和焦点结构）

THEN project-and-entrench（非焦点结构）

即如果整合空间中已有概念映射和焦点结构，那么就可以选取非焦点结构投射到整合空间，并在整合过程完成后固化。对于“淡出”等三个动词隐喻而言，非焦点结构规则可以理解为：当类似于主谓结构的隐喻构式被使用和固化之后，隐喻词就可以出现在介词短语、表语从句、名词性短语或从句、修饰性短语或从句等句法结构之中。

采用单域整合固化网络可更清晰地解释非焦点结构规则。例 7-28 中“充电”所触发的整合过程如图 7-32 所示。例 7-28 包含名词修饰语“为农民充电的”，用以修饰名词“举动”，依据非焦点结构规则，在整合空间中包含有谓词焦点结构之后，比喻词“充电”就可以出现在名词修饰语之中。这一结构的整合过程以语法域作为输入空间，从语义域中获取名词修饰语结构模板“ACL（X，Y） MARK（Y，Z）”，并将其作为组织框架投射到整合空间，并结合其他结构融合，成为“ACL（X，充电） NMOD：PREP（充电，农民） MARK（充电，的）”结构。

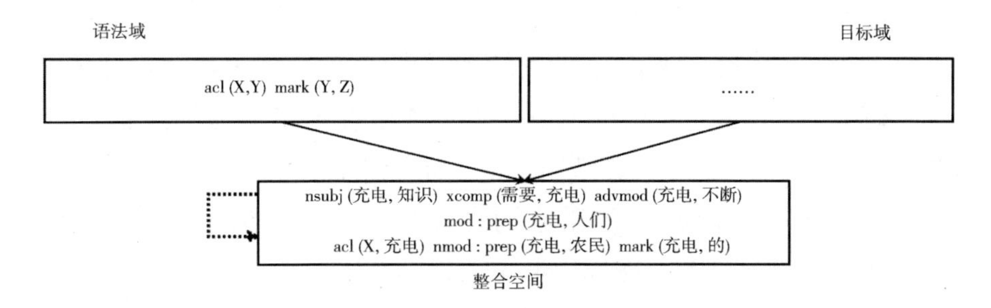

图 7-32　非焦点结构规则示例

还有一些其他的证据支持非焦点结构规则。在一些语言中，从句的构建往往需要谓词焦点结构相关知识。例如，英语中定语从句的构建方法是由动词的使用形态决定的。例 7-34 中的定语从句"from which they are derived"也可写成"which they are derived from"。这两种形式是否符合语法规则依赖于对动词"derive"配价知识的掌握。也就是说，掌握"derive"的主谓结构是准确使用这个词的定语形式的前提。

例 7-34　The research examines the authority and workings of these different bodies and the effect of the different traditions of evaluation <u>from which they are derived</u>. [摘自英国国家语料库(BNC)，HJ2]

7.5.4　源域—目标域规则

源域—目标域规则规定了在隐喻动态发展过程中源域或目标域作为组织框架并被投射到整合空间的先后顺序，表述如下：

源域—目标域规则：IF（θ 包含来自源域的句法模式）

THEN project-and-entrench（来自目标域的句法模式）

换言之，源域—目标域规则规定，在隐喻动态发展过程中，一般首先将源域中的句法模式投射到整合空间，然后才会将目标域的句法模式投射到整合空间。如果源域的句法模式和目标域的句法模式不一致，那么来自目标域的句法模式会慢慢占据主导地位。一些研究，如 Deignan (2005，2008)已经注意到了源域—目标域规则的存在，并认为这些是源域和目标域互动的结果。例如，如 Deignan (2005)发现，一些比喻词在使用过程中，句法行为会发生很大变化。英文中的一些名词，如“horse”“hound”以及“ferret”等在用作比喻词时，其词性会从名词转变为动词。

以“充电”为例。表 7-6 中的第一类源域构式包含了 NMOD：PREP 这一依存关系，即介词短语修饰语结构，如例 7-23(重复为例 7-35)中的依存关系 NMOD：PREP(充电，劳模)。在源域，即电子机械语义域中，NMOD：PREP 是一种常用的依存关系，如例 7-36 中的依存关系 NMOD：PREP(充电，手机)。§7.5.2 介绍了这一结构在“充电”隐喻早期发展过程被投射到整合空间。然而例 7-26(重复为例 7-37)中“充电”并没有保留 NMOD：PREP 依存关系，而是使用了主谓结构“脑袋想充电”。采用主谓结构而不是 NMOD：PREP 结构，是因为汉语中前者与目标域，即人类知识语义域的句法使用习惯更为接近，如例 7-38 中的“更想学习”。图 7-33 给出了 NMOD：PREP 和主谓结构在各年度“充电”隐喻实例中运用的比例，可以看出，早期 NMOD：PREP 的使用较为频繁，而在 2000 年之后，其使用频率逐渐下降，而类似于例 7-37 的主谓结构的使用则逐渐增多。

例 7-35　如何给劳模“充电”呢？

例 7-36　如何给手机充电呢？

例 7-37　口袋鼓了，脑袋更想“充电”。

例 7-38　他更想学习。

NMOD：PREP 依存关系在各年度分布的变化可能是受到目标域在句法结构和语义结构方面的影响。“充电”隐喻的目标域是人类知识，其隐喻义为“学习和更新知识”，这一过程应该是一个主动

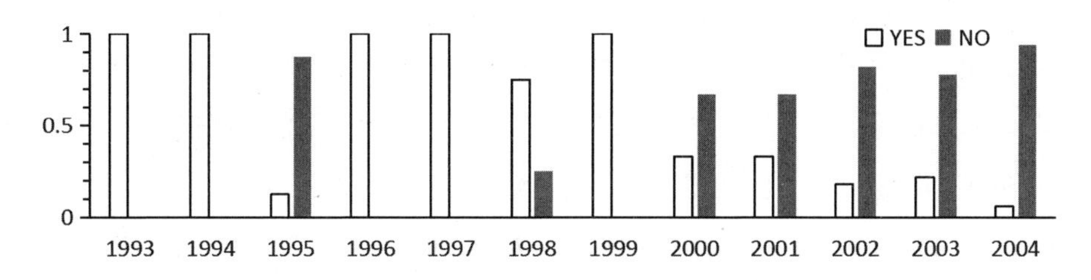

图 7-33 “充电”隐喻中 NMOD:PREP 依存关系的年度分布

的、积极的过程。人类个体更倾向于积极、主动地更新知识,而不是消极地、被动地接受知识。由此,NMOD:PREP 依存关系在隐喻实例中频次的下降,也正是反映了人们不断修改、整合隐喻相关语义和句法结构的过程,这一过程更多的是受到目标域句法和语义结构的影响。例 7-37 的出现,是这一过程的必然结果。基于单域整合固化网络,例 7-37 的整合过程可通过图 7-34 予以解释。其中“NSUBJ(想, X) XCOMP(想, 学习)”作为组织框架从目标域投射到整合空间。

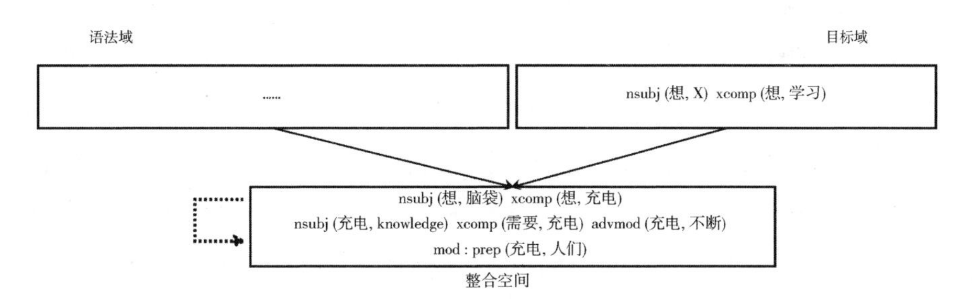

图 7-34 源域—目标域规则示例

对“淡出”隐喻的数据分析也显示了源域—目标域规则在隐喻构式涌现过程中的作用。与“充电”隐喻不同,“淡出”隐喻既包含有 NMOD:PREP 依存关系,也包含有 DOBJ 依存关系。如例 7-39 中的介词短语“从中东舞台”包含有依存关系“NMOD:PREP(淡出, 舞台)”,例 7-40 的“淡出影坛”则包含有 DOBJ 依存关系。在

“淡出”的源域中，可以有两种不同的句法形式，如例 7-41 使用 NMOD:PREP 依存关系，而例 7-42 使用的则是 DOBJ 依存关系，即“DOBJ(淡出，屏幕)”。然而在目标域中，“淡出”与“退出”一词是近义词，例 7-40 也可以表示为“渐渐退出影坛”。在《人民日报》历时语料 2004 年文本调查显示，大约有 96%的“退出”实例采用 DOBJ 依存关系。

例 7-39　此后，俄罗斯从中东舞台淡出，影响式微。

例 7-40　近几年绰号“华仔”的他渐渐淡出影坛。

例 7-41　这段文字从屏幕上淡出。

例 7-42　这段文字淡出了屏幕。

在“淡出”隐喻数据中分析 NMOD:PREP 和 DOBJ 两种依存关系历年在该年度隐喻实例总数中所占的比例，得到如图 7-35 所示数据。该隐喻在 1985 年、1992 年以及 1994 年间的实例频次分别为 1、1 和 2。从两种依存关系的占比可以看出，最早出现的依存关系是 NMOD:PREP 在 1985 年出现，是最早出现的依存关系。DOBJ 在 1992 年出现，晚于 NMOD:PREP。1994 年出现的两例分别出现一次。从 1997 年开始可以看到两种依存关系的变化趋势，即 NMOD:PREP 出现的比例逐渐下降，DOBJ 出现的比例逐渐上升。这一趋势说明，源域的句法结构模式对于“淡出”的句法结构模式的影响越来越小，而目标域的句法结构模式的影响越来越大。这证实了源域—目标域规则在隐喻构式涌现过程中的作用。

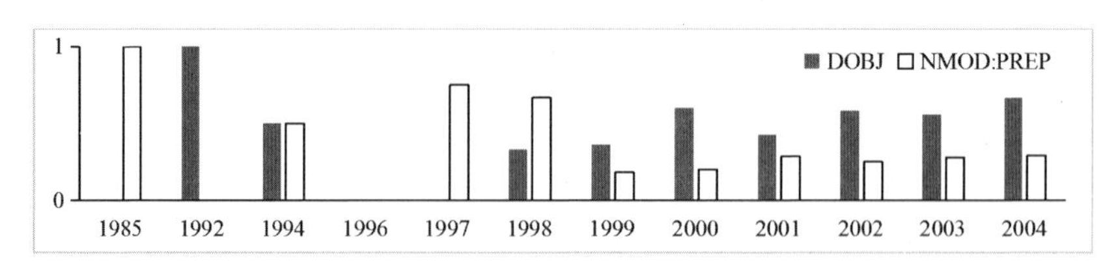

图 7-35　“淡出”隐喻中“NMOD:PREP”和“DOBJ”的历时占比变化

7.6 小　结

隐喻语言的复杂性是隐喻研究的难点之一，表现为隐喻表达式识别的难度。现有隐喻研究从语义异常、规划化程度、认知努力程度、系统性等角度划分隐喻表达式类型，得出不同的、甚至相互矛盾的结论。本章基于动态隐喻论，详细解释了隐喻表达式在时间维度上的相互关联，提出了隐喻构式的涌现机制——单域整合固化网络，详细分析了“透支”“充电”以及“淡出”三个隐喻的隐喻构式的涌现过程，提出了隐喻初始化规则、焦点结构规则、非焦点结构规则以及源域—目标域规则等隐喻构式涌现规则。

第8章 隐喻概念的自组织过程

隐喻概念发展的自组织过程有三个特征:(1)隐喻概念发展的最终形态是一个分形——一组在功能、信息和形式上具有自相似性的整体结构;(2)隐喻概念发展受隐喻概念发展过程的果决性影响,即隐喻总是朝着建立语言形式——语言功能的编码这一方向发展;(3)隐喻概念发展具有显著区分的两个阶段:概念抽象和概念应用,分别对应认知语法中的概念依赖句法结构和概念独立句法结构。

8.1 隐喻概念

隐喻研究者早就注意到隐喻与概念之间的关联性,认为隐喻是形成新的概念的一种方式。著名的概念隐喻理论的一个主要发现,就是隐喻在概念构建过程中的重要作用。Lakoff (1987)明确提出,隐喻是用一个语义域来概念化另一个语义域的认知方式。隐喻作为认知方式,就是以一个语义域的结构、显性特征等为基础,形成一个新的概念,即隐喻概念。不同的隐喻在概念形成过程中的作用是不同的。由此,Lakoff & Johnson (1980)区分了三种概念隐喻:结构性隐喻、方位性隐喻以及本体隐喻。结构性隐喻中隐喻概念的形成依赖于源域中的概念结构;方向性隐喻中隐喻概念的形成依赖于源域的概念框架;本体隐喻中隐喻概念的形成依赖于对有形物体的实体感知。

国内类似研究有张辉（2000）等。张辉（2000）从历时和共时角度，分析汉英两种语言中情感概念的形成过程，以揭示概念形成过程中文化差异对概念形成的影响。在历时角度，该研究采用词源学研究成果，解读《说文解字》《淮南子》等中文文献中对“愤怒”“愉快”“悲伤”“爱”等词语的定义以及英语中对应词语的原始印欧语，认为隐喻和转喻是情感概念形成的主要机制。在情感概念的形成方面，不同语言所采用的源域不完全一样，侧重点也不完全一样。如汉语总是详尽地描述心脏、表情和行为动作以表示情感，而英语则较少使用。

那么，隐喻发展最终形成的隐喻概念是一种怎样的形态呢？在概念隐喻中，隐喻概念被表征为意象（IMAGE SCHEMATA），概念整合理论将其称为整合空间。依据动态隐喻论观点，我们认为，概念隐喻是一个分形结构。

8.1.1　隐喻概念的分形结构

动态隐喻观认为，隐喻是语言系统动态变化的一种形式。由于语言是一个“非平衡态混沌”系统，隐喻概念的形成是一个自组织过程，因此隐喻的运动轨迹所构成的空间是一个分形结构。“所谓分形，从集合角度看，就是那类具有不规则形状，内部具有层次结构和不均匀性，以及各种层次的空洞和缝隙的集合形体。”（沈小峰等，1993）分形的主要特征是自相似性，即局部与整体之间的相似性，局部的结构与整体结构，局部的局部与整体结构也相似，结构并不会因为放大或缩小操作而变化，具有伸缩对称性，或标度不变性（张济忠，1995：7－14）。具有自相似性的一个典型例子是 Koch 曲线。如图 8-1 所示，当 n＝0 时是一条直线；当 n＝1 时，将直线分为三段，将中间的一段用夹角为 60 度的两条等长折线替换；当 n＝2 时，将上述操作迭代操作 2 次；当 n＝3 时迭代操作 3 次。经过无穷次迭代之后就出现无穷多弯曲的 Koch 曲线。观察n＝3

时的曲线可以看出，曲线总体上的形状与任意一个 1/4 局部相似，而在任意一个 1/4 局部内部，又与 4 个小的局部相似。这种特性就是自相似性。

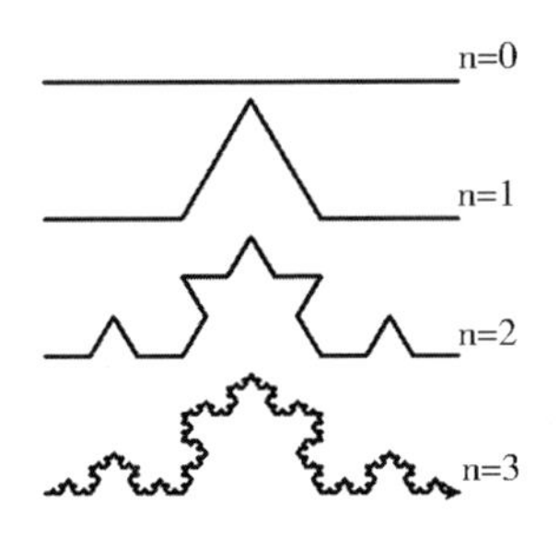

图 8-1　Koch 曲线

隐喻概念在自组织过程中，涌现出多种形态，各自并不完全相同，各自有各自的特征，但是这些形式不是毫不相关的，而是与隐喻作为一个整体在形式、信息和功能之间存在相似性，相互之间也存在形式、信息和功能上的相似。因此，隐喻概念在空间上是一个分形结构，各隐喻构式是隐喻概念的分形。

以“充电”隐喻为例。借用图 8-1 所示的 Koch 曲线，可以将表 7-6 和表 7-7 给出的“充电”隐喻构式表征为图 8-2 所示的隐喻构式分形。假定图 8-2 中一条直线表示一个小句，图中的“○”和“□”分别表示小句所携带的信息和功能。遵循邢福义（1995）的定义，小句主要指单句，也包括在结构上相对于或者大体相当于单句的分句。小句是最小的具有表述性和独立性的语法单位。刑福义先生提出的“小句中枢说”认为，小句包含词和短语，带有句子语气，具有独立的语用功能，是更大的复杂结构的基本构成单位。由此，图 8-2 可解释为不同复杂程度的语言单位。虽然 n＝1、n＝2 以及 n＝3时曲线形状差别比较大，n＝2 以及 n＝3 时结构非常复杂，但都可以通过对小句迭代操作构成。

根据这一框架，表 7-6 中的明喻、并列结构和判断，以及表 7-7

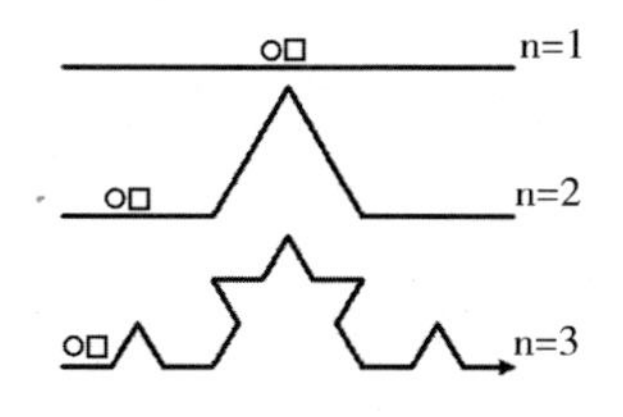

图 8-2　隐喻构式分形

中的隐喻构式(1)都是小句,可用 n＝1 时的形式表征。在这些小句中,“充电”是句子的核心成分,充当句子的谓语动词。如例 8-1、例 8-2 和例 8-3 所示。从这些实例中也可以看出“充电”隐喻的语义结构和语用功能。在语义结构上,“充电”隐喻可以表示为“施事＋充电”,其中“施事”是需要更新知识的主题,在语用功能上,人们通过使用“充电”隐喻,表达了“在社会变化和科技发展情境下迫切需要更新知识”的肯定态度。

例 8-1　技术人员的知识需要更新,就像电瓶一样,要不断充电,才能保持前进的动力,适应科学技术不断发展的新形势。

例 8-2　听课是充电。

例 8-3　如何给劳模“充电”呢?

表 7-7 中的第 3、4、6 可用图 8-2 中 n＝2 时的形式表征。这些隐喻结构都具有的共同特征:“充电”没有充当谓语动词,而是主动词的补足成分。如例 8-4 和例 8-6 中“充电”是动词“想”的补足成分,例 8-5 中是连动结构的一部分。值得注意的是,这些实例在语义结构和语用功能方面与例 8-1、例 8-2 和例 8-3 中并没有太大变化。语义结构“施事＋充电”仍然可以在这些例子中判断出来,虽然其表达形式与喻词“充电”的距离发生了变化,句法关系也发生了变化。“充电”的语义功能也仍然能够从句子中判断出来。实例中的“更想‘充电’”“带头到学校充电”以及“越要充电”都体现了“迫切需要更新知识”的积极态度。

例 8-4 口袋鼓了，脑袋更想“充电”。

例 8-5 该镇的领导带头到学校“充电”。

例 8-6 工作越忙越要“充电”。

表 7-7 中的第 2、5、8、9 可用图 8-2 中 n=3 时的形式表征。在这些构式中，作为动词的“充电”并没有在主句谓语中充当成分，如在例 8-7 中“充电”位于状语从句中，在例 8-8 中位于修饰语之中，在例 8-9 中成为介词宾语，在例 8-10 成为主语。从形式上看，这些隐喻构式更加简洁，其中的“施事”主体大多没有与“充电”存在直接的句法关系，但是仍然可以通过逻辑推导确定。因此，“充电”隐喻的语义结构仍然保持不变。从这些实例中也可以看出，“充电”隐喻的语用功能也没有发生变化，如例 8-7 中的“不……，哪有……呢”构式、强调了“充电”的必要性，例 8-8 的“长远大计”以及例 8-10 的“首选”都表达了说话人对“更新知识”的积极态度。

例 8-7 不“充电”，劳模哪有那么多“光”可“发”呢？

例 8-8 这种为农民“充电”的举动，决非权宜之策，而是长远大计。

例 8-9 经过“充电”后，要凭本事和能力上岗。

例 8-10 “充电”成为越来越多的护士工作之余的首选。

上述分析表明，对于某一特定隐喻（如“充电”隐喻）的隐喻概念，可以定义为由语言系统中所有该隐喻的隐喻构式组成的集合，这一集合具有结构、功能以及信息上的自相似性，是一个类似于图 8-2 所示的分形结构。隐喻构式的发展轨迹，本质上是一系列具有相似语义结构和语用功能的构式涌现的结果（Cameron et al.，2010：137）。

将隐喻概念理解为分形并不是一个完全崭新的概念。由德国语言哲学家 Renade Bartsch 提出的动态概念语义学也持有类似的观点。动态概念语义学的思想源于奎因（W. O. V. Quine）、戴维森

(R. Davidson)、维特根斯坦(L. Wittgenstein)等哲学家。Bartsch首先认为,概念并不存在。概念不是真实存在于大脑中的实体,而是哲学家和语言学家杜撰出来,用以描述人的概念化能力(conceptualization),即将一些数据、规则归属于某一个范畴的能力。例如,大脑中原本没有"鸟"这一概念的实体,但是概念化能力使得人们在看到一只鸟的时候,可以判断其归属于一个特定的范畴。由此,Bartsch(2005:3)指出:

> … understanding situations and understanding utterances means that we subsume certain data under certain concepts, and hereby understand, or interpret these data … in thinking, conceptual order, taxonomic hierarchies and semantic networks of concepts generally seem to play a role as paths along which thinking proceeds. [……理解或者话语理解意味着我们将一些数据归属于某些概念,由此而达到理解或者解释(情景或话语)的目的……在思维过程中,概念的顺序、类别层级以及语义网络在思维过程中都具有一定的作用。]

Bartsch的思想与Wittgenstein(1953)的意义观是一致的:意义本身是不存在的,词语本身没有意义。词语的意义,体现为该词语在具体语境中的使用,体现为人们采用一定的方式,将词语运用到新的语境之中,且这种方式能得到其他人的认同。这种建立新语境与已知语境之间关联关系的能力,也就是词语意义的理解。将词语应用到具体语境时,其可能适用的语境的界限是不清晰的,适用语境所具有的特征是不明确的,并随着时间的变化而变化。仍然以"鸟"为例,这个词不仅适应于描写麻雀、孔雀、鹦鹉等,也适用于描写特征不明显的企鹅。此外,随着飞机这一现代交通工具的出现,"大鸟"也可用来描述飞机。值得注意的是,虽然"鸟"这一概念并不存在,但是我们可以通过对词语"鸟"的具体应用,感知到这一概念的存在。也可以通过具体的应用,感知到这一概念的改变。例如,当我们将“大鸟”应用于飞机时,就感觉到“鸟”的概念在发生变化。

人的概念化能力并不是与生俱来的,而是存在一个概念形成过程(concept formation)。概念的形成依赖于经验。Bartsch 将这些经验其称为现象性数据(phenomenological data),即我们从其他语言使用者所给出的语言使用实例中学习词语的应用时的体验。基于现象性数据,我们不断调整变量,使得我们在词语的应用过程中能够与其他语言使用者保持主观上的一致,进而在发展过程中达到一种平衡:新的词语使用实例符合我们已有的词语使用经验。概念形成的过程,就是以现象性数据为基础,建立和调整现象性数据的有序结构的过程。

在概念形成过程中,概念形成的结果与现象性数据的影响并不是单向的,而是一个相互作用的过程。如前所述,一方面,现象性数据影响并促进概念向平衡态发展;另一方面,概念形成的结果,即有序结构,又直接影响着现象性数据的处理过程。现象性数据的处理,是以已经形成的有序结构为基础,并基于相似性和邻近性(contiguity)修改、调整有序结构。在基于相似性和邻近性调整有序结构的过程中,相似关系或邻近关系的选择受到视角(perspective)的限制。视角的推导以语境为依据,不仅包括话语语境,也包括非话语语境,如欲望、兴趣、行为、活动、习惯、习俗以及提问等。

Bartsch 区分了概念形成过程中两个重要阶段:伪概念(pseudo concept)阶段、一般概念(general concept)阶段。伪概念阶段是指在概念形成过程中现象性数据已经包含了一些经验性数据实例,这些实例之间具有较高的相似性,并具有一定的有序结构。以下是 Bartsch(2005:9)给出的伪概念定义:

> A (quasi-)concept expressed by an expression *e* under a certain perspective is an equivalence class of series of satisfaction-

situations for utterances of e under this perspective.（一个表达式 e 从一个特定视角表达出来的伪概念，是一系列情景，这些情景在该视角下满足与表达式 e 对等的所有条件。）

满足与表达式 e 的对等条件也就是与 e 具有较高的相似程度。伪概念可以发展到一般概念。当不断新增的现象性数据并不改变已有数据之间的有序结构时，概念即达到了一种稳定状态，即一般概念状态。与伪概念一样，一般概念也是由一系列稳定的现象性数据实例构成。新的现象性数据的添加不会改变已有数据之间的相似性。

由此，可以看出，隐喻概念的分形结构与 Bartsch 所提出的"伪概念"是一致的。伪概念中包含一些经验性数据实例，实例之间具有高度的相似性，并具有一定的有序结构。分形结构也包含经验性数据实例，实例之间也具有高度的相似性，并通过自相似性明确了这种有序结构的具体形式。这种有序结构来自于语言系统对于构式的组织，包括构式间的层级结构。

徐盛桓(2020a)也提出了"隐喻分形说"，认为一个隐喻的喻体是从作为本体的概念"分形"出来的，喻体是本体概念的一种表象，一种"分形"。

> 任何一个概念可以看做一个"整体"，它的可被感觉到的内外各式各样的表象就构成它的——或者也可以说是被分割出来的——"部分"；这样，在隐喻中显性的或隐性的本体就是被喻的事物概念的整体，一个喻体就是这个事物概念的一个表象……一个事物事件有很多表象，亦即其外延内涵有很多具体内容，如事物的构成、事物外表可感的形状、所显露出来的状态、其内在的质地、属性、特征、性质、功能、价值等等维度，都可能构成其表象；一句话，表象来源于认知主体对事物的内涵外延内容的观察、感受、认识、把握、选择和提取，一个隐喻的本体—喻体的合理的配对，就是对有关概念同（其中一

个）表象的合理运用。

隐喻分形可通过正形转换、射影转换、仿射转换以及投射转换等不同形式的投射获得。

值得注意的是，本书提出的隐喻分形与徐盛桓教授的“隐喻分形说”在许多方面存在区别。第一个重要的区别是对分形“整体”的定义。徐盛桓（2019，2020a，2020b）从不同角度论证，隐喻分形的整体是隐喻的本体概念。例如，“充电”隐喻的整体是“充电”隐喻所指向的本体概念“知识”。然而本书认为，隐喻分形中的“整体”是隐喻概念自组织发展中形成的运动轨迹的总和。对于“充电”隐喻而言，隐喻分形中的“整体”是“充电”隐喻从最初的使用到逐渐扩散到整个语言社区这一过程中形成的不同隐喻构式的总和，也就是所说的“充电”隐喻。“充电”隐喻是“知识”这一本体概念中的一种表象，由此，“充电”隐喻也是“知识”概念的分形。因此，本书中隐喻分形的“整体”，应该是“隐喻分形说”中“整体”的一部分，是“隐喻分形说”中“整体”的“分形”。

第二个重要的区别是分形的表征形式。“隐喻分形说”中认为喻体是本体概念的分形。“把概念用作本体、概念的内涵外延内容的表象表示为喻体，就可以构成一个隐喻的表达式”（徐盛桓，2019）。本书中分形的具体形式为“隐喻构式”，这些隐喻构式代表了隐喻概念在动态变化过程中所形成的“吸引子”，而隐喻表达式是隐喻构式的一个特定实例，也是语言使用者在某一次特定的语言交际过程中对“吸引子”的一次访问。

第三个重要的区别是对分形形成过程的理解。“隐喻分形说”提出了喻体构建的“内在法”，认为喻体是内在地在本体的内部生发出来的，是作为一种自发的趋向，用本体概念的内涵外延的内容所具体表现出来的表象构建起来的（徐盛桓，2020b）。然而本书中的隐喻分形认为，隐喻分形是在人类社会这个复杂适应系统中，语言使用者凭借自身的自适应能力，在语言交际活动中，通过自组织过程逐渐形成的。因此，隐喻分形形成的驱动是语言使用者的自适应能力，包括交际过程中的协同能力和自学习能力。

8.2　隐喻概念形成的果决性

隐喻概念形成过程所具有的自组织特征，不仅决定了隐喻概念的分形结构，也决定了隐喻概念形成过程的果决性。隐喻作为人类社会这一自适应复杂系统的涌现性现象，也具有果决性，即隐喻发展的最终目标，是建立语言形式—语言功能之间的对应关系。在大多数情况下，这种对应关系体现为词语隐喻义的形成。这一过程具有如下特征。

(1)在语言形式—语言功能的对应关系中，语言功能一般为语用功能。因此，隐喻发展的目标是在语言系统中编码隐喻所表达的语用功能。

(2)隐喻概念的发展与语言形式的发展交互进行，体现为两个显著区别的阶段：概念抽象和概念应用，分别对应语言形式上的概念依存和概念自主。

8.2.1　隐喻果决性—语用义编码

隐喻作为语义演变的主要机制之一，其动力来自语言交际的目的性。Bartsch (1984)将其称为理性原则(principle of rationality)。Bartsch 认为，理性原则，即交际具有目的性和适应性，支配着交际方式。由于词语的意义可以看作是一种为特定语言社区所遵循的语义范式(semantic norm)，语义范式又受交际方式支配，因此，理性原则支配着词语的意义，词语的意义是否变化，也就是语义范式是否变化，也适用于理性原则，受目的性和适应性驱动。Vygotsky (1986)引用 N. Ach 的结论认为，概念形成的动因并不是因为事物之间存在关联关系，而是在目标驱动下，通过一系列操作达到最终目标。而由于人与人协同活动而存在的交际，即是概念形成的主要动因之一。人们为了达成一致、完成交际目标，需要理解语言的意义，进而发展出概念。相应地，隐喻的使用也不是因为源域和目标域两者存在相似性，而是为了帮助人们达成交际目的，认识新生事物，或者对旧事物形成新的认识。从这一角度可以看出，隐喻应该是概念形成的一种方式。

此外，Lewandowska-Tomaszczyk (1985:297)也提出：

> Language change in time can be associated with a whole spectrum of language user's behavior pattern, starting from deliberate goal-oriented activity, through partly purposeful types of behavior, up to actions which lack any explicitly motivated character.（语言在时间维度的变化可以与语言使用者的整体行为模式关联起来。语言变化是从刻意的、有着明确目标的行为开始的，然后转化为目标不太明显的行为方式，并发展为在表面看来目标不明显的行为。）

持类似观点的还有其他学者，如 Traugott & Dasher (2002:24)则明确提出，语义演变的主要驱动力，是语义的语用功能：

> … the chief driving force in processes of regular semantic change ispragmatic: the context-dependency of abstract structural meaning allows for change in the situations of use, most particularly the speaker's role in strategizing this dynamic use.（在一般的语义演变过程中，其主要的驱动力是语用功能：抽象的结构意义依赖于语境，允许在具体语境中变化，特别是语言使用者在这一过程中依据自身交际策略所采取的语义的动态运用。）

受语言交际目的性的驱动，隐喻概念发展的最终目的，是将其所表达的语用功能采用编码的形式表达出来，称为语言系统的一部分。这就是隐喻的果决性。在现有隐喻研究中,已有学者注意到了隐喻发展的这一特征。如Fauconnier(1997)通过分析“computer virus”的隐喻概念的形成过程,区分了六个阶段,详解如下。

(1)类比和图式推理。通过类比推导并获取抽象图式。抽象图式为源域和目标域所共享的概念关系。

(2)分类和概念化。在目标域中应用抽象图式进行分类操作,并探索新概念的结构。

(3)命名和结构化。隐喻概念及其结构逐渐形成,与源域之间的关联性变得不太明显,隐喻概念在吸纳新的属性,且这些属性并不是来自源域。

(4)概念整合。隐喻概念作为新的独立的概念,与源域概念重新整合,进而形成新的上位概念。这一概念将隐喻概念和源域概念作为子类。

(5)多义结构的形成。隐喻概念和源域概念分别作为语言形式的两种不同的编码形式。

(6)异化与消亡。隐喻概念和源域概念按照各自的轨迹发展、变化和消亡。

在Fauconnier看来,隐喻在经历类比、概念化、结构化以及概念整合之后,到达词语的多义性,即阶段(5)中多义结构的形成。多义结构的一个重要特征是:隐喻词(如“病毒”)不再触发类比思维,而直接激活分别连接两个不同领域的概念。如在特定语境下,“病毒”一词让读者直接将该词语与计算机中的有害代码关联起来。因此,在Fauconnier所提出的概念整合理论看来,隐喻发展也是朝着语用义编码方向发展的。

另一个证实隐喻果决性的研究是诱使推理理论。与动态隐喻论一样,诱使推理理论强调隐喻的动态性,区分了隐喻和隐喻化(metaphorization),认为隐喻化是语义演变的主要机制之一,隐喻化的目标是对隐喻语用意义的编码（Traugott & Dasher，2002）。因此，在诱使推理理论中，隐喻概念的形成过程等同于基于隐喻的语义演变过程。Traugott & Dasher（2002）将语义演变过程描述为以下几个阶段：

（1）在特定时刻 t_1，词语 L 具有词义 M，M 与概念结构 C 相关联；

（2）个体语言使用者采用隐喻形式使用词语 L，以表达某一个实例话语意义 M'；

（3）如果 M' 被其他语言使用者接受并应用与新的语境，并在语言社区中传播，由此 L 具有了指称 M' 的功能，M' 即被认为达到了类别性话语意义；

（4）当 M' 与 L 的原有意义 M 之间的关联性并不明显，或者已消失，类别性话语意义就转换为编码意义。

如图 8-1 所示，上述四个环节存在时间上的先后顺序，其一般过程为：实例话语意义→类别话语意义→编码意义。Traugott & Dasher（2002）讨论了英语、日语以及汉语中大量词语的语义演变实例，这些实例大都包含了语用意义的编码，验证了诱使推导理论的有效性。例如，比较例 8-11 和例 8-12 中的词语“保”可以发现，在古汉语中，“保”的意义为“保护”。而现代汉语中“保”的另外一种意义与语用功能相关。在例 8-12 中，“保”的意义为“担保、保证”。

例 8-11　善守者，藏于九地之下，善攻者，动于九天之上，故能自保而全胜也。（《孙子兵法·军形篇》）

例 8-12　这么短的距离不用穿，你放心吧，保你没事。（1996 年）

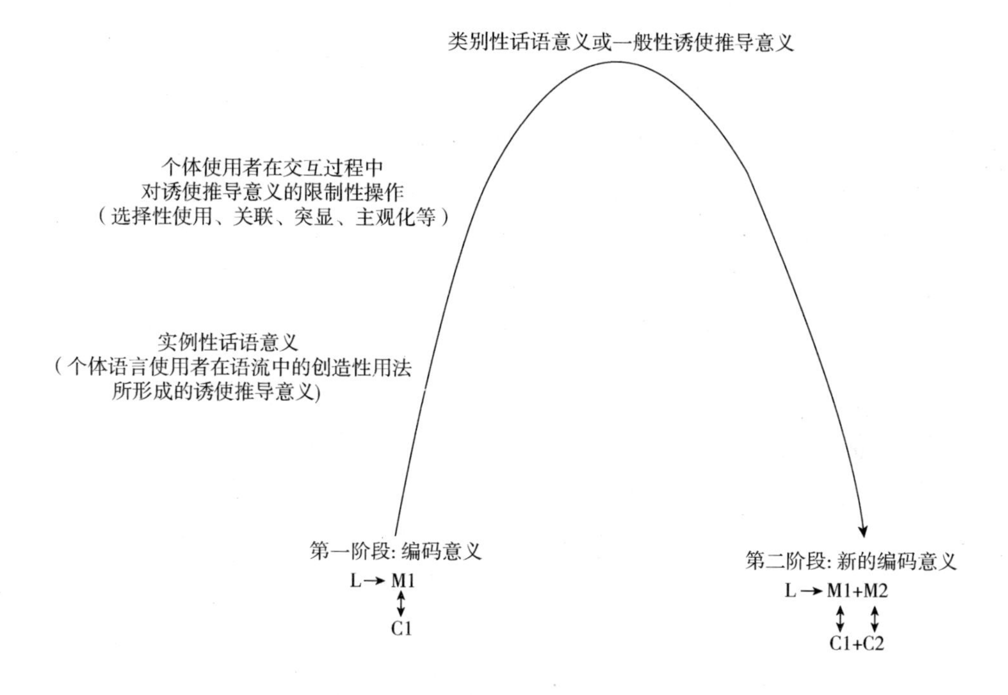

图 8-3　诱使推理理论模型（Traugott & Dasher，2002）

然而，动态隐喻论对于隐喻果决性的认识，与诱使推导理论并不完全相同。两者的主要区别，体现对编码过程和编码结果方面。Traugott 认为，由于个体语言使用者之间存在差异，词语 L 在单个语言使用者和语言社区中的语义演变过程并不是同步的。个体语言使用者可以很快地建立起 L 与 *M′*之间的联系，与语言社区中其他语言使用者的交互过程能够强化这种联系，并具备在新语境中使用这种关联性的能力。Traugott & Dasher (2002:34)认为：

> SP/W may innovate a metaphoric use of a lexeme in an utterance-token … The new use is an instantaneous development for SP/W … for each individual acquiring the new meaning the change is instantaneous …［说话人/作者在一个话语中采用隐喻方法使用一个词语……说话人/作者即时发展了（这个词

语)的新用法……个体语言使用者即时习得了词语的新义，这一变化是即时发生的……]

因此，在诱使推导理论中，隐喻触发的语义改变是由单个语言使用者提出，隐喻义在语言使用者个体提出后就基本确定，在语义演变的过程中，语言社区的作用主要是判断其是否适合，以决定是否复制和传播。

然而从动态隐喻论的角度看，隐喻概念的形成是一个自组织过程。在这一过程中，隐喻本身会动态变化，隐喻概念或者隐喻义的内容并不是一成不变的，而是不断改变、不断丰富的。具体而言，在 t_1 时刻，某一个实例话语意义为 M'，然而在 t_2 时刻的实例话语意义为 M''，虽然 M' 与 M'' 可能在语义上比较相近，但两者可能不完全一致。例如，例 8-13 和例 8-14 都是与“透支”相关的隐喻话语实例，在例 8-13 中，“透支”是指“在身体过度疲劳的状态下仍然坚持开展工作、学习或生活等活动”，而例 8-14 中的“透支”是指“由于过度疲劳或者过度使用精力等使得身体健康状况改变，进而影响生命存活的时长”。虽然两种语义较为相似，然而所涉及的概念范围还是存在差别的。例 8-13 中的“身体”的概念范围应小于例 8-14 中的“生命”。

例 8-13　以“透支”身体来对付快节奏的工作、学习和生活，到头来会得不偿失。

例 8-14　因为他一直在透支生命，用生命兑换时间。

概念形成是一个动态的渐进过程，已形成的概念可以作为新概念形成的基础。Vygotsky(1986:105)指出：

The whole experiment can be broken down into a number of stages, each featuring a specific functional use of the concept. In the beginning comes the formation of concepts, then the application of an already-formed concept to new objects, next the use of the concept in free associations, and finally the work of concepts in the formation of judgments and new concepts.（实验包含了几个阶段，每一个阶段包含有对概念的特定功能的运用。初始阶段会形成一些概念。然后，这些已经形成的概念被运用于判断新的事物，又被用于自由形成新的关联，最后，这些概念参与形成新的判断和新的概念。）

依据 Vygotsky 的讨论，隐喻概念是动态变化的，语言使用者个体在不同的时间对于隐喻概念的理解并不完全一样，而诱使推理理论认为语言使用者个体基于话语实例可以即时发展出隐喻概念。因此，动态隐喻理论与诱使推理理论的不同之处，在于编码过程和编码结果方面。诱使推理理论认为，在语言社区中，语言使用者个体在语言交际过程中通过复制方法来使用或习得隐喻概念，传播的主要机制是复制。然而，依据动态隐喻论，在语言社区中，语言使用者个体之间的语言交际互动是以具有自适应能力的语言使用者个体为基础的。个体语言使用者所具有的自适应能力，使得他们不仅能复制已有的语言经验，也能为满足不同交际需求不断修改、扩充、发展隐喻概念。隐喻概念是在传播过程中逐渐形成起来的，而不是形成之后再进入传播阶段。隐喻概念的复制更多是在隐喻概念发展趋向稳定之后的个体语言使用者行为。

8.2.2　隐喻概念形成的媒介

在概念发展过程中，语言是概念形成的媒介。词语不仅指导了注意力，将无意识的注意力分配变为有意识到注意分类，分离并抽象出区别性特征，将这些特征用符号表示出来（原琦，2009：101）。由此可见，语言使用是在概念成果过程中，是指导和控制其他因素（包括联想、注意力分配、选择倾向等），以解决所面临的问题的媒介。如果没有语言的使用，概念就无法形成。

动态隐喻论认为，在隐喻概念形成的自组织过程中，语言使用者以语言为媒介，通过语言交际的活动发展隐喻概念。在这一过程中，一方面，隐喻概念得到不断修正、充实和发展，并由此影响和决定了隐喻概念的语言表达形式；另一方面，语言形式作为隐喻概念的载体，不仅反映了隐喻概念发展的当前状态，也通过自身的使用促进了隐喻概念的发展。由此，隐喻概念的发展和语言形式的发展事实上是“隐喻自组织过程”这一硬币的两个方面，是隐喻作为复杂适应系统涌现性所必然具有的特征。

Vygotsky(1986:218)所倡导的社会建构主义揭示和验证了概念形成与语言之间的互动关系：

> The relation of thought to word is not a thing but a process, a continual movement back and forth from thought to word and from word to thought. In that process, the relation of thought to word undergoes changes that themselves may be regarded as development in the functional sense. [思维与词语的关系，不是一个实体，而是一个过程，是一个从词语到思维，从思维到语言，语言和思维之间连续互动的过程。在这一过程中，思维与词语的关系发生变化，且这一变化是功能性的(而不是结构性的。)]

Vygotsky首先认为，人的心理是在人与人的交往活动中发展起来的。Vygotsky将人的大脑机能区分为“低级心理机能”和“高级心理机能”，低级心理机能是指感觉、知觉、机械记忆、不随意注意以及形象思维、情绪等心理过程，是动物和人所共有的机能。在低级心理机能的基础上形成各种高级心理机能，例如在机械记忆的基础上形成逻辑记忆，在不随意注意的基础上形成随意注意，在形象思维的基础上形成概念思维，等等。

在从低级心理机能向高级心理机能发展的过程中，语言等符号系统是媒介。高级心理机能的主要特征是抽象，即以包括语言在内的符号为工具，通过概括形成概念，并运用这些概念进行判断和推理（原琦，2009:90）。在人与人的协同和交往过程中，人的自适应能力发展出包括语言在内的符号系统，在主动运用符号系统对他人产生影响的同时，反过来转入内部，影响自身的内部心理结构，形成内化的语言，这也就是 6.1 所讨论的前向因果性。Vygotsky 说过，“在儿童发展中，任何一种高级心理机能都是两次登台，第一次是作为集体、社会活动，即心理间的机能登台的，第二次是作为个人的活动，即儿童的内部心理机能登台的”（龚浩然、黄秀兰，2004）。语言作为高级心理机能，在心理发展过程中，也同时扮演着两个角色，其一是社会交际的工具，其二是心理的组织框架。语言外在的交际功能可以内化为内在的思维功能。这些外在的以语言为载体的具有典型文化和思维特征的交际行为方式会内化为个体的内在思维方式。

8.2.3　从概念抽象（概念依赖）到概念应用（概念独立）

隐喻概念发展的果决性以及隐喻概念发展与语言形式之间的关系，有助于揭示隐喻概念发展的阶段性。在隐喻概念一系列变化阶段中，语言形式也呈现出一系列变化，在概念和形式发展的每一个阶段，都显示了两者之间特定的映射关系。本节基于认知语法中的概念自主（conceptual autonomy）概念，说明隐喻概念发展至少可区分两个不同的阶段，每一阶段存在两种不同的映射关系：第一阶段以概念抽象与概念依存之间的映射为主要特征，隐喻概念借助概念依存句法模式进行概念抽象操作；第二阶段以概念应用与概念独立之间的映射为主要特征，概念隐喻的应用可采用概念独立句法模式。

8.2.3.1　概念抽象与概念应用

在 Vygotsky 的社会建构主义理论中，概念形成过程包含两种重要的操作：概念抽象和概念应用。概念抽象在概念形成过程中发挥重要作用，而概念应用是概念形成的重要标志，概念形成过程是一个从概念抽象到概念应用的过程。

Vygotsky依据双重刺激法实验证明，儿童的概念形成过程经历三个主要的阶段：混合思维阶段、复合思维阶段和潜在概念阶段(Vygotsky, 1986)。

(1)混合思维阶段：儿童基于感性经验，将同时出现的不同物体关联起来，而不考虑物体之间是否存在内部关联。也就是将感官上的关联当作事物之间的关联。在这一阶段，词语并不是真正的概念，而是儿童对现实的知觉和印象混合在一起的产物。

(2)复合思维阶段：儿童摆脱了感官的局限性，而是用词语指向那些客观上存在关联关系的物体集合。在这一集合中，物体的关联关系是事实上客观存在的、具体的、偶然的，不同于真实概念中抽象的逻辑的关联关系。复合思维又可分为关联复合、聚集复合、连锁复合、扩散复合等类型。

(3)潜在概念：用词语指称存在抽象的相似性的事物。例如，儿童将所有的三角形聚集在一起。在形成机制上，假概念依赖于物体之间具体的、可感知的相似性，是对具体事物或者情境的思维画像，但是在形式上具有与概念一致的表现形式。

隐喻概念的发展更具有一般性。因此，Vygotsky有关儿童概念形成的阶段不能完全适用于隐喻概念的发展。但是，Vygotsky(1986:130-131)认为，从语言的历史发展数据来看，复合思维方式不仅是儿童概念形成的工具，也是语言发展的基础：

> The history of language clearly shows that complex thinking with all its peculiarities is the very foundation of linguistic development … If we trace the history of a word in any language we shall see, however surprising this may seem at first blush, that its meanings change just as in the child's thinking … Similar transfers of meaning, indicative of complex thinking, are the rule rather than the exception in the

development of a language.（语言的历史清晰地说明，复合思维方式所具有的特征，使得它成为隐喻发展的基础……如果我们溯源任一语言中的词语，就会发现，词语意义改变的方式与儿童思维的方式是完全一致的，即便这看起来非常令人惊奇……与复合思维方式相似的语义转换方式，是语言发展的规则，而不是例外。）

Vygotsky给出了一个典型的例子。在历史上，俄语单词"сутка"最初表示"缝"，之后词义的发展依次是"织物的连接部位→织在一起的织物→任何接合和衔接→小木房的角落→两堵墙的合拢处→黄昏→白天黑夜"。可以看出，这个词语的语义转换过程，与复合思维方式中的关联复合思维方式是一致的，具有复合思维方式的特点。首先，这些语义转换的关联，是基于事物之间"非本质"的特征。从逻辑上看，织物、小木房、时间之间存在本质的区别。将这些概念联系在一起的，是这些事物之间的一种可以观察和感知到的共同特征；其次，语义转换的关联，是基于相似性或者邻近性。如从"缝"到"织物的连接"，从"角落"到"合拢处"，从"黄昏"到"白天黑夜"都是基于邻近性；而从"织物"到"建筑物"，从"建筑物"到"时间"是基于相似性。这两个都是复合思维的特点。令人惊奇的是，Vygotsky从心理学研究出发，早在20世纪初就得出了与当前认知语言学研究相似的结论，即转喻和隐喻是语义发展变化的主要机制。

对复合思维中具体类型的分析，可以看出复合思维与隐喻之间的高度相似性。例如，在Vygotsky（1986）中，关联复合是指用词语指称具有任意一个共同特征的物体集合。例如，基于"椭圆形或者表面闪光的类似眼睛的物件"这一特征，儿童会将小女孩瓷像、小狗、画像、玩具小马、挂钟、带狗头的毛皮围脖、不带狗头的毛皮围脖、玻璃眼睛、能叫的橡皮人、衬衫领扣、衣服上的珍珠以及温度计关联起来。这与隐喻中将飞机比喻为"大鸟"几乎是异曲同工。在连锁复合中，用词语指称两两存在关联的事物集合，形成连锁式复合。如儿童先用“kba”指称池塘里的小鸭子，后指称牛奶（因为都包含液体），又指称硬币上的鹰（因为鹰与鸭子相似），又指称硬币，又指称像硬币一样的圆圆的物体。指称从一个环节转向另一个环节，只是由于它与另一成员有某种相似的特征。而相似性也是隐喻形成的基础。因此，连锁复合可以看作是一系列隐喻的应用。

Vygotsky 认为，我们在日常语言中经常使用的概念，并不是严格意义上的概念，而是对事物的一般性概括和抽象，是介于复合思维形式、假概念和概念之间的一种中间形式。在这一过程中，综合和分析两种方式同样重要。复合思维方式的运用是一种综合操作，其目标是依据可以感知的印象对事物进行分组，建立事物与事物之间的关联关系，由此而形成概括和抽象的基础。概念形成还需要另外一种思维方式，即抽象。抽象是一种分析。事物的特征被区分为两种类型，有的特征被认为是与抽象操作无关的，有的是与抽象操作相关的。例如，在将“飞机”比喻为“大鸟”的实例中，飞机的引擎、材质、速度与比喻操作无关，而飞机的功能（在天上飞行）、机翼、机尾等于比喻相关。可以看出，参与分析过程的特征中，功能性特征占据了重要的地位。在分析过程中，动作抽象思维将一些独有的特征从具体的事物和经验中分离出来，并将这一部分特征作为抽象思维的基础。这种分析操作形成是概念形成的新阶段，被称为“潜在概念阶段”。

然而真实概念形成的标志不是综合和分析，而是对抽象出来的特征的运用。Vygotsky（1986：139）认为：

> A concept emerges only when the abstracted traits are synthesized anew and the resulting abstract synthesis becomes the main instrument of thought.（当抽象出来的特征被重新综合，且综合的结果参与思维过程，成为思维的工具之后，真实的概念就涌现出来了。）

在 Vygotsky 看来,综合和分析的结果并不是真实的概念,因为通过综合和分析的结果不具有稳定性,很容易发生改变。真实概念的形成,是抽象的结果在思维中的运用。真实的概念并不体现为一堆特征的集合,也不是通过逻辑思维过程发展形成,概念是在思维活动过程中形成的。因此,从"潜在概念阶段"发展到"真实概念"阶段,应用是关键的环节。应用的形式包括:(1)将概念应用于具体情境;(2)将概念应用于新的具体情境;(3)在抽象层面重新定义概念;(4)应用在抽象层面定义的新概念。这些形式之间也不存在先后顺序,而是交互进行,并最终发展为"真实概念"。

上述分析说明,在 Vygotsky 的社会建构主义中,概念形成至少可以区分出两个明显的阶段:概念抽象和概念应用。隐喻概念的形成也包含这两个阶段。

8.2.3.2　概念依赖与概念独立

概念独立(conceptual autonomy)是 Ronald Langacker 在认知语法中提出的重要概念。认知语法对语言形式和意义的分析,在很多方面与系统科学理论是一致的 (Cameron, 2007a:110)。认知语法认为,语法结构在本质上是象征性的,所有合法的句法结构都有相应的概念输入(Langacker, 2004:282)。概念独立是认知语法中对句法结构和概念之间关系的抽象概括。Langacker(2004)通过例 9-1 来解释概念独立。在例 9-1 中,"cause the tree to fall over"表述了一个复杂事件"导致这个树倾倒"。在这个动补结构中,动词"cause(导致)"本身无法表达完整的概念,而需要依赖于补语成分"the tree to fall over(树倾倒)"才能表达完整的意义,由此,动词"cause(导致)"被定义为概念依赖成分。而补语成分"the tree to fall over(树倾倒)"自身就已经表达了完整概念,因而是概念独立成分。

例 9-1　The wind caused the tree to fall over.

(Langacker, 2004:287)

认知语法认为,语言中的构式一般都由概念依赖成分和概念独立成分两部分构成,这种二类划分是语言的一般特征(Langacker, 2004:286),其中概念依赖成分本身是不自主的,也不是独立的语义单位,而概念独立成分是独立的语义单位,可以单独用来表达一个独立的语义(Langacker, 1999:37)。由于概念依赖成分D的内部结构中包含了概念自主成分A,因此D依赖于A(Langacker, 2010:122)。在句法上,概念依赖成分和概念独立成分共同构成一个A/D层,其中"概念独立成分A,描述概念依赖成分D,从而形成更高层面上的概念独立成分(D(A))"(Langacker, 2004:386)。

"概念自主"的二分法可用来分析第7章所讨论的隐喻发展过程中涌现出来的隐喻构式。例如,有标记隐喻构式中,明喻、并列结构以及判断等都可以区分出概念依赖成分和概念独立成分。以明喻结构例7-10为例(为方便阅读,重新编号为例8-15)。明喻作为一种特殊的句法结构,其主要功能是采用明确的句法模式(即"就像……一样"),促发类别思维,从而达到对目标域的理解。在明喻和判断句这类结构中,谓语成分是概念依赖成分,而主语和其他部分是概念独立结构(Dancygier & Sweetser, 2014:140)。因此,分析例8-15可以看出该例中的概念依赖成分为"充电",而其他成分包括"技术人员知识需要更新""电瓶""保持前进动力"等是概念独立成分,"充电"的语义解释需要依赖于这些概念独立成分。类似的,在判断句例8-16中,"充电"也是概念依赖成分,"听课"是对"充电"所表达意义的解释和说明。

例8-15 技术人员的知识需要更新,就像电瓶一样,要不断充电,才能保持前进的动力,适应科学技术不断发展的新形势。

例8-16 听课是充电、是输血,也是享受。

同位语结构中也包含概念依赖成分和概念独立成分。在例8-17中,"学习"与"充电"形成同位语结构。同位语结构是一种可以触发类别分析的句法结构（Brooke-Rose，1958；Stockwell，1992）。在这一结构中，两个并置的词语具有指向关系，如例 8-17 中“学习”和“充电”都指向同一活动。当两个并不具有相似或相同语义的词语形成共指关系时可触发类比。由此，同位关系“AB”可以被看作是一个简略的判断句：A 是 B。其中 A 是概念独立成分，B 是概念依赖成分。

例 8-17 二是干部的节假日时间被挤占，没有时间用来学习“充电”。

依据认知语法，第 7 章中的其他隐喻构式都可以区分为概念依赖成分和概念独立成分。例如，按照概念独立和概念依存二分法，分析表 7-4 中“淡出”隐喻构式类型，可得到表 8-1 所示结果[①]。“淡出”的隐喻构式主要有三种句法结构：主谓结构、连谓结构、偏正结构。在主谓结构中，概念依赖成分一般都是谓语动词，而主语、宾语为概念独立成分。连谓结构与例 9-1 的结构类似，其中第一个动词是概念依赖成分，第二个动词与前面的主语构成概念独立成分。在偏正结构中，状语是概念独立成分，主句是概念依赖成分。值得注意的是，表 8-1 中“透支”可以处于同一句法结构类型的不同组成部分。例如，在构式 1 中，“透支”是主谓结构中的谓语动词，因而是概念依赖成分，而在构式 6 中，“透支”是主谓结构中的主语，因而是概念独立成分。表 8-1 给出了“透支”在所有构式的独立性。

表 8-1 “淡出”隐喻构式的句法类型

序号	出现时间	句法结构类型	喻词独立性	示例
1	1992	主谓结构	概念依赖	近几年绰号“华仔”的他渐渐淡出影坛。

① 在分析句法结构类型时，遵循了朱德熙先生在《语法讲义》中的分类体系，参阅朱德熙(1982)。

续表

序号	出现时间	句法结构类型	喻词独立性	示例
2	1996	主谓结构	概念依赖	然而过了一段时间，就逐渐“淡出”，现在似乎已无声无息了。
3	1996	连谓结构	概念独立	“高原3”演习，这位步兵出身的陆军师长再接再厉，让步兵淡出主角。
4	1997	主谓结构	概念依赖	一切富有殖民色彩的标记正从香港社会的各层面和各领域中淡出。
5	1998	偏正结构	概念独立	淡出田坛的这一段时间，王军霞都在忙些什么。
6	2002	主谓结构	概念独立	最终淡出家电市场已是大势所趋。
7	2003	偏正结构	概念独立	此外，在刘爱玲等老将淡出国家队后，队中一直缺少一名稳定大局的核心队员。

采用类似方法分析表7-6中“透支”的隐喻构式和表7-7中“充电”的隐喻构式，可获取表8-2和表8-3中所示的构式句法类型以及“透支”“充电”两个词语的概念独立性情况。

表8-2 “透支”隐喻构式的句法类型

序号	出现时间	句法结构类型	喻词独立性	示例
1	1994	主谓结构	概念依赖	藤村信子以超越常人的意志跑到终点，体力已严重透支。
2	1995	偏正结构	概念独立	透支的方法，也不外乎三个：一是封“衔”进“爵”。
3	1996	述宾结构	概念独立	他说：“我的球员在体力方面已透支。”

续表

序号	出现时间	句法结构类型	喻词独立性	示例
4	1996	偏正结构	概念独立	何明海的“透支”式工作法，曾引起组织的关心。
5	2000	述宾结构	概念独立	他们用自己生命的透支，来履行神圣的职责。
6	2000	联合结构	概念依赖	长期加班加点，忘我工作，透支身体，劳模们积劳成疾。
7	2001 年	述宾结构	概念独立	高亚洲冰川的全面退缩，会导致冰川储量的巨额透支。

表 8-3　“充电”隐喻构式的句法类型

序号	出现时间	句法结构类型	喻词独立性	示例
1	1992	偏正结构	概念依赖	如何给劳模“充电”呢？
2	1992	复句	概念独立	不“充电”，劳模哪有那么多“光”可“发”呢？
3	1995	连谓结构	概念独立	口袋鼓了，脑袋更想“充电”。
4	1995	连谓结构	概念独立	该镇的领导带头到学校“充电”。
5	1996	偏正结构	概念独立	这种为农民“充电”的举动，决非权宜之策，而是长远大计。
6	1996	连谓结构	概念独立	工作越忙越要“充电”。
7	1997	述宾结构	概念独立	人们利用旅游度假调整身心，另一方面也对自己进行“充电”。
8	1998	偏正结构	概念独立	经过“充电”后，要凭本事和能力上岗。
9	1999	主谓结构	概念独立	“充电”成为越来越多的护士工作之余的首选。

8.2.4 隐喻概念的发展阶段

在 Vygotsky 的社会建构主义理论中，概念形成过程包含两个存在明显区别的阶段：概念抽象和概念应用。在概念抽象阶段，我们借助语言这一媒介，通过复合思维方式对事物的一般性进行概括和抽象，形成潜在概念。在概念应用阶段，潜在概念又通过参与思维活动，应用于新的语境，转化为真正的概念。认知语法从句法与概念之间的关系出发，区分了概念依赖和概念自主两个对立的句法成分。在一个语言表达式中，概念依赖成分不能独立表达语义，而需要依赖于概念自主成分。社会建构注意理论强调语言在概念形成过程中的作用，由此，我们提出用如下三条相互关联的规则描述隐喻概念的发展阶段：

规则(一)：尚未形成的隐喻概念依赖于语言进行概括与抽象，因此隐喻词一般出现在隐喻表达式的概念依赖成分之中；

规则(二)：已形成的隐喻概念在应用过程中，喻词可以出现在隐喻表达式的概念自主成分之中；

规则(三)：隐喻概念从概念抽象发展到概念应用，在语言形式上体现为喻词从概念依赖成分的准入到概念自主成分的准入。

这三条规律综合起来，描述了隐喻概念与隐喻表达式在发展过程中的对应关系。详解如下。

8.2.4.1 规则(一)与新颖隐喻

规则(一)描述了新颖隐喻(也就是尚未形成的隐喻概念)的语言表达形式特征。从隐喻概念形成的角度看，所谓新颖隐喻就是那些隐喻概念尚未形成，也没有在语言社区中传播的隐喻。由规则(一)可知，在新颖隐喻中，喻词一般都位于概念依赖成分中。以"充电"为例。由§7.2.3可知，"充电"隐喻是20世纪80年代出现在汉语中的。由表7-6可知，在这一时期，"充电"隐喻作为新颖隐喻，都以有标记隐喻构式出现的。由§8.2.3.2可知，在有标记隐喻构式中,隐喻词都位于概念依赖成分之中。此外,表 7-7 中的构式(1)是偏正结构,这类结构是出现的第一类无标记隐喻构式,出现时间为 1992 年,早于构式(2)之外的其他隐喻构式。在这个构式中,“充电”是谓语动词,也是一个概念依赖成分。由此可以看出,“充电”隐喻的数据与规则(一)的描述是一致的。

“淡出”的隐喻构式和“透支”的隐喻构式数据也与规则(一)的描述是一致的。由§7.2.1 可知,“淡出”隐喻最早出现在 1992 年。依据表 8-1 可知,最早出现的两类隐喻构式类型都是主谓结构,“淡出”在其中充当谓语动词,是概念依赖成分。由§7.2.2 可知,“透支”隐喻最早出现在 1994 年。依据表 8-2 可知,最早出现的隐喻构式类型是构式 1,即主谓结构,“透支”在其中充当谓语动词,也是概念依赖成分。因此,在“淡出”和“透支”这两个隐喻的初始阶段,即隐喻概念形成阶段,喻词都是以概念依赖成分出现的。

已有隐喻研究也验证了规则(一)的有效性。Croft (2003:192)讨论了 Lakoff & Johnson (1980)给出的几个隐喻(从例 8-18 到例 8-23)中句法成分与语义域映射之间的关联关系,并提出了以下原则:

> We may now characterize the conditions under which domain mapping and domain highlighting occurs: domain mapping occurs with dependent predications, and domain highlighting occurs with autonomous predications.(现在可以确定语义域映射和语义域彰显的条件:概念依赖成分触发语义域映射,概念独立成分触发语义域彰显。)

在例 8-18 到例 8-23 这六个隐喻中,斜体部分为概念依赖成分,它们都是喻词(短语),都能触发从源域到目标域的映射,而其他部分是概念独立成分,用以说明讨论的目标域。能够触发源域到目标域映射的隐喻表达式也就是新颖隐喻。因此,Croft 的观点与规则(一)是一致的。

例 8-18 He's *in* love.

例 8-19 We're *out of* trouble now.

例 8-20 He's *coming out* of the coma.

例 8-21 I'm *slowly getting into* shape.

例 8-22 He *entered* a state of euphoria.

例 8-23 He *fell into* a depression.

此外,Sullivan (2009,2013)和 Dancygier & Sweetser (2014:133-137)也讨论了概念自主与语义域映射之间的对应关系。其中 Sullivan (2009)分析了 2415 个从英国国家语料库(British National Corpus)收集的新颖隐喻后,得出如下结论:概念依赖成分可以激活一个隐喻的源域以及隐喻映射,而概念独立成分激活目标域。Sullivan (2009)所讨论的构式共包括以下几种:主谓结构(如 *the cinema beckoned*)、偏正结构(如 *bright student*、*mental exercise*)、复合结构(如 *rumor mill*)、判断结构(如 *time is money*)以及命题式短语(如 *the foundation of an argument*)等。这些构式类型中有许多与"透支""充电"以及"淡出"的隐喻构式类型是一致的。

8.2.4.2 规则(二)与常规隐喻

规则(二)描述了常规隐喻(即已形成的隐喻概念)在使用过程中的语言形式。与新颖隐喻不同,常规隐喻既可出现在概念依赖成分之中,也可以出现在概念自主成分之中。出现在概念自主成分中的概念,首先应该是自主的、完备的,否则就无法用来修饰、说明其他概念。因此,只有已经形成的隐喻概念才能充当概念自主成分。换言之,只有已经形成的隐喻概念,其隐喻词才能出现在概念自主成分之中。

表 8-1、表 8-2 以及表 8-3 中,"淡出""透支"和"充电"的各句法类型出现时间以及喻词独立性数据验证了规则(二)的有效性。在表 8-1 中,构式 3、5、6、7 中喻词"淡出"出现在概念独立成分之中,这些构式的出现时间都晚于构式 1;类似的现象在表 8-2 以及表 8-3

中都可以观察到。在这些隐喻构式中，较为典型的隐喻概念应用是喻词出现在主语或者宾语位置，如例 8-24、例 8-25 和例 8-26 所示。出现在这些句法位置的隐喻词充分是较为典型的概念思维方式。如例 8-24 中“淡出”出现在主语位置，整个句子表达的是作者对“家电市场”的一个总体判断，这是非常明显的逻辑思维过程。类似的，例 8-25 和例 8-26 也都是表达了概念思维过程。在这些例子中，隐喻词“透支”和“充电”都充当概念独立成分。

例 8-24 最终淡出家电市场已是大势所趋。

例 8-25 高亚洲冰川的全面退缩，会导致冰川储量的巨额透支。

例 8-26 “充电”成为越来越多的护士工作之余的首选。

8.2.4.3　规则(三)与隐喻概念的形成

规则(三)描述了隐喻概念形成过程中隐喻词句法位置变化的规律性：从概念依赖成分的准入到概念自主成分的准入，这也就是对规则(一)和规则(二)的综合。综合§8.2.4.1 和§8.2.4.2 对“充电”“淡出”以及“透支”三个隐喻的历时数据，可以很清楚地看出这一趋势。对于这三个动词隐喻而言，它们的隐喻形式，首先是有标记隐喻构式，或者是隐喻词作为谓语动词的隐喻构式，然后隐喻词才会出现在连谓结构、偏正结构、主语等概念自主成分之中。

除以上事实外，还有一些其他语言数据也能证实规则(三)的有效性。其中一类数据是单个隐喻在单个语篇中的发展轨迹。例如，在《人民日报》语料库中可找到两个使用“透支”隐喻的语篇，两个语篇都分别包含了多个“透支”隐喻的实例，其句法类型分析见表 8-4 和表 8-5。表 8-4 中的第一个实例是“笔者想到一个金融术语：透支”。这是一个特殊的有标记隐喻构式，说明了作者的思维轨迹，即通过金融术语“透支”来理解评论者过度赞誉的现象。因此，在这一实例中，“透支”是概念依赖成分。随后的 6 个实例中，

“透支”都是以概念独立成分出现。在表 8-5 中，实例 1 是有标记隐喻构式，实例 2 是主谓结构，“透支”出现在概念依赖位置，实例 3 中“透支”出现在概念独立位置。对这两个语篇的分析表明，对于单个语言使用者而言，他的隐喻概念发展过程也会经历从概念依赖到概念独立的过程。

表 8-4 “透支”隐喻篇章实例一①

出现顺序	喻词位置类型	句子实例
1	概念依赖	笔者想到一个金融术语：透支。
2	概念独立	评论者的这种透支现象……
3	概念独立	少数人的透支行为……
4	概念独立	透支能引起误导……
5	概念独立	少数人透支现象的原因……
6	概念独立	透支的方法……
7	概念独立	……透支现象更为突出……

表 8-5 “透支”隐喻篇章实例二②

出现顺序	喻词位置类型	句子实例
1	概念依赖	“知识透支”是“知识开支”超过了“知识收入”。
2	概念依赖	……知识不能长期透支。
3	概念独立	而防止“知识透支”……

另一类能够证实规则（三）的语言现象是同位语结构。§8.2.3.2 讨论了同位语结构中概念依赖成分和概念独立成分。一般而言，在汉语的同位语“AB”结构中，A 是概念独立成分，B 是概念依赖成分。在语料库中，“充电”隐喻包含了大量的同位语结构类型。依据喻词“充电”所处的句法位置，这些同位语结构可区分为两种

① 1995 年 6 月 24 日发表于《人民日报》，标题为《评论的透支》。

② 2003 年 1 月 21 日发表于《人民日报》“观点速递”栏目，匿名作者。

类型：

概念依赖类型：如利用春节读书“充电”

概念独立类型：如业余时间“充电”学习的人……

对这些同位语结构出现的年份进行统计分析，可获得如图8-4所示的数据。从表中可以看出，概念独立型同位语结构的使用频次在逐年上升，在同位语结构中的占比也在不断提升，并在2004年超过了概念依赖类型。这些数据表明，随着“充电”隐喻在语言社区中的逐渐形成，“充电”进入概念独立句法位置的可能性越来越大。“充电”在同位语结构内部的位置的变化，也反映了隐喻概念形成过程中隐喻词从概念依赖成分准入到概念独立成分的准入这一变化。

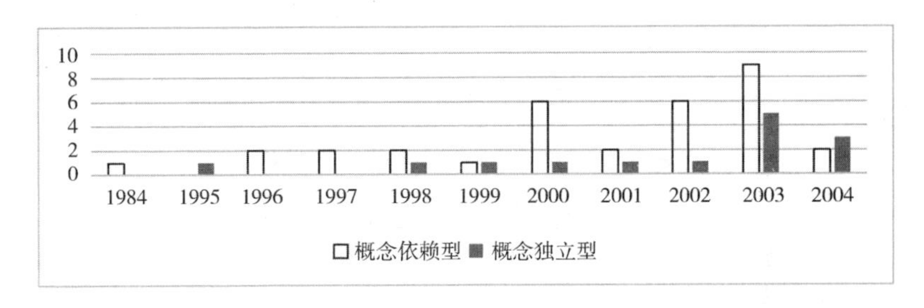

图8-4　“充电”隐喻两种同位语结构类型的年度分布

8.3　小　结

动态隐喻论认为，隐喻概念形成过程是一个自组织过程。这一过程决定了隐喻概念形成过程的果决性，即隐喻概念发展的最终目标是建立隐喻概念—语言形式之间的对应关系，形成语言结构(特别是词语)的多义性。依据Vygotsky的社会建构主义，概念发展过程是以语言为媒介的；概念发展过程经历概念抽象和概念应用两个阶段。与此同时，Langacker的认知语法解释了语言结构中概念依赖和概念独立中的对立关系。由此，本章提出，在隐喻概念形成过程中,隐喻词作为隐喻概念的载体,需要经历从概念依赖成分准入到概念依赖成分准入的发展过程,“充电”“淡出”以及“透支”等隐喻的历时变化数据证实了这一推论的有效性。

第9章　结　语

隐喻是一种泛在现象。隐喻研究早已超出了语言学研究的范围，与人类的认知行为、文化密切关联，研究成果也广泛用来解释文学、宗教、经济、医学、建筑学以及数学等多个学科中的概念形成、思维模式和理论构建，然而隐喻现象的复杂性，给隐喻研究带来困难。汗牛充栋的隐喻研究文献，从修辞、语言、认知、哲学等不同角度描述和解释隐喻现象。然而，由于全局性视角的缺失，人们在描写和解释现实语言文化中的隐喻现象时常常无所适从。

如同 Diane Larsen-Freeman 所说，科学研究的目标是描述、解释和预测（冀小婷，2008）。自 20 世纪中叶以来，人们提出复杂系统理论，以解释生命系统、生态系统、免疫系统、经济系统等自然、社会现象中存在的复杂性。复杂系统理论也被应用于语言和认知研究，发展出基于复杂适应系统的语言观和基于动态系统理论的认知观。

隐喻研究的目标也是描述、解释和预测复杂的隐喻现象。本书以基于复杂适应系统的语言观和基于动态系统理论的认知观为理论框架，综合运用机器学习、问卷调查等量化研究工具，验证、发展和完善动态隐喻论，并运用动态隐喻论描述和解释隐喻现象所呈现的复杂性、隐喻动态发展的规律性，进而达到预测隐喻动态变化的目的。

从各章论述可知，动态隐喻论认为隐喻是人类社会这一复杂适应系统中存在的一种特殊的自组织涌现性行为。这一观点包含了一系列相互关联、紧密衔接、层层推进的认识，详解如下。

隐喻的涌现性，具体表现为一个由类比思维所触发的语义演变过程。动态隐喻论认为隐喻不仅仅是用判断句、并列结构以及非常规搭配表达的类比思维，不仅仅表现为概念之间的映射，也不仅仅表现为习俗化隐喻，而是一个包含了类比思维以及由类比思维所触发的语义演变过程。在这一过程中，隐喻的语言形式不断变化，隐喻的理解机制不断变化，在语言系统中涌现出一系列新的"形式—功能"结构。基于这一观点，第4章提出了基于过程的语义演变计算模型。这一模型认为，人们在区分隐喻、转喻、基本义和新词等语义演变类型时，所采用的依据是语义规约化程度在某一时间段内的变化模式。基本义是规约化程度在该时间段里处于动态平衡状态的语义演变类型，转喻是规约化程度在该时间段里具有小幅上扬的语义演变类型，隐喻是规约化程度在该时间段里具有大幅上扬的语义演变类型，而新词则是从规约化程度为零出发，并在该时间段里具有大幅上扬的语义演变类型。这一章运用词嵌入技术、曲线拟合以及支持向量机等机器学习技术，在大规模历时语料中调查了197个词语的语义演变，实验的准确率分别达到了90%和70%，说明依据语义规约化程度的变化模式，可以有效区分隐喻、转喻、基本义和新词。实验结果也表明，将隐喻定义为由类比思维触发的语义演变过程，可以澄清隐喻、转喻和本义这三个缠绕不清的概念，将隐喻与其他的语义演变过程区分开来。

隐喻的涌现过程是一个相变过程，可以用S型曲线描述。动态隐喻论认为，基于人类社会这一复杂适应系统的隐喻涌现过程，是一个非线性过程，相变是这一过程的特点之一。在隐喻发展的初始时刻，隐喻是由单个的语言使用者所触发的，其影响和传播的范围很微小，对于整个语言系统的搅动也微乎其微。然而当隐喻的规约化达到一定程度时，会以指数形式的速度扩散，在短期内为语言社区知晓、接受和使用，从而引起语言系统的突变。在突变完成后，隐喻的规约化程度会以一种动态稳定的状态在语言系统中存在。本书第5章基于语义演变计算方法，调查了14个隐喻在《人民日报》历时语料库中的涌现过程。数据表明，这14个隐喻的涌现过程都是相变过程，都可以用S型曲线描述。

隐喻发生于人类社会这一复杂适应系统之中，隐喻复杂性的根源是语言使用者的自适应能力。语言使用者是人类社会复杂适应系统的基本单位，语言使用者在相互交流的过程中，依据特定条件对语言形式、功能和意义的选择，形成了隐喻在语言形式和语义解释等方面的多样性。语言使用者在某一特定时刻的隐喻行为，是语言使用者自身因素和外部交际环境综合作用的结果。第6章详细分析了语言使用者的自适应能力的两个重要方面：前向因果性和协同性。前向因果性使得语言使用者在完成语言交际活动的同时，能够改变自身的隐喻认知结构，发展自身的隐喻理解能力，进而改变自身在未来时间的隐喻行为方式。协同性规定了语言使用者自适应能力的具体形式，即IF/THEN结构。语言使用者具备隐喻运用模式和规则的评估和发现能力，能够感知外在环境，并对自身所采取的隐喻行为的结果进行评估，确定哪些行为在未来时间是有效的，哪些行为是无效的。这种能力具化为IF/THEN结构。第7章采用IF/THEN结构，详细描述了语言使用者自适应能力在隐喻发展过程中的具体形式，包括隐喻初始化规则、焦点结构规则、非焦点结构规则以及源域—目标域规则，等等。这些规则描述了语言使用者基于已有的隐喻知识储备和隐喻能力储备，进一步发展自身隐喻认知能力的规律性。

隐喻行为的序参量，是隐喻的规约化程度。将隐喻的规约化程度作为隐喻行为的序参量，就是主张隐喻规约化是解释复杂系统性的主要依据。隐喻的规约化程度是一个从无到有的过程，隐喻的规约化程度与隐喻的语言表达式之间存在直接的对应关系。新颖隐喻的规约化程度低，一般会采取判断句、并列等有明显类比标记的语言形式，通过语义异常等机制触发类比推理。传统隐喻、规约化程度高的隐喻出现在没有明显类比标记的语言形式之中，其理解过程不需要依赖于源域或基本义。以隐喻规约化程度作为隐喻复杂性的序参量，意味着在隐喻现象的分类、隐喻理解机制的分类以及隐喻构式的分类，都应以时间维度为主要分类标准，考虑隐喻规约化程度的动态变化，这样才能有效地解释隐喻复杂现象背后的规律性。在本书中，第 4 章对隐喻、转喻、本义以及新词的区分是以隐喻的规约化程度为依据的；第 7 章从时间维度，将纷繁复杂的隐喻构式类型划分为有标记隐喻构式和无标记隐喻构式，并建立了不同隐喻构式类型之间的关联关系，揭示了隐喻构式的有序性；第 8 章也是从时间维度，解释了隐喻概念形成过程的果决性特征，揭示了隐喻概念发展过程与隐喻语言形式之间互动的规律性。

隐喻构式的涌现是一个自组织过程，并受认知规律的支配。在隐喻规约化程度发展的不同阶段，语言使用者受自适应能力的驱动，以自组织的方法不断形成隐喻的吸引子，这些吸引子构成了不同的隐喻构式。由于语言使用者的自适应能力以认知能力为基础，因此隐喻构式的涌现受认知规律支配，隐喻构式涌现的规律性，也体现为认知的规律性。第 7 章将隐喻构式区分为有标记隐喻构式和无标记隐喻构式，提出了隐喻构式的形式化表征形式—搭配构式，并运用聚类算法从语料库中获取了“透支”“淡出”和“充电”三个动词隐喻的历时搭配构式序列。在分析三个历时搭配构式序列的基础上，提出了隐喻构式的涌现机制：单域整合固化网络。单域整合固化网络以概念整合理论中单域整合网络为基础，认为隐喻构式的涌现过程具有渐进性，新的隐喻构式以已经形成的隐喻构式为基础，经过概念整合认知过程形成。这一过程可以通过元规则—IF/THEN 描述。基于三个历时搭配构式序列的分析共获得四个构式涌现规则。

(1)隐喻初始化规则。如果整合空间为空，即语言使用者没有任何相关的隐喻经验或知识，就使用有标记隐喻构式，以触发能够在源域和目标域之间建立起概念映射的概念整合过程。

(2)焦点结构规则。如果整合空间内仅包含源域和目标域之间的概念映射，将谓语焦点结构投射到整合空间，并在整合过程完成后固化该结构。

(3)非焦点结构规则。如果整合空间中已有概念映射和焦点结构，那么就可以选取非焦点结构投射到整合空间，并在整合过程完成后固化。

(4)源域—目标域规则。在隐喻动态发展过程中，一般首先将源域中的句法模式投射到整合空间，然后再将目标域的句法模式投射到整合空间。

上述四个构式涌现规则，可以描述动词隐喻构式的涌现过程，也可用于描述一般隐喻构式的涌现过程。

隐喻发展具有果决性。隐喻的果决性，与诱使推导理论的观点类似，认为隐喻的发展总是朝向一个特定目标：对隐喻语用功能进行形式编码。隐喻发展，并不是为了建立源域和目标域的映射关系，也不是概念整合，而是不断寻找和选择表达隐喻语用意义的最优化手段，将隐喻的语用意义进行形式化编码，以便于在语言社区中采用最简单的形式表达出来。第8章分析认为，隐喻发展的最后结果是一个类似于Koch曲线的分形结构，是一个由一系列具有相似语用功能的语言形式组成的集合。依据Vygotsky所倡导的社会建构主义，在隐喻的语用功能发展过程中，语言是概念形成的媒介，隐喻构式的使用，指导和控制联想、注意力分类以及选择倾向，分离和抽象出区别性特征，并将这些特征用符号的形式表达出来。依据认知语法中的概念独立原则，对"透支""淡出"和"充电"三个动词隐喻的历时搭配构式序列进行重新分类和分析。分析结果显示，在隐喻概念发展过程中，隐喻构式具有明显的规律性：隐喻词逐渐从概念依赖句法位置准入逐渐过渡到概念独立句法位置。隐喻词在句法位置上所表现出的倾向性，是隐喻概念发展过程的标志，说明隐喻概念发展经历两个显著区分的阶段：概念抽象和概念独立。

总体看来，与传统隐喻研究相比较，动态隐喻论更好地区分了隐喻、转喻和本义，指出语言使用者的自适应能力是复杂性的源泉，隐喻规约化程度是隐喻发展的序参量，解释了隐喻规约化过程的相变特征、隐喻表达式在历时角度上的有序性以及隐喻概念发展的果决性。如同§2.1所述，科学研究的主要目标，就是用简单描述复杂，动态隐喻论所揭示的隐喻动态变化的规律，有助于我们描述隐喻的复杂性，并运用这些规律去解释隐喻所导致的词义引申、一词多义、语法化、构式变化、概念形成以及创造性思维等现象，并将这些知识应用于语言教学、翻译、认知能力培养、自然语言处理等任务。这也应该是动态隐喻论未来研究的课题和进一步发展的方向。

附录一　文献检索详细数据

本附录部分给出了§2.1对国内隐喻文献的摘要和关键词进行统计分析的结果。其中附录1-1给出了摘要中一元术语分析词云图，其中分析单位是单个词语；附录1-2为摘要中二元术语分析词云图，分析单位是包含两个词的词组；附录1-3为摘要中三元术语分析词云图，分析单位是包含三个词的词组。附录1-4为关键词分析词云图，分析单位是关键词。各词云中，字号大小表示频次高低，字号越大，频次越高。

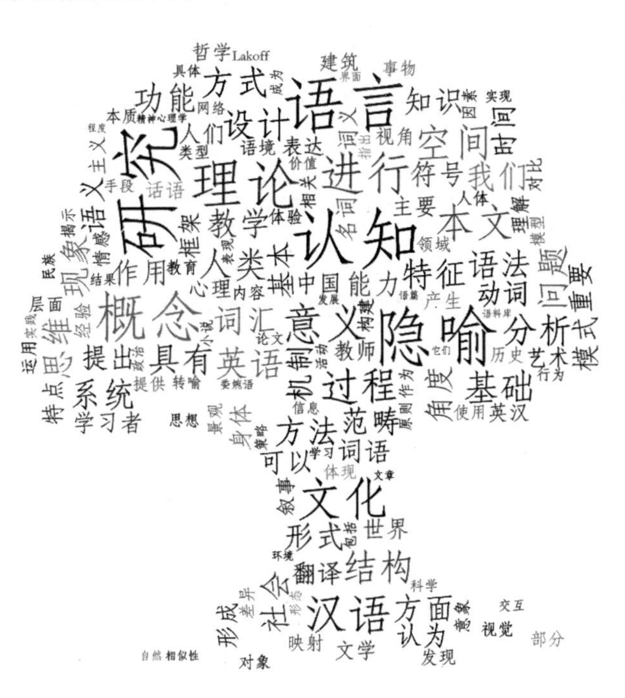

附录 1-1　一元术语分析结果

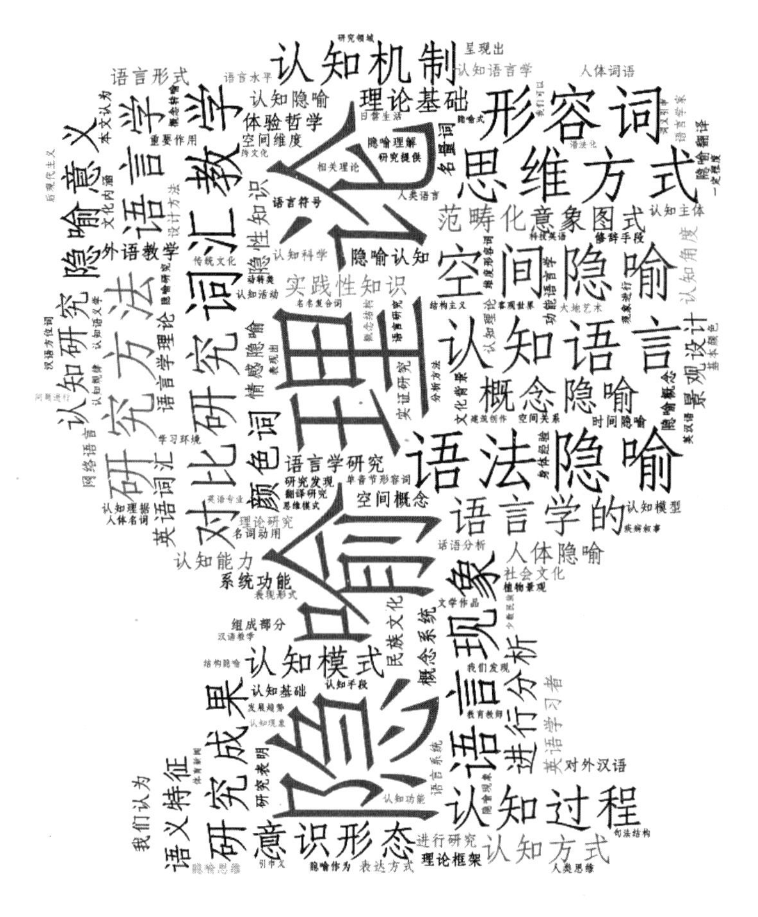

附录 1-2　二元术语分析结果

附录 1-3　三元术语分析结果

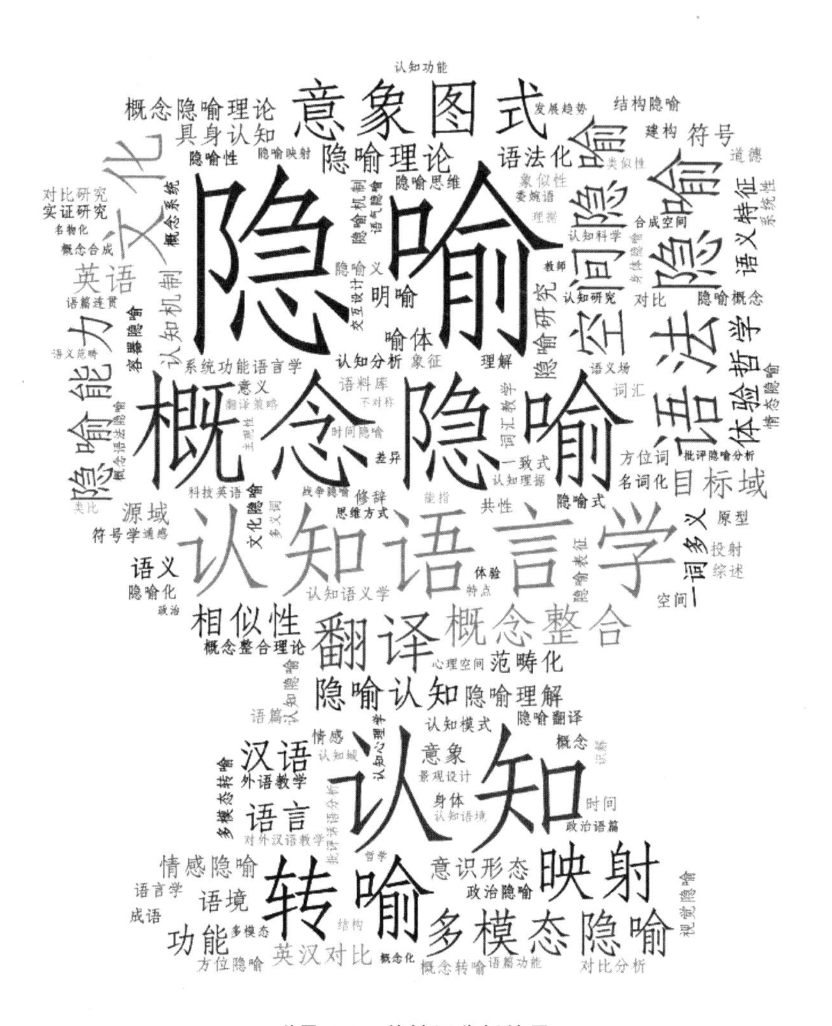

附录 1-4 关键词分析结果

附录二　调查问卷

尊敬的先生/女士：

您好！感谢您参与本次问卷调查。本次问卷结果用于语言变化相关研究，所涉及的个人信息仅供研究使用，无任何商业目的，请放心填写。

第一部分：请选择个人信息[单选题][必答题]

1.您的年龄段：

15岁以下，15～20，21～25，26～30，31～40，41～50，51～60，60以上

2.您的性别是：

男　女

3.您所在的省份：

安徽　北京　重庆　福建　甘肃　广东　广西　贵州　海南　河北　黑龙江　河南　香港　湖北　湖南　江苏　江西　吉林　辽宁　澳门　内蒙古　宁夏　青海　山东　上海　山西　陕西　四川　台湾　天津　新疆　西藏　云南　浙江　海外

4.您的教育程度是：

初中　高中　大学　研究生

第二部分：问题[单选题][必答题]

请阅读下面的句子，理解句中画线词语的意义，并依据自身理解过程，确定和选择画线词语在理解上的难易程度。如果理解时

不加思考便可确定词义，或者理解快速顺畅，可依据程度选择“很容易”或“容易”，否则可选择“一般”“难”或者“很难”。为保证调查结果的科学性，敬请认真填写，再次感谢您对本项研究的支持。

5. 帮扶中心充分发挥了维权窗口的作用。

A. 很难　B. 难　C. 一般　D. 容易　E. 很容易

6. 商品房面积缩水、质量堪忧。

A. 很难　B. 难　C. 一般　D. 容易　E. 很容易

7. 参观城市社区群众文化活动站点。

A. 很难　B. 难　C. 一般　D. 容易　E. 很容易

8. 用户感染了这一病毒后，计算机会出现各种异常情况。

A. 很难　B. 难　C. 一般　D. 容易　E. 很容易

9. 民营经济在整个县域经济发展中举足轻重，而且“蛋糕”越做越大。

A. 很难　B. 难　C. 一般　D. 容易　E. 很容易

10. 不惜牺牲健康，硬挺着干，过早透支健康。

A. 很难　B. 难　C. 一般　D. 容易　E. 很容易

11. 面对计算机病毒发展的新变化，要多管齐下，进行综合治理。

A. 很难　B. 难　C. 一般　D. 容易　E. 很容易

12. 认真解决群众观点淡化和缺失的问题。

A. 很难　B. 难　C. 一般　D. 容易　E. 很容易

13. 湖北农村市场需求逐渐回暖。

A. 很难　B. 难　C. 一般　D. 容易　E. 很容易

14. 要立足于把“蛋糕”做大，挖掘潜力，扩大贸易规模。

A. 很难　B. 难　C. 一般　D. 容易　E. 很容易

15. 以往男子身强体壮的优势已日益淡化。

A. 很难　B. 难　C. 一般　D. 容易　E. 很容易

16. 如何演绎经典，使之独放异彩？

A. 很难　B. 难　C. 一般　D. 容易　E. 很容易

17. 各民族和和睦睦地演绎着现代的过年方式。

A. 很难　B. 难　C. 一般　D. 容易　E. 很容易

18. 华尔街股市“缩水”大半。

A. 很难　B. 难　C. 一般　D. 容易　E. 很容易

19. 我们也没有理由说科技手段的进步是文学低落的原因。

A. 很难　B. 难　C. 一般　D. 容易　E. 很容易

20. 电子竞技运动确实是一块诱人的大蛋糕。

A. 很难　B. 难　C. 一般　D. 容易　E. 很容易

21. 第一次来美就遇到此事，赵燕心情一直很低落。

A. 很难　B. 难　C. 一般　D. 容易　E. 很容易

22. 削弱和淡化行政管理。

A. 很难　B. 难　C. 一般　D. 容易　E. 很容易

23. 惠普公司还将使用自己的国际互联网络站点。

A. 很难　B. 难　C. 一般　D. 容易　E. 很容易

24. 街上兴起针织服装热。

A. 很难　B. 难　C. 一般　D. 容易　E. 很容易

25. 通过边贸窗口将内地商品推向边境贸易市场。

A. 很难　B. 难　C. 一般　D. 容易　E. 很容易

26. 消费市场逐渐回暖。

A. 很难　B. 难　C. 一般　D. 容易　E. 很容易

27. 争抢春运市场“蛋糕”。

A. 很难　B. 难　C. 一般　D. 容易　E. 很容易

28. 球员本人最了解自己的身体，却不得不以透支生理负荷来玩命。

A. 很难　B. 难　C. 一般　D. 容易　E. 很容易

29. 目前，整个因特网上的站点数已经超过2亿个。

A. 很难 B. 难 C. 一般 D. 容易 E. 很容易

30. 风里来雨里去，他在透支生命。

A. 很难 B. 难 C. 一般 D. 容易 E. 很容易

31. 使政务公开通过网络这一载体，正日渐成为一个便民服务的窗口。

A. 很难 B. 难 C. 一般 D. 容易 E. 很容易

32. 彻底打破分配上的“大锅饭”。

A. 很难 B. 难 C. 一般 D. 容易 E. 很容易

33. 收益按入股平均分配，这就又造成企业中新的“大锅饭”现象。

A. 很难 B. 难 C. 一般 D. 容易 E. 很容易

34. 这个地方地理位置相对封闭，演绎出地方独特的历史传奇。

A. 很难 B. 难 C. 一般 D. 容易 E. 很容易

35. 时代飞速发展，必须经常“充电”。

A. 很难 B. 难 C. 一般 D. 容易 E. 很容易

36. 体力透支、身体状况令人担忧。

A. 很难 B. 难 C. 一般 D. 容易 E. 很容易

37. 市民以自己喜爱的方式休闲度假，在图书馆、博物馆充电，购物逛街。

A. 很难 B. 难 C. 一般 D. 容易 E. 很容易

38. 一个“创”字，使多年来“评先进”的“大锅饭”结束了。

A. 很难 B. 难 C. 一般 D. 容易 E. 很容易

39. 在粮食收购旺季，应增设临时收购站点。

A. 很难 B. 难 C. 一般 D. 容易 E. 很容易

40. 空军是一个技术密集的军种。

A. 很难 B. 难 C. 一般 D. 容易 E. 很容易

41. 拥有丰富的高新技术科技人才资源，智力密集成为抗风险的法宝。

A. 很难 B. 难 C. 一般 D. 容易 E. 很容易

42. 欧佩克成员国“石油美元”的收益一再缩水。

A. 很难 B. 难 C. 一般 D. 容易 E. 很容易

43. 在知识经济时代，“前半生充电，后半生放电”的想法已不合时宜。

A. 很难 B. 难 C. 一般 D. 容易 E. 很容易

44. 给读者提供一个观察汽车行业、企业的窗口。

A. 很难 B. 难 C. 一般 D. 容易 E. 很容易

45. 这些已贵为老板级的人物，为什么还要来清华充电？

A. 很难 B. 难 C. 一般 D. 容易 E. 很容易

46. 局部地区出现农民种田兴趣低落的现象。

A. 很难 B. 难 C. 一般 D. 容易 E. 很容易

47. 随着行业的逐渐回暖，对人才的需求还会有所增长。

A. 很难 B. 难 C. 一般 D. 容易 E. 很容易

48. 最近几个月以来，法德两国关系回暖。

A. 很难 B. 难 C. 一般 D. 容易 E. 很容易

49. 随时检查旅行社在吃、住、行、玩、游方面的安排上有无“缩水”现象。

A. 很难 B. 难 C. 一般 D. 容易 E. 很容易

50. 该病毒是一个后门程序，一旦运行则监听指定的端口。

A. 很难 B. 难 C. 一般 D. 容易 E. 很容易

51. 近几年来，台湾投资意愿低落。

A. 很难 B. 难 C. 一般 D. 容易 E. 很容易

52. 韩国兴起了“中国热”。

A. 很难 B. 难 C. 一般 D. 容易 E. 很容易

53. 蠕虫病毒，主要通过网络传播。

A. 很难　B. 难　C. 一般　D. 容易　E. 很容易

54. 它带来的一个必然结果是中国旅游热。

A. 很难　B. 难　C. 一般　D. 容易　E. 很容易

55. 汽车行业资金密集。

A. 很难　B. 难　C. 一般　D. 容易　E. 很容易

56. 政府机关普遍存在着大锅饭等问题。

A. 很难　B. 难　C. 一般　D. 容易　E. 很容易

57. 发展劳动密集行业产品的生产和出口，好处很多。

A. 很难　B. 难　C. 一般　D. 容易　E. 很容易

58. 青年人孝敬、赡养老人的观念不断淡化。

A. 很难　B. 难　C. 一般　D. 容易　E. 很容易

59. 每天数百人前来询问、报名，比前一阵的证券热毫不逊色。

A. 很难　B. 难　C. 一般　D. 容易　E. 很容易

60. 宋祖英在剧中用大段的咏叹演绎剧情，诠释人物。

A. 很难　B. 难　C. 一般　D. 容易　E. 很容易

参考文献

Ahrens, K. (2002) *When love is not digested: Underlying reasons for source to target domain pairings in the contemporary theory of metaphor*. Paper presented at the the First Cognitive Linguistics Conference, Cheng-Chi University, Taipei, China.

Aristotle (2006) *Poetics* (S. H. Butcher, Trans.). Newburyport, MA: Focus Publishing.

Arnold, J. E., E. Kaiser, J. M. Kahn, & L. K. Kim (2013) Information structure: linguistic, cognitive, and processing approaches. *Cognitive Science* 4/4: 403—413.

Atkins, B. T. S. & M. Rundell (2008) *Oxford Guide to Practical Lexicography*. Oxford: Oxford University Press, UK.

Baicchi, A. (2015) Complex adaptive systems: The case of language. In *Construction Learning as a Complex Adaptive System: Psycholinguistic Evidence from L2 Learners of English*, 9—31. Cham: Springer International Publishing.

Bailey, C.-J. N. (1973). *Variation and Linguistic Theory*. Center for Applied Linguistics, Arlington, VA.

Barnden, J. A. (2007) Metaphor, semantic preferences and context-sensitivity. In K. Ahmad, C. Brewster, & M. Stevenson (eds.), *Words and Intelligence II: Essays in Honor of Yorick Wilks*, 39—62. Berlin: Springer.

Barnden, J. A. (2008) *Unparalleled creativity in metaphor*. Paper presented at the 2008 AAAI Spring Symposium, Menlo Park, Calif.

Baronchelli, A., M. Felici, E. Caglioti, V. Loreto, & L. Steels (2006) Sharp transition towards shared vocabularies in multi-agent systems. *Journal of Statistical Mechanics: Theory and Experiment* 2006/6: 6—14.

Bartsch, R. (1984) Norms, tolerance, lexical change, and context-dependence of meaning. *Journal of Pragmatics* 8/3: 367—393.

Bartsch, R. (1998) *Dynamic Conceptual Semantics: A Logico-Philosophical*

Investigation into Concept Formation and Understanding. Stanford, Califonia: CSLI Publications.

Bartsch, R. (2002) *Consciousness Emerging: The dynamics of Perception, Imagination, Action, Memory, Thought, and Language*. Amsterdam; Philadelphia: John Benjamins Pub.

Bartsch, R. (2005) *Memory and Understanding: Concept Formation in Proust's A la recherche du temps perdu*. Amsterdam; Philadelphia: John Benjamins Pub.

Bauer, L. (1983) *English Word-formation*. Cambridge Cambridgeshire; New York: Cambridge University Press.

Beckner, C., N. C. Ellis, R. Blythe, H. Holland, J. L. Bybee, J. Ke, ... T. Schoenemann (2009) Languageis a complex adaptive system: Position Paper. *Language Learning* 59/Suppl. 1: 1—26.

Bengio, Y., H. Schwenk, J. S. Senécal, F. Morin, & J. L. Gauvain (2003) Neural probabilistic language models. *Journal of Machine Learning Research* 3/6: 1137—1155.

Beuls, K. & L. Steels (2013) Agent-based models of strategies for the emergence and evolution of grammatical agreement. *PLOS ONE* 8/3: e58960.

Black, M. (1955) *Metaphor*. Paper presented at the Meetings of the Aristotelian Society, Bedford Square, W. C. 1.

Black, M. (1993) More about metaphor. In A. Ortony (ed.), *Metaphor and Thought*, 19—41. Cambridge: Cambridge University Press.

Blei, D. M. & J. D. Lafferty (2006) *Dynamic topic models*. Paper presented at the 23rd International Conference on Machine Learning, Pittsburgh, Pennsylvania, USA.

Blei, D. M., A. Y. Ng, & M. I. Jordan (2003) Latentdirichlet allocation. *Journal of Machine Learning Research* 3: 993—1022.

Bloomfield, L. (1933) *Language*. New York: Holt, Rinehart and Winston, Inc.

Bowdle, B. F. & D. Gentner (2005) The Career of metaphor. *Psychological Review* 112/1: 193—216.

Brandt, L. & P. A. Brandt (2005) Making sense of a blend: A cognitive-semiotic approach to metaphor. *Annual Review of Cognitive Linguistics* 3/1: 216—249.

Breal, M. (1964) *Semantics: Studies in the Science of Meaning*. New York: Dover.

Bresnan, J. (2016) Linguistics: The garden and the bush. *Computational Linguistics*

42/4: 599—617.

Broccias, C. (2013) Cognitive grammar. In T. Hoffmann & G. Trousdale (eds.), *The Oxford Handbook of Construction Grammar*, 165—185. Oxford: Oxford University Press.

Brooke-Rose, C. (1958) *A Grammar of Metaphor*. London: Secker & Warburg.

Burgess, C., K. Livesay, & K. Lund (1998) Explorations in context space: Words, sentences, discourse. *Discourse Processes* 25/2—3: 211—257.

Bybee, J. L. (2006) From usage to grammar: The mind's response to repetition. *Language* 82/4: 711—733.

Bybee, J. L. (2010) *Language, Usage and Cognition*. New York: Cambridge University Press.

Bybee, J. L. (2013) Usage-based theory and exemplar representations of constructions. In G. Trousdale & T. Hoffmann (eds.), *The Oxford Handbook of Construction Grammar*, 49—69. New York: Oxford University Press.

Bybee, J. L. & C. Beckner (2012) Usage-based theory. In B. Heine & H. Narrog (eds.), *The Oxford Handbook of Linguistic Analysis*, 827—857. New York: Oxford University Press.

Bybee, J. L. & P. J. Hopper (2001) Introduction to frequency and the emergence of linguistic structure. In J. Bybee & P. Hopper (eds.), *Frequency and the Emergence of Linguistic Structure*, 229—254. Amsterdam/Philadelphia: John Benjamins Publishing Company.

Cameron, L. J. (1999a) Identifying and describing metaphor in spoken discourse data. In G. Low & L. Cameron (eds.), *Researching and Applying Metaphor*, 105—132. Cambridge: Cambridge University Press.

Cameron, L. J. (1999b) Operationalising 'metaphor' for applied linguistic research. In G. Low & L. Cameron (eds.), *Researching and Applying Metaphor*, 3—28. Cambridge: Cambridge University Press.

Cameron, L. J. (1999c) Operationalising 'metaphor' for applied linguistics research. In L. Cameron & G. Low (eds.), *Researching and Applying Metaphor*, 1—28. New York: Cambridge University Press.

Cameron, L. J. (2003) *Metaphor in Educational Discourse*. London; New York: Continuum.

Cameron, L. J. (2007a) Confrontation or complementarity?: Metaphor in language use and cognitive metaphor theory. *Annual Review of Cognitive Linguistics* 5/1: 107—135.

Cameron, L. J. (2007b) Patterns of metaphor use in reconciliation talk. *Discourse & Society* 18/2: 197—222.

Cameron, L. J. & A. Deignan (2006) The Emergence of metaphor in discourse. *Applied Linguistics* 27/4: 671—690.

Cameron, L. J. & D. Larsen-Freeman (2007) Complex systems and applied linguistics. *International Journal of Applied Linguistics* 17/2: 226—239.

Cameron, L. J., G. Low, & R. Maslen (2010) Finding systematicity in metaphor use. In L. Cameron & R. Maslen (eds.), *Metaphor Analysis: Research Practice in Applied Linguistics, Social Sciences and the Humanities*, 116—146. London: Equinox.

Cameron, L. J., R. Maslen, Z. Todd, J. Maule, P. Stratton, & N. Stanley (2009) The discourse dynamics approach to metaphor and metaphor-led discourse analysis. *Metaphor and Symbol* 24/2: 63—89.

Cameron, L. J., & J. H. Stelma (2004) Metaphor clusters in discourse. *Journal of Applied Linguistics* 1/2: 107—136.

Campbell, D. K. (1987) Nonlinear science: From paradigms to practicalities. *Los Adamos Science* Special Issue: 218—254.

Cardillo, E. R., C. E. Watson, G. L. Schmidt, A. Kranjec, & A. Chatterjee (2012) From novel to familiar: Tuning the brain for metaphors. *NeuroImage* 59/4: 3212—3221.

Claridge, C. (2011) *Hyperbole in English: A Corpus-based Study of Exaggeration*. New York: Cambridge University Press.

Clark, H. H. (1996) *Using Language*. Cambridge England; New York: Cambridge University Press.

Clausner, T. C. & W. Croft (1997) Productivity and schematicity in metaphors. *Cognitive Science* 21: 247—282.

Coulson, S. & T. Oakley (2000) Blending basics. *Cognitive Linguistics* 11/3/4: 175—196.

Croft, W. (1993) The role of domains in the interpretation of metaphors and metonymies. *Cognitive Linguistics* 4/4：335—370.

Croft，W.（2003）*Typology and Universals*. Cambridge：Cambridge University Press.

Croft，W.（2017）Evolutionary complexity of social cognition，semasiographic systems，and language. In C. Coupé，F. Pellegrino，& S. S. Mufwene（eds.），*Complexity in Language：Developmental and Evolutionary Perspectives*，101 — 134. Cambridge：Cambridge University Press.

Croft，W. & D. A. Cruse（2004）*Cognitive Linguistics*. New York：Cambridge University Press.

Crystal，D.（2006）*Language and the Internet*（2nd ed.）. New York：Cambridge University Press.

Dancygier，B. & E. Sweetser（2014）*Figurative Language*. Cambridge：Cambridge University Press.

Deignan，A.（2005）*Metaphor and Corpus Linguistics*. Philadelphia，PA，USA：John Benjamins Publishing Company.

Deignan，A.（2008）Corpus linguistics and metaphor. In R. W. J. Gibbs（ed.），*The Cambridge Handbook of Metaphor and Thought*，280—294. Cambridge：Cambridge University Press.

Dong，Z.（2006）*Hownet and the Computation of Meaning*. River Edge，NJ，USA：World Scientific Publishing Co.，Inc.

Dunning，T.（1993）Accurate methods for the statistics of surprise and coincidence. *Computational Linguistics* 19：61—74.

Ellis，N. C.，& D. Larsen-Freeman（2009）Constructing asecond language：Analyses and computational simulations of the emergence of linguistic constructions from usage. *Language Learning* 59：90—125.

Evangelopoulos，N. E.（2013）Latent semantic analysis. *Cognitive Science* 4/6：683.

Eviatar，Z. & M. A. Just（2006）Brain correlates of discourse processing：An fMRI investigation of irony and conventional metaphor comprehension. *Neuropsychologia* 44：2348—2359.

Falandays，J. B. & M. J. Spivey（2019）Abstract meanings may be more dynamic，due to their sociality：Comment on “Words as social tools：Language，sociality and inner grounding in abstract concepts” by Anna M. Borghi et al. *Physics of Life*

Reviews 29: 175—177.

Fauconnier, G. (1985) *Mental Spaces : Aspects of Meaning Construction in Natural Language*. Cambridge, Mass. : MIT Press.

Fauconnier, G. (1997) *Mappings in Thought and Language*. Cambridge; New York: Cambridge University Press.

Fauconnier, G. (2001a) Conceptual blending. In N. J. Smelser & P. B. Baltes (eds.), *International Encyclopedia of the Social & Behavioral Sciences*, 2495—2498. Oxford: Pergamon.

Fauconnier, G. (2001b) Conceptual blending and analogy. In G. Dedre, H. Keith, & K. Boicho (eds.), *The Analogical Mind: Perspectives from Cognitive Science*, 255—286. Cambridge: MIT Press.

Fauconnier, G. (2005) Compression and emergent structure. *Language and Linguistics Taipei* 6/4: 523.

Fauconnier, G. (2018) *Ten Lectures on Cognitive Construction of Meaning*. Leiden/Boston: Brill.

Fauconnier, G. & M. Turner (1996) Blending as a central process of grammar. In A. Goldberg (ed.), *Conceptual Structure, Discourse, and Language*, 113—129. Stanford: Center for the Study of Language and Information.

Fauconnier, G. & M. Turner (1998) Conceptual integration networks. *Cognitive Science* 22/2: 133—187.

Fauconnier, G. & M. Turner (2002) *The Way We Think : Conceptual Blending and the Mind's Hidden Complexities*. New York: Basic Books.

Feldman, J. & S. Narayanan (2004) Embodied meaning in a neural theory of language. *Brain and Language* 89: 385—392.

Fellbaum, C. (1998) *Word Net: An Electronic Lexical Database*. Cambridge, Mass: MIT Press.

Fellbaum, C. D., B. S. Pedersen, M. Piasecki, & S. Szpakowicz (2013) *Wordnets and Relations*. New York: Springer.

Feltgen, Q., B. Fagard, & J.-P. Nadal (2017) Modeling language change: The pitfall of grammaticalization. In F. La Mantia, I. Licata, & P. Perconti (eds.), *Language in Complexity: The Emerging Meaning*, 49—72. Cham: Springer International Publishing.

Firth, J. R. (1957) A synopsis of linguistic theory, 1930—1955. In *Studies in Linguistic Analysis*, 1—32. Oxford: Blackwell.

Fischer, R. (1998) *Lexical Change in Present-day English: A Corpus-based Study of the Motivation, Institutionalization, and Productivity of Creative Neologisms*. Tubingen: Gunter Narr Verlag.

Frantzi, K., S. Ananiadou, & H. Mima (2000) Automatic recognition of multi-word terms: The C-value/NC-value method. *International Journal on Digital Libraries* 3/2: 115—130.

Geeraerts, D. (1997) *Diachronic Prototype Semantics: A Contribution to Historical Lexicology*. Oxford: Oxford University Press.

Gell-Mann, M. (2002) *What Is Complexity?*, Heidelberg: Physica-Verlag HD.

Gentner, D. (1988) Metaphor asstructure-mapping: The relational shift. *Child Development* 59: 47—59.

Gentner, D. & P. Wolff (1997) Alignment in the processing of metaphor. *Journal of Memory and Language* 37: 331—355.

Gibbs, J. R. W. (1984) Literal meaning and psychological theory. *Cognitive Science* 8: 275—304.

Gibbs, J. R. W. (1999) Researching metaphor. In L. Cameron & G. Low (eds.), *Researching and Applying Metaphor*, 29—47. New York: Cambridge University Press.

Gibbs, J. R. W. (2010) The dynamic complexities of metaphor interpretation. *DELTA: Documentação de Estudos em Lingüística Teórica e Aplicada* 26: 657—677.

Gibbs, J. R. W. (2011) Evaluating conceptual metaphor theory. *Discourse Processes* 48/8: 528—564.

Gibbs, J. R. W. (2013a) The real complexities of psycholinguistic research on metaphor. *Language Sciences* 40: 45—52.

Gibbs, J. R. W. (2013b) Why do some people dislike conceptual metaphor theory? *Journal of Cognitive Semiotics* 5/1—2: 14—36.

Gibbs, J. R. W. (2017) *Metaphor Wars: Conceptual Metaphors in Human Life*. Cambridge: Cambridge University Press.

Gibbs, J. R. W. & L. J. Cameron (2008) The social-cognitive dynamics of metaphor performance. *Cognitive Systems Research* 9/1: 64—75.

Gibbs, J. R. W. & H. L. Colston (2012) *Interpreting Figurative Meaning*. Cambridge; New York: Cambridge University Press.

Gibbs, J. R. W. & M. J. Santa Cruz (2012) Temporal unfolding of conceptual metaphoric experience. *Metaphor and Symbol* 27/4: 299—311.

Giora, R. (1997) Understanding figurative and literal language: The graded salience hypothesis. *Cognitive Linguistics* 8/3: 183—206.

Giora, R. (2004) On the graded salience hypothesis. *Intercultural Pragmatics* 1—1: 93—103.

Giora, R. (2008) Is metaphor unique? In R. Gibbs (ed.), *The Cambridge Handbook of Metaphor and Thought*. New York: Cambridge University Press.

Giora, R. (2012) Introduction:different? Not different? *Metaphor and Symbol* 27/1: 1—3.

Giora, R., O. Gazal, I. Goldstein, O. Fein, & A. Stringaris (2012) Salience and context: Interpretation of metaphorical and literal language by young adults diagnosed with asperger's Syndrome. *Metaphor and Symbol* 27/1: 22—54.

Glansdorff, P. & I. Prigogine (1971) *Thermodynamic Theory of Structure, Stability and Fluctuations*. London; New York: Wiley-Interscience.

Glucksberg, S. & B. Keysar (1990) Understanding metaphorical comparisons: Beyond similarity. *Psychological Review* 97/1: 3—18.

Glucksberg, S. & M. S. McGlone (2001) *Understanding Figurative Language: From Metaphors to Idioms*. New York: Oxford University Press.

Glucksberg, S., M. S. McGlone, & D. Manfredi (1997) Property attribution in metaphor comprehension. *Journal of Memory and Language* 36: 50—67.

Goatly, A. (1997) *The Language of Metaphors*. London; New York: Routledge.

Goldberg, A. (2005) *Constructions at Work: The Nature of Generalization in Language*. Oxford: Oxford University Press.

Goldstein, A., Y. Arzouan, & M. Faust (2012) Killing a novel metaphor and reviving a dead one: ERP correlates of metaphor conventionalization. *Brain and Language* 123/2: 137—142.

Gong, T., J. W. Minett, J. Ke, J. H. Holland, & W. S.-Y. Wang (2005) Coevolution of lexicon and syntax from a simulation perspective: Research articles.

Complex. 10/6: 50—62.

Grady, J. (1997) THEORIES ARE BUILDINGS revisited. *Cognitive Linguistics* 8/267—290.

Grady, J. (1999) *A Typology of Motivation for Metaphor: Correlations vs. Resemblances*. Amsterdam: Benjamins.

Grady, J. (2001) Cognitive mechanisms of conceptual integration. *Cognitive Linguistics* 11/3—4: 335—345.

Grady, J. (2005) Primary metaphors as inputs to conceptual integration. *Journal of Pragmatics* 37: 1595—1614.

Grady, J. (2007) Metaphor. In D. Geeraerts & H. Cuyckens (eds.), *The Oxford Handbook of Cognitive Linguistics*, 188—213. New York: Oxford University Press.

Grady, J., T. Oakley, & S. Coulson (1999) Blending and metaphor. In G. Steen & R. Gibbs (eds.), *Metaphor in Cognitive Linguistics*, 101—124. Philadelphia: John Benjamins.

Grice, H. P. (1975) Logic and conversation. In P. Cole & J. Morgan (eds.), *Syntax and Semantics*, 41—58. New York: Academic Press.

Gries, S. T. (2009) *Statistics for Linguistics With R: A Practical Introduction*. Berlin; New York: Mouton de Gruyter.

Gries, S. T. & A. Stefanowitsch (2004) Extending collostructional analysis: A corpus-based perspective on 'alternations'. *International Journal of Corpus Linguistics* 9/1: 97—129.

Gundel, J. K. & T. Fretheim (2009). Information strucuture. In F. Brisard, J.-O. Ostman & J. Verschueren (Eds.), *Grammar, Meaning and Pragmatics* (pp. 146—160).

Haken, H. (1977) *Synergetics: An introduction*. Berlin: Springer.

Hale, M. (2007) *Historical Linguistics: Theory and Method*. Oxford: Blackwell.

Handl, S. (2011) *The Conventionality of Figurative Language: A Usage-Based Study*. Tubingen: Narr.

Harris, Z. S. (1954) Distributional structure. *Word* 10/2—3: 146—162.

Havrylov, S. & I. Titov (2017) Emergence of language with multi-agent games: Learning to communicate with sequences of symbols. *arXiv*:1705.11192 [*cs.LG*].

Heine, B., U. Claudi, & F. Hünnemeyer (1991) *Grammaticalization: A Conceptual Framework*. Chicago: University of Chicago Press.

Hilpert, M. (2013) *Constructional Change in English: Developments in Allomorphy, Word Formation, and Syntax*. New York: Cambridge University Press.

Holland, J. H. (1995) *Hidden Order: How Adaptation Builds Complexity*. Reading, Mass.: Addison-Wesley.

Holland, J. H. (2006) Studying complex adaptive systems. *Journal of Systems Science and Complexity* 19/1: 1—8.

Honeck, R. P. (1996) Introduction: figurative language and cognitive science—past, present, and future. *Metaphor and Symbol* 11/1: 1—15.

Hopper, P. J. (1987) *Emergent Grammar*. Paper presented at the Proceedings of the Annual Meeting of the Berkeley Linguistics Society 13: 139—157.

Hopper, P. J. & E. G. Traugott (1993) *Grammaticalization*. Cambridge England; New York: Cambridge University Press.

Indurkhya, B. (1992) *Metaphor and Cognition*. Dordrecht/Boston/London: Kluwer Academic Publishers.

Jacobson, R. (1956) Two aspects of language and two types of aphasic disturbances. *Fundamentals of Language*, 1: 69—96.

Johnson, C. R. (1995) Metaphor vs. conflation in the acquisition of polysemy. In M. K. Hiraga, C. Sinha, & S. Wilcox (eds.), *Cultural, Psychological and Typological Issues in Cognitive Linguistics: Selected papers of the bi-annual ICLA meeting in Albuquerque, July* 1995, 155—170. Amsterdam/Philadelphia: John Benjamins Publishing Company.

Jurafsky, D., A. Bell, M. Gregory, & W. D. Raymond (2001) Probabilistic relations between words: Evidence from reduction in lexical production. In J. Bybee & P. Hopper (eds.), *Frequency and the Emergence of Linguistic Structure*, 229—254. Amsterdam/Fhiladelphia: John Benjamins Publishing Company.

Kilgarriff, A. (1997) I don't believe in word senses. *Computers and the Humanities* 31: 91—113.

Kittay, E. F. (1989) *Metaphor: Its Cognitive Force and Linguistic Structure*. Oxford: Oxford University Press.

Kottur, S., J. M. F. Moura, S. Lee, & D. Batra (2017) Natural language does not emerge 'naturally' in multi-agent dialog. arXiv:1706.08502v1.

Kövecses, Z. (2002) *Metaphor: A Practical Introduction*. Oxford: Oxford University Press.

Kövecses, Z. (2005) *Metaphor in Culture: Universality and Variation*. Cambridge; New York: Cambridge University Press.

Kövecses, Z. (2015) *Where Metaphors Come From: Reconsidering Context in Metaphor*. Oxford: Oxford University Press.

Kretzschmar, W. A. (2015) *Language as a Complex Adaptive System*. Cambridge: Cambridge University Press.

Kroch, A. (1989) Reflexes of grammar in patterns of language change. *Language Variation and Change* 1/3: 199—244.

Labov, W. (1972) *Sociolinguistic Patterns*. Philadelphia: University of Pennsylvania Press.

Labov, W. (2007) *Principles of Linguistic Change: Social Factors*. Beijing: Peking University Press.

Lakoff, G. (1987) *Women, Fire and Dangerous Things*. Chicago and London: The University of Chicago Press.

Lakoff, G. (1993) The contemporary theory of metaphor. In A. Ortony (ed.), *Metaphor and Thought*, Second Edition, 202 — 251. Cambridge: Cambridge University Press.

Lakoff, G. J. Espenson, & A. Schwartz. (1994). The Master Metaphor List (Second Draft). Retrieved from http://araw.mede.uic.edu/~alansz/metaphor/METAPHORLIST.pdf, accessed on June 2nd, 2019.

Lakoff, G. & M. Johnson (1980) *Metaphors We Live by*. Chicago: The University of Chicago Press.

Lakoff, G. & M. Johnson (1999) *Philosophy in the Flesh: The Embodied Mind and its Challenge to Western Thought*. New York: Basic Books.

Lakoff, G. & M. Turner (1989) *More Than Cool Reason: A Field Guide to Poetic Metaphor*. Chicago: The University of Chicago Press.

Lambrecht, K. (1994) *Information Structure and Sentence Form: Topic, Focus, and the Mental Representations of Discourse Referents*. Cambridge: Cambridge University Press.

Landau, S. I. (2001) *Dictionaries: the Art and Craft of Lexicography* (2nd ed.). Cambridge: Cambridge University Press.

Langacker, R. W. (1999) *Grammar and Conceptualization*. Berlin/New York: Mouton de Gruyter.

Langacker, R. W. (2004) *Foundations of Cognitive Grammar* (*II*). Beijing: Peking University Press.

Langacker, R. W. (2010) *Concept, Image, and Symbol: The Cognitive Basis of Grammar*. Berlin; Boston: Mouton De Gruyter.

Larsen-Freeman, D. (2018) Complexity and ELF. In J. Jenkins, W. Baker, & M. Dewey (eds.), *The Routledge Handbook on English as a Lingua Franca*, 51—60. London: Routledge.

Larsen-Freeman, D. & L. J. Cameron (2008) *Complex Systems and Applied Linguistics*. Oxford: Oxford University Press.

Larsen-Freeman, D. & L. J. Cameron (2012) *Complex Systems and Applied Linguistics*. Shanghai: Shanghai Foreign Language Education Press.

Lazaridou, A., A. Peysakhovich, & M. Baroni (2016) Multi-agent cooperation and the emergence of (natural) language. arXiv:1612.07182.

Leech, G. N. (1969) *Towards a Semantic Description of English*. London and Harlow: Longmans.

Leezenberg, M. (2001) *Contexts of Metaphor* (1st ed.). Amsterdam; New York: Elsevier.

Lewandowska-Tomaszczyk, B. (1985) On semantic change in a dynamic model of language. In J. Fisiak (ed.), *Historical Semantics—Historical Word-Formation*, 297—324. Berlin, Boston: De Gruyter Mouton.

Lewis, D. K. (1969) *Convention: A Philosophical Study*. Cambridge: Harvard University Press.

Lewis, M. (1977) Catastrophe theory. *Science* 196/4296: 1270.

Lipka, L. (1992) Lexicalization and institutionalization in English and German. *Linguistica Pragensia* 1: 1—13.

Lipka, L., S. Handl, & W. Falkner (2004) Lexicalization &Institutionalization: The state of the art in 2004. *SKASE Journal of Theoretical Linguistics* 1/1: 2—19.

Loreto, V. & L. Steels (2007) Social dynamics: Emergence of language. *Nature Physics* 3: 758—760.

Lund, K. & C. Burgess (1996) Producing high-dimensional semantic spaces from lexical co-occurrence. *Behavior Research Methods Instruments & Computers* 28/2: 203—208.

Mahon, B. Z. & A. Caramazza (2008) A critical look at the embodied cognition hypothesis and a new proposal for grounding conceptual content. *Journal of Physiology-Paris* 102/1: 59—70.

Manning, C. D. & H. Schütze (1999) *Foundations of Statistical Natural Language Processing*. Cambridge, Mass.: MIT Press.

Manning, C. D., M. Surdeanu, J. Bauer, J. Finkel, & S. J. Bethard (2014) *The Stanford CoreNLP Natural Language Processing Toolkit*. Paper presented at the the 52nd Annual Meeting of the Association for Computational Linguistics: System Demonstrations.

Mantia, F. L., I. Licata, & P. Perconti (2017) *Language in Complexity: The Emerging Meaning*. Berlin, Heidelberg: Springer.

Massip-Bonet, À. (2013) Language as a complex adaptive system: Towards an integrative linguistics. In À. Massip-Bonet & A. Bastardas-Boada (eds.), *Complexity Perspectives on Language, Communication and Society*, 35—60. Berlin, Heidelberg: Springer.

Maynard, D. & S. Ananiadou (2000) *Identifying terms by their family and friends*. Paper presented at the the 18th conference on Computational linguistics, Morristown, NJ, USA.

McCarthy, D., R. Koeling, J. Weeds, & J. Carroll (2004) *Finding predominant senses in untagged text*. Paper presented at the the 42nd Annual Meeting of the Association for Computational Linguistics, Barclona, Spain.

Mikolov, T., I. Sutskever, K. Chen, G. Corrado, & J. Dean (2013) *Distributed representations of words and phrases and their compositionality*. Paper presented at the 26th International Conference on Neural Information Processing Systems, Lake Tahoe, Nevada.

Millikan, R. G. (1998) Language conventions made simple. *The Journal of Philosophy* 95/4: 161—180.

Mufwene, S. , C. Coupé, & F. Pellegrino (2017) *Complexity in Language: Developmental and Evolutionary Perspectives*. Cambridge: Cambridge University Press.

Müller, C. (2008) *Metaphors Dead and Alive, Sleeping and Waking: A Dynamic View*. Chicago; London: The University of Chicago Press.

Müller, C. & C. Schmitt (2015) Audio-visual metaphors of the financial crisis: meaning making and the flow of experience. *Revista Brasileira de Lingüística Aplicada* 15: 311—342.

Müller, C. & S. Tag (2010) The dynamics of metaphor: Foregrounding and activating metaphoricity in conversational interaction. *Cognitive Semiotics*, 6: 85.

Narayanan, S. S. (1997) *Knowledge-Based Action Representations for Metaphor and Aspect* (*KARMA*). (Ph. D Dissertation). University of California.

Nasiruddin, M. (2013) *A state of the art of word sense induction: A way towards word sense disambiguation for under-resourced languages*. Paper presented at the TALN-RÉCITAL 2013, Les Sables d'Olonne, France.

Navigli, R. (2009) Word sense disambiguation: A survey. *ACM Computing Surveys* 41/2: 1—69.

Nunberg, G. , I. A. Sag, & T. Wasow (1994) Idioms. *Language* 70/3: 491—538.

Ortony, A. (1979) Beyond literal similarity. *Psychological Review* 86/3: 161—180.

Ortony, A. , R. E. Reynolds, & J. A. Arter. (1977). Metaphor: Theoretical and empirical research. *Psychological Bulletin* 85/5, 919.

Pecina, P. (2005) *An Extensive Empirical Study of Collocation Extraction Methods*. Paper presented at the the 2005 ACL Student Research Workshop, Ann Arbor, USA.

Pecina, P. (2010) Lexical association measures and collocation extraction. *Language Resources and Evaluation* 44/1/2: 137—158.

Pennington, J. , R. Socher, & C. Manning (2014) *GloVe: global vectors for word representation*. Paper presented at the 2014 Conference on Empirical Methods in Natural Language Processing, Doha, Qatar.

Pragglejaz-Group (2007) MIP: A Method for identifying metaphorically used words in discourse. *Metaphor and Symbol* 22/1: 1—39.

Prévost, N. (2003). *The Physics of Language: Towards a Phase-transition of*

Language Change. (Ph. D.). Simon Fraser University.

Prigogine, I. (1980) *From Being to Becoming: Time and Complexity in the Physical Sciences*. San Francisco: W. H. Freeman.

Quirk, R., S. Greenbaum, G. Leech, & J. Svartvik (1985) *A Comprehenstive Grammar of the English Language*. New York: Longman.

Richards, I. A. (1965) *The Philosophy of Rhetoric*. Oxford: Oxford University Press.

Ritchie, D. & L. J. Cameron (2014) Openhearts or smoke and mirrors: Metaphorical Framing and Frame Conflicts in a Public Meeting. *Metaphor and Symbol* 3: 204—223.

Robert, S. (2008) Words and their meanings: Principles of variation and stabilization. In M. Vanhove (ed.), *From Polysemy to Semantic Change*, 55—92. Amsterdam, The Netherlands: John Benjamins Publishing Co.

Rueschemeyer, S.-A., O. Lindemann, D. v. Rooij, W. v. Dam, & H. Bekkering (2010) Effects of intentional motor actions on embodied language processing. *Experimental Psychology* 57/4: 260—266.

Schoenemann, P. T. (2017) A complex-adaptive-systems approach to the evolution of language and the brain. In S. Mufwene, C. Coupé, & F. Pellegrino (eds.), *Complexity in Language: Developmental and Evolutionary Perspectives*, 67—100. Cambridge: Cambridge University Press.

Searle, J. R. (1978) Literal meaning. *Erkenntnis* 13: 207—224.

Searle, J. R. (1979) Metaphor. In A. Ortony (ed.), *Metaphor and Thought*, 92—123. Cambridge: Cambridge University Press.

Semino, E., Z. Demjen, & J. E. Demmen (2016) An integrated approach to metaphor and framing in cognition, discourse, and practice with an application to metaphors for cancer. *Applied Linguistics* 5: 625—645.

Shannon, C. E. (1948) The mathematical theory of communication. *The Bell System Technical Journal* 27: 379—423, 623—656.

Spivey, M. J. (2007) *The Continuity of Mind*. Oxford: Oxford University Press.

Spivey, M. J. & S. E. Anderson (2008) On a compatibility between emergentism and reductionism. *Journal of Experimental & Theoretical Artificial Intelligence* 20/3: 239—245.

Spivey, M. J., Sarah E. Anderson, & R. Dale (2009) The phase transition in human cognition. *New Mathematics and Natural Computation* 05/01: 197—220.

Steels, L. (2002) Grounding symbols through evolutionary language games. In *Simulating the Evolution of Language*, 211—226: Springer-Verlag New York, Inc.

Steen, G. J. (2007) *Finding Metaphor in Grammar and Usage*. Amsterdam: John Benjamins Publishing Co.

Steen, G. J., A. G. Dorst, J. B. Herrmann, A. A. Kaal, T. Krennmayr, & T. Pasma (2010) *A Method for Linguistic Metaphor Identification: from MIP to MIPVU*. Amsterdam: John Benjamins.

Stefanowitsch, A. (2006) Words and their metaphors: A corpus-based approach. In S. Gries & A. Stefanowitsch (eds.), *Corpora in cognitive linguistics: Corpus-based approaches to syntax and lexis*, 63—104. Berlin: Mouton de Gruyter.

Stefanowitsch, A. & S. T. Gries. (2003) Collostructions: Investigating the interaction between words and constructions. *International Journal of Corpus Linguistics* 8/2: 209—243.

Stockwell, P. J. (1992) The metaphorics of literary reading. *Liverpool Papers in Language and Discourse* 4: 52—80.

Sullivan, K. (2009) *Grammatical Constructions in Metaphoric Language*. Frankfurt am Main, Germany: Peter Lang Publishers.

Sullivan, K. (2013) *Frames and Constructions in Metaphoric Language*. Amsterdam; Philadelphia: John Benjamins.

Tang, X. (2017) Lexeme-based collexeme analysis with DepCluster. *Corpus Linguistics and Linguistic Theory* 13/1: 165—202.

Tang, X., W. Qu, & X. Chen (2016) Semantic change computation: A successive approach. *World Wide Web—Internet & Web Information Systems* 19/3: 375—415.

Tendahl, M. & J. R. W. Gibbs (2008) Complementary perspectives on metaphor: Cognitive linguistics and relevance theory. *Journal of Pragmatics* 40/2008: 1823—1864.

Thompson, E. & F. Varela (2001) Radical embodiment: Neural dynamics and consciousness. *Trends in Cognitive Sciences* 5/418—25.

Traugott, E. C. (1999) *The role of pragmatics in semantic change*. Paper presented at the Pragmatics in 1998: Selected Papers from the 6th International Pragmatics Conference.

Traugott, E. C. (2004) Historical Pragmatics. In L. R. Horn & G. Ward (eds.),

The Handbook of Pragmatics, 538—561. Oxford: Blackwell Publishing Ltd.

Traugott, E. C. & R. B. Dasher (2002) *Regularity in Semantic Change*. Cambridge: Cambridge University Press.

Traugott, E. C. & G. Trausdale (2014) *Constructionalization and Constructional Changes*. New York, N. Y.: Oxford University Press.

Turner, M. B. (2008) Frame blending. In R. R. Favretti (ed.), *Frames, Corpora, and Knowledge Representation*, 13—32: Bononia University Press.

Turney, P. D. & P. Pantel (2010) From frequency to meaning: Vector space models of semantics. *Journal of Artificial Intelligence Research* 37: 141—188.

Tversky, A. (1977) Features of similarity. *Psychological Review* 84: 327—352.

Ullmann, S. (1957) *The Principles of Semantics*. Oxford: Basil Blackwell.

Van Valin, R. D. & R. J. LaPolla (2002) *Syntax: Structure, Meaning and Function*. Beijing: Peking University Press.

Veale, T., E. Shutova, & B. B. Klebanov (2016) *Metaphor: A Computational Perspective*. San Rafael, California: Morgan & Claypool Publishers.

Vygotsky, L. S. (1986) *Thought and Language*. Cambridge, Mass.: MIT Press.

Wagner, K., J. A. Reggia, J. Uriagereka, & G. S. Wilkinson (2003) Progress in the Simulation of Emergent Communication and Language. *Adaptive Behavior* 11/1: 37—69.

Wang, X. & A. Mccallum (2006) *Topics over time: a non-Markov continuous-time model of topical trends*. Paper presented at the 12th ACM SIGKDD International Conference on Knowledge Discovery and Data Mining, Philadelphia, PA, USA.

Weaver, W. (1955) Translation. In W. N. Locke & D. A. Booth (eds.), *Machine Translation of Languages*, 15—22. Cambridge, MA: MIT Press.

Wheelwright, P. E. (1962) *Metaphor and Reality*. Bloomington: Indiana University Press.

Wichmann, S. (2014) The challenges of language dynamics: Comment on "Modelling language evolution: Examples and predictions" by Gong, Shuai, & Zhang. *Physics of Life Reviews* 11/2: 303—304.

Wittgenstein, L. (1953) *Philosophical Investigations* (G. E. M. Anscombe, Trans.). Oxford: Basil Blackwell Ltd.

Wolff, P. & D. Gentner (2000) Evidence for role-neutral initial processing of metaphors. *Journal of Experimental Psychology* 26/2: 529－541.

Zuraw, K. (2003) Probability in language change. In R. Bod, J. Hay & S. Jannedy (eds.), *Probabilistic Linguistics*, 139－176. Cambridge, Mass.: MIT Press.

保罗·利科(2004)《活的隐喻》(汪堂家译),上海:上海译文出版社。

蔡龙权(2004)隐喻化作为一词多义的理据,《上海师范大学学报(哲学社会科学版)》,第5期,111－118页。

陈朗(2015)复杂动态理论视角下的隐喻新释,《中国外语》,第2期,39－46页。

陈松岑(1999)《语言变异研究》,广州:广东教育出版社。

陈望道(2001)《修辞学发凡》,上海:上海世纪出版集团。

陈禹(2001)复杂适应系统(CAS)理论及其应用——由来、内容与启示,《系统辩证学学报》,第4期,35－39页。

陈忠敏(2007)导读,载W. Labov编,《语言变化原理:内部因素》,北京:北京大学出版社。

程毛林(2003)逻辑斯蒂曲线的几个推广模型与应用,《运筹与管理》,第3期,85－88页。

程琪龙(2002)语言认知和隐喻,《外国语(上海外国语大学学报)》,第1期,46－52页。

单理扬(2019)论复杂系统理论在隐喻研究中的运用——以隐喻的话语动态分析法为例,《外国语文》,第6期,93－100页。

董正存(2012)动词"提"产生言说义的过程及动因,《汉语学报》,第2期,41－46＋96页。

范冬萍(2011)《复杂系统突现论——复杂性科学与哲学的视野》,北京:人民出版社。

范琪、叶浩生(2014)具身认知与具身隐喻——认知的具身转向及隐喻认知功能探析,《西北师大学报(社会科学版)》,第3期,117－122页。

房红梅、严世清(2004)概念整合运作的认知理据,《外语与外语教学》,第4期,9－12页。

冯·贝塔朗菲(1987)《一般系统论:基础、发展和应用》(林康义、魏宏森译),北京:清华大学出版社。

冯德正(2011)多模态隐喻的构建与分类——系统功能视角,《外语研究》,第1期,24－29页。

冯志伟(2010)《自然语言处理的形式模型》,合肥:中国科学技术大学出版社。

符淮青(1996)《词义的分析和描写》,北京:语文出版社。

符淮青(2004)《现代汉语词汇》,北京:北京大学出版社。

H·哈肯(1988)《信息与自组织》,成都:四川教育出版社。

盖尔曼(2001)《夸克与美洲豹——简单性和复杂性的奇遇》(杨建邺、李湘莲译),长沙:湖南科学技术出版社。

葛本仪(2001)《现代汉语词汇学》,济南:山东人民出版社。

龚浩然、黄秀兰(2004)维果茨基对心理科学的贡献,载龚浩然、黄秀兰编,《维果茨基科学心理学思想在中国》(6－27页),哈尔滨:黑龙江人民出版社。

关守义(2009)克龙巴赫α系数研究述评,《心理科学》,第3期,685－687页。

郭贵春(2004)科学隐喻的方法论意义,《中国社会科学》,第2期,92－101＋206页。

胡壮麟(1997)语言·认知·隐喻,《现代外语》,第4期,52＋51＋53－59页。

胡壮麟(2004)《认知隐喻学》,北京:北京大学出版社。

黄欣荣(2006a)《复杂性科学的方法论研究》,重庆:重庆大学出版社。

黄欣荣(2006b)《复杂性科学与哲学》,北京:中央编译出版社。

霍兰(2001)《涌现:从混沌到有序》(陈禹译),上海:上海科学技术出版社。

冀小婷(2008)关于复杂系统与应用语言学——拉尔森·弗里曼访谈,《外语教学与研究》,第5期,376－379页。

蒋绍愚(1989)《古汉语词汇纲要》,北京:北京大学出版社。

蒋绍愚(2006)汉语词义和词汇系统的历史演变初探——以“投”为例,《北京大学学报(哲学社会科学版)》,第4期,84－105页。

蒋绍愚(2015)《汉语历时词汇学概要》,北京:商务印书馆。

蓝纯、尹梓充(2018)《诗经》中的隐喻世界,《中国外语》,第5期,42－50页。

李斌、于丽丽、石民、曲维光(2008)“像”的明喻计算,《中文信息学报》,第6期,27－32页。

李福印(2000)研究隐喻的主要学科,《四川外语学院学报》,第4期,44－49页。

李福印(2005)概念隐喻理论和存在的问题,《中国外语》,第4期,21－28页。

李明洁(1997)现代汉语称谓系统的分类标准与功能分析,《华东师范大学学报(哲学社会科学版)》,第5期,92－96页。

李毅、石磊(2010)教学中的多模态隐喻——应用隐喻研究的新方向,《外语电化教学》,第3期,47－49＋56页。

林书武(1997)国外隐喻研究综述,《外语教学与研究》,第1期,11－19页。

林书武(2002)隐喻研究的基本现状、焦点及趋势,《外国语(上海外国语大学学报)》,第1期,38－45页。

林正军、杨忠(2005)一词多义现象的历时和认知解析,《外语教学与研究》,第5期,

362－367＋401 页。

刘海涛、林燕妮(2018)大数据时代语言研究的方法和趋向,《新疆师范大学学报(哲学社会科学版)》,第 1 期,72－83 页。

刘宇红(2005)隐喻研究的哲学视角,《外国语(上海外国语大学学报)》,第 3 期,29－36 页。

刘正光(2001)莱柯夫隐喻理论中的缺陷,《外语与外语教学》,第 1 期,25－29 页。

刘正光(2002a)Fauconnier 的概念合成理论:阐释与质疑,《外语与外语教学》,第 10 期,8－12 页。

刘正光(2002b)论转喻与隐喻的连续体关系,《现代外语》,第 1 期,62－70＋61 页。

卢植、茅丽莎(2016)隐喻认知表征的动态系统观,《外语教学》,第 3 期,13－17 页。

陆俭明(2009)隐喻、转喻散议,《外国语(上海外国语大学学报)》,第 1 期,44－50 页。

梅拉妮·米歇尔(2011)《复杂》,长沙:湖南科学技术出版社。

梅丽兰(2007)概念合成理论框架下的情感隐喻认知阐释,《江西社会科学》,第 12 期,49－52 页。

苗东升(2010)《系统科学大学讲稿》,北京:中国人民大学出版社。

苗东升(2016)《系统科学精要(第四版)》,北京:中国人民大学出版社。

尼科利斯·普利高津(1986)《非平衡系统的自组织》(徐锡申、陈式刚、王光瑞译),北京:科学出版社。

亓莱滨(2006)李克特量表的统计学分析与模糊综合评判,《山东科学》,第 2 期,18－23＋28 页。

钱学森、于景元、戴汝为(1990)一个科学新领域——开放的复杂巨系统及其方法论,《自然杂志》,第 1 期,3－10＋64 页。

钱学森等(1988)《论系统工程》,长沙:湖南科学技术出版社。

沈家煊(2004)语用原则、语用推理和语义演变,《外语教学与研究》,第 4 期,243－251＋321 页。

沈小峰、胡岗、姜璐(1987)《耗散结构论》,上海:上海人民出版社。

沈小峰、吴彤、曾国屏(1993)论系统的自组织演化,《北京师范大学学报》,第 3 期,79－88 页。

施春宏(2010)语言学规则与例外,反例和特例,载北京语言大学对外汉语研究中心编,《汉语国际教育“三教”问题——第六届对外汉语学术研讨会论文集》(294－317 页),北京:外语教学与研究出版社。

石磊、刘振前(2010)隐喻能力研究:现状与问题,《外国语(上海外国语大学学报)》,第

3 期,10—16 页。

束定芳(1996)试论现代隐喻学的研究目标、方法和任务,《外国语(上海外国语大学学报)》,第 2 期,9—16 页。

束定芳(2000a)论隐喻的基本类型及句法和语义特征,《外国语(上海外国语大学学报)》,第 1 期,20—28 页。

束定芳(2000b)《隐语学研究》,上海:上海外语教育出版社。

束定芳(2002)论隐喻的运作机制,《外语教学与研究》,第 2 期,98—106+160 页。

束定芳、汤本庆(2002)隐喻研究中的若干问题与研究课题,《外语研究》,第 2 期,1—6 页。

宋波、玄玉仁、卢凤勇、崔启武(1986)浅评逻辑斯蒂方程,《生态学杂志》,第 3 期,57—62 页。

苏宝荣(2000)《词义研究与辞书释义》,北京:商务印书馆。

苏晓军、张爱玲(2001)概念整合理论的认知力,《外国语(上海外国语大学学报)》,第 3 期,31—36 页。

索绪尔(1980)《普通语言学教程》(高明凯译),北京:商务印书馆。

唐巍、李殿璞、陈学允(2000)混沌理论及其应用研究,《电力系统自动化》,第 7 期,67—70 页。

汪少华(2001)合成空间理论对隐喻的阐释力,《外国语(上海外国语大学学报)》,第 3 期,37—43 页。

王力(2004)《汉语史稿》,北京:中华书局。

王鹏、王玉珊(2015)基于 CiteSpaceⅢ的复杂适应系统知识图谱及其可视化分析,《技术经济》,第 7 期,84—91 页。

王士元(2006a)演化语言学中的电脑建模,《北京大学学报(哲学社会科学版)》,第 2 期,17—22 页。

王士元(2006b)语言是一个复杂适应系统,《清华大学学报(哲学社会科学版)》,第 6 期,5—13 页。

王文斌(2004)概念合成理论研究与应用的回顾与思考,《外语研究》,第 1 期,6—12+80 页。

王文斌(2007)隐喻性词义的生成和演变,《外语与外语教学》,第 4 期,13—17 页。

王文斌、熊学亮(2008)认知突显与隐喻相似性,《外国语(上海外国语大学学报)》,第 3 期,46—54 页。

魏宏森、曾国屏(1995)系统论的基本规律,《自然辩证法研究》,第 4 期,22—27 页。

吴安萍、钟守满(2014)视觉语法与隐喻机制的多模态话语研究,《外语与外语教学》,第3期,23—28页。

吴今培、李学伟(2010)《系统科学发展概论》,北京:清华大学出版社。

吴彤(2000)论协同学理论方法——自组织动力学方法及其应用,《内蒙古社会科学(汉文版)》,第6期,19—26页。

夏征农、陈至立(2009)《辞海(第六版)》,上海:上海辞书出版社。

邢福义(1995)小句中枢说,《中国语文》,第6期,420—428页。

徐福坤(2006)新词语"恶搞",《语文建设》,第8期,55+31页。

徐烈炯(1990)《语义学》,北京:语文出版社。

徐盛桓(2019)隐喻解读的非线性转换——分形论视域下隐喻研究之三,《浙江外国语学院学报》,第5期,1—9页。

徐盛桓(2020a)隐喻本体和喻体的相似——分形论视域下隐喻研究之二,《当代修辞学》,第2期,11—23页。

徐盛桓(2020b)隐喻喻体的建构——分形论视域下隐喻研究之一,《外语教学》,第1期,6—11页。

徐通锵(2008)《汉语字本位语法导论》,济南:山东教育出版社。

许国志、顾基发、车宏安(2000)《系统科学》,上海:上海科技教育出版社。

许立达、樊瑛、狄增如(2011)自组织理论的概念、方法和应用,《上海理工大学学报》,第2期,130—137页。

许志安、顾基发、车宏安(2000)《系统科学》,上海:上海科技教育出版社。

颜泽贤、范冬萍、张华夏(2006)《系统科学导论——复杂性探索》,北京:人民出版社。

杨芸、周昌乐(2007)汉语隐喻的语言形式特征及其对隐喻机器理解研究的影响,《心智与计算》,第4期,458—464页。

殷融、苏得权、叶浩生(2013)具身认知视角下的概念隐喻理论,《心理科学进展》,第2期,220—234页。

余上沅(1983)亚里斯多德的《诗学》,《戏剧艺术》,第3期,1—19页。

原琦(2009)不妥协的因果解释,博士论文,南开大学。

张辉(2000)汉英情感概念形成和表达的对比研究,《外国语(上海外国语大学学报)》,第5期,27—32页。

张辉、杨波(2008)心理空间与概念整合:理论发展及其应用,《解放军外国语学院学报》,第1期,7—14页。

张济忠(1995)《分形》,北京:清华大学出版社。

张绍全(2010)词义演变的动因与认知机制,《外语学刊》,第1期,31—35页。

张小平(2008)《当代汉语词汇发展变化研究》,济南:齐鲁书社。

张永安、李晨光(2010)复杂适应系统应用领域研究展望,《管理评论》,第5期,121—128页。

赵克勤(2005)《古代汉语词汇学》,北京:商务印书馆。

周昌乐(2008)作为认知手段的隐喻及其涉身性分析,《心智与计算》,第3期,272—278页。

周国光(2004)论词义发展演变的类型,《韶关学院学报(社会科学版)》,第11期,89—94页。

朱德熙(1982)《语法讲义》,北京:商务印书馆。